D1719537

Dietmar Gnedt

Balkanfieber

DIETMAR GNEDT

BALKANFIEBER

VERLAG ANTON PUSTET

Gewidmet jenem Menschen, der in Belgrad lebt und dessen Lebensgeschichte wohl in jedem Kapitel des Romans zu finden ist, so gut versteckt, dass nur er sie finden kann.

Hinweis

Alle in diesem Buch geschilderten Handlungen und Personen sind frei erfunden. Ähnlichkeiten mit lebenden oder verstorbenen Personen wären zufällig und nicht beabsichtigt.

Ich habe mich für die serbische Originalschreibweise entschieden. Buchstaben mit Sonderzeichen werden folgendermaßen ausgesprochen:

ć ähnlich wie »tsch« in Ciao,
č als »tsch« wie in Deutschland,
Đ/đ als »Dj/dj« wie Giovanni,
š als »sch« wie Schule,
ž als stimmhaftes »sch« wie Journal.

1

Warum er es schließlich getan hat, weiß er selbst nicht so recht. Er ist jedenfalls eingestiegen in den Zug in Richtung Budapest mit Anschluss nach Belgrad.

Jetzt sitzt er allein in einem Abteil, äußerlich ruhig, aber alles in ihm zittert. Wien-Meidling gleitet aus dem Fensterrahmen. Noch trägt er den schwarzen Lodenmantel. Den Hut hat er vom Kopf genommen und auf den Schoß gelegt. Kein Gepäck, nur die Aktentasche aus Leder, gefertigt von einer Wiener Kürschnerei, genau nach seinen Wünschen. Er hat sie zwischen Fensterwand und seinen Körper geklemmt, hält sie mit der Linken fest. Als wolle er verhindern, dass da einer von denen, die er hat einsteigen gesehen, ihm seinen Schatz entwendet.

Seinen Schatz? Es will ihm kein anderes Wort einfallen. Klar ist, es gab eine Zeit in seinem Leben, in der er seine Frau Maddalena unter vier Augen so nannte: »Schatz!« Und jetzt, seit der unbeschreiblichen Katastrophe, hat sich dieses Wort in die Dinge hineingeschlichen, die von Maddalena in seinen Besitz gelangten – untrennbar mit ihnen verflochten!

Der Mann, der Ursache von Christophs überstürztem Aufbruch ist, heißt Lazar. Der in diesem Moment Alltägliches in Belgrad verrichtet – so Christophs Vorstellung – und keine Ahnung davon hat, was auf ihn zukommt. Allein das neuerliche Eindringen dieses verfluchten Namens in sein Bewusstsein – Lazar – löst Schweißausbrüche bei Christoph aus. Wie wird das erst sein, wenn er seinem Kontrahenten Aug in Aug gegenübersteht?

– Ich bringe ihn um! – Er erschrickt über die Explosion dieser Worte im Kopf, gezündet in der Herzgegend.

Christoph schlüpft aus dem Mantel, hängt ihn an den Haken. Er legt den Hut in die Ablage. – Bastard! – Wie Geschoße fliegen Worte durch sein Gehirn. Und immer noch ist da dieser schwarze Raum in ihm, wenn er an das Geschehene denkt. Jeden Tag, jede Nacht kreisen die Gedanken durch die Schwärze. Unaufhörlich. Das ist der Grund, warum er nach Jahren, in denen er abstinent zu sein vermochte, wieder Mühe hat, nicht zur Flasche zu greifen.

– Warum tust du dir das an? Welchen Sinn hat es? –

Neben vielen brüchigen Antworten gibt es nur eine gültige: – Maddalena! Es ist ihr Letzter Wille! – Gleichzeitig weiß er: Diese Erklärung greift zu kurz.

Die wievielte Reise nach Belgrad ist es für Christoph? Eine Stadt, die er aus freien Stücken nicht betreten hätte. Einige Jahre musste er dort leben. Als dreckig, laut und heruntergekommen hat er sie vor dem Krieg schon empfunden. Maddalena, so verrückt, wie nur sie sein konnte, liebte Belgrad. Ihretwegen hat er es ausgehalten, anfangs jedenfalls. »Die Stadt zwischen Morgen- und Abendland.« Sie kannte Belgrad aus ihrer Jugendzeit. Interrail. Auf dem Weg nach Athen in Belgrad einen Kaffee trinken. – So war sie! – Sie, die Venezianerin, und ihre Freundin Sahra aus Wien. Zwei lachende, leicht bekleidete Mädchen in einem Belgrader Straßencafé. Christoph kennt das Foto. Möglicherweise war Maddalena damals noch keine achtzehn Jahre alt, jedenfalls zeigt das Foto ihr bildhübsches Gesicht. – Wer hätte sich ihr entziehen können? – Sahra aus Wien dagegen: unscheinbar, grobschlächtig, aber mit beiden Beinen im Leben stehend. So die Interpretation von vielen. – Wahrscheinlich hätte sich Maddalena ohne Sahra in der Weltgeschichte verloren. Sie konnte so leichtgläubig und unbeschwert sein. Das hat sich auch später durch ihr Leben gezogen. Es war ihr nur schwer möglich, Gefahren zu erkennen. Und genau so ist sie mit Belgrad umgegangen. Wirklichkeitsfremd! Das war sie. Ein kritischer Geist würde meinen: naiv. – Und doch war das eine der Eigenarten, deretwegen er sie liebte.

Die platte Landschaft zieht durch Regenwolken verdunkelt vor dem Fenster des Abteils vorbei. Er hatte sich doch geschworen, keine negativen Gedanken mehr in Zusammenhang mit Maddalena zuzulassen. Diese verdammte Fahrt legt Erinnerungen frei. Hat er sich nicht geschworen, nie wieder? – Ende der Grübelei. – Jetzt spürt er, seine Reise führt zielgenau in den nächsten emotionalen Ausnahmezustand. – Nichts ist vergessen! – Alles steht ihm wieder vor Augen, als wäre es gestern gewesen. Die unbeantworteten Fragen, die Fragen, die er sich nicht mehr stellen wollte, kreisen durch seinen Kopf.

Das zermürbende Nachdenken muss aufhören. Sonst weiß er nicht, wie er weiter trocken bleiben soll. Sein Arzt hat ihm damals nach der Scheidung die Rute ins Fenster gestellt: »Wenn Sie sich selbst umbringen wollen, gibt es schönere Möglichkeiten, als an einer Leberzirrhose zu sterben! Glauben Sie mir! Tun Sie etwas dagegen!« Mein Gott, dafür hätte er keine Ärzte benötigt, das wusste er selbst auch.

Aggression muss nach außen, dorthin, wo sie hingehört. Hass darf nicht nach innen dringen, zerstörerisch wie eine explodierende Splittergranate. Und heute? Er war schon immer eine Kämpfernatur, sonst wäre er in den meisten Bereichen seines Lebens nicht so weit gekommen: engster Vertrauter des Außenministers, jüngster Botschafter der Republik. Ohne Botschafter Dr. Christoph Forstner wäre die österreichische Position im Zerfall des Vielvölkerstaates Jugoslawien nicht so erfolgreich vertreten und umgesetzt worden. Das hat er selbst aus dem Mund des Vizekanzlers und Außenministers gehört. Damals war denkbar, dass ihn seine Seilschaften, seine gute Vernetzung in den Bünden, ganz nach oben hieven könnten. Eine Zeit lang galt er als geheime Hoffnung für den Generationenwechsel an der Parteispitze. Doch dann ist alles ganz anders gekommen. Rückberufung, unter offiziell ehrenhaften Gründen. – In diplomatischen Formulierungen hat ihm der Minister seine wahren

Beweggründe für die Entscheidung mitgeteilt. – In den Medien aber hieß es: Er sei der Einzige, der die Beziehungen und die nötige Erfahrung für den südosteuropäischen Raum mitbringe. Niemand in der Partei sprach offen über seine Abberufung als Botschafter in Belgrad. Selbst der politische Gegner versteckte die Häme hinter wohlgedrechselten Worten. Christoph spürte bald, dass es ein Abstieg in die zweite oder dritte Reihe war. Eindimensionale Bewertungen liegen so gut wie immer falsch – auch in diesem Fall? Die wahre Ursache dieser Niederlage vermutet er inzwischen in Belgrad: Lazar Petrović.

Dieser Stein brachte die Lawine ins Rollen. Und je mehr er nachdachte seit seinem letzten Treffen mit Maddalena, desto klarer schien ihm die Beweislage. Maddalena hatte ihn eindringlich gebeten, Lazar ein dick gefülltes Kuvert zu überbringen. Man kann es nur mit ihrer Naivität erklären, sie hätte wissen müssen, wo das hinführte: Dieses Aufeinandertreffen erzwang ein Aufeinanderprallen.

– Als Maddalena diese Bitte an mich richtete, hatte da die Krankheit den Rest ihrer Intuition, ihre Vernunft längst zerstört? –

Christoph tastet über die Ledertasche. Er stellt sie auf seinen Schoß, öffnet die Verschlüsse, greift hinein und zieht zwei Kuverts hervor. Eines davon ist aufgerissen. Auf diesem Kuvert steht in der Schrift einer Todkranken: »Für Christoph«. Das zweite Kuvert, verschlossen, mit der Aufschrift: »Für Lazar«. Er hat es versprochen: Verschlossen werde er es überbringen.

Er legt das verschlossene Kuvert auf seinen Schoß, zieht aus dem anderen ein Moleskine-Notizbuch mit dunkelbraunem Einband hervor. Christoph öffnet den Buchdeckel. In der weichen, runden Schrift, die er so gut kennt, ist die erste Seite beschriftet: »12. April 2014, Brief ohne Ende an Christoph!«

Er blättert auf die erste, dicht beschriebene Seite weiter:

Dieser Tag, der zwölfte April des Jahres zweitausendvierzehn, gab den Anstoß, endlich zu tun, wozu es mich schon einige Zeit drängt. Die Diagnose, die mir heute gestellt wurde, ist so gesehen für etwas gut. Sie öffnet die Archive meines Herzens! ...

Christoph sieht auf der in rasender Geschwindigkeit vorbeifliegenden Heckenreihe dieses immer noch schöne und gleichzeitig zerstörte Gesicht. Die Begegnung mit Maddalena in Bassano del Grappa, ihrem letzten Wohnort, liegt erst wenige Monate zurück. Das war kurz vor ihrem Tod. Jetzt – eine unglaubliche Vorstellung für ihn – befindet sich dieser zarte, zauberhafte Leib im Familiengrab der Todesco, wie vom Vater Maddalenas angeordnet und durchgesetzt. Christoph hat das Grab besucht, aber lange hielt er es dort nicht aus. Er wollte jegliche Begegnung mit Mitgliedern der Familie Todesco vermeiden, ihnen seine Gegenwart nicht zumuten. Das war auch der Grund, wie er sich selbst einredet, für sein Nichterscheinen beim Begräbnis in Venedig. Für den greisen Vater Maddalenas wäre er wohl nicht zu ertragen gewesen. Und Angelo, Christophs älterer Sohn – aus Amerika herübergeflogen –, meinte kurz und klar am Telefon: »Nach allem, was geschehen ist? Das glaubst du doch nicht wirklich? Niemand hat Lust darauf, dir hier zu begegnen! Ich übrigens auch nicht!«

Für sein fortgeschrittenes Alter treibt ihn diese Erinnerung unglaublich schnell hinaus auf den Gang des Waggons. Er öffnet den obersten Knopf seines Hemds. Mit geschlossenen Augen, die Stirn an die kalte, feuchte Fensterscheibe gelehnt, versucht er Balance zu finden. Nicht mehr nur innen zittrig, außen ebenso.

Als er wieder zur Besinnung kommt, spürt er, wie er das Buch mit beiden Händen auf seine Brust drückt. Er dreht sich um, sieht das andere Kuvert, das verschlossene, auf dem

Abteilboden liegen. – Für Lazar! Für Lazar! –, hallt es in seinem Kopf.

Auch als er längst wieder auf seinem Platz sitzt, das Kuvert vom Boden aufgehoben, es in die Ledertasche gesteckt hat, auch da klopft sein Herz immer noch wild. Es gelingt ihm nur schwer, sich zu kontrollieren.

»Brief ohne Ende an Christoph!«, liest er.

… Mein Schweigen ist nicht allein Ursache der Diagnose, die mir heute gestellt wurde, aber ein Beitrag ist es wohl gewesen. Auch das ist ein Grund, warum ich mit diesem Tag anfange, mein Schweigen zu brechen.

– Ihr Schweigen über Lazar. –

Ich muss dir mit Worten nicht mehr wehtun. Ich fühle mich mit dir versöhnt, wenn das auch nie ausgesprochen wurde. So ist jetzt vielleicht der richtige Augenblick gekommen. Christoph, ich habe Bauchspeicheldrüsenkrebs, und ich kann und will dir schon lange nicht mehr feind sein. Darum dieser Brief, der ein Brief ohne Ende sein soll. Nicht chronologisch will ich meine, unsere Vergangenheit, wie ich sie erlebt habe, abarbeiten. Ich will Tag für Tag niederschreiben, was zum Vorschein kommt. Wasser, das durch die Zeit im Karst meiner Seele versickerte, bricht als Quelle hervor.

Dafür will ich mich bei dir entschuldigen: Zu lange habe ich geschwiegen. Ich hätte viel früher die entscheidenden Dinge ansprechen müssen. Aber es ist noch nicht zu spät!

– Zu spät. Dein Schweigen hat zuerst mich und dann dich zerstört. –

Mit sanften Bewegungen schließt er das Buch, legt die Handflächen darauf.

Der Zug hält: Hegyeshalom, Grenzstation ohne Grenzkontrolle. Nicht in dieser Richtung. Neue Grenzen, neue Zäune wachsen in Europa. Christoph war dabei gewesen, als sein Chef den Grenzzaun zu Ungarn pressewirksam gemeinsam mit dem Außenminister des Nachbarlandes durchschnitt. Auf den Fotos der Journale und Zeitungen kann man Christophs Gesicht sehen, damals noch jung und frisch.

Und heute? Schneller als sie abgebaut waren, wachsen die Zäune neu. Und seine eigene Partei plädiert dafür und beweist damit die Dummheit der Verantwortlichen. Er, Christoph, hätte ganz anders entschieden. Zwei, drei Jahre früher hätte man die Katastrophe verhindern können. In einer eleganten Form, mit der man das Gesicht gewahrt und Stimmen gewonnen hätte …

– Als in den Neunzigern Jugoslawien zerbrach, haben wir rechtzeitig reagiert. Slowenien, Kroatien … heimgeholt. Die katholischen Brüdervölker. –

»Die Grenzen, die tatsächlich existieren, sind jene in den Herzen der Menschen.« Christophs Formulierungen in einer Rede. »Wo keine Grenzen in den Herzen existieren, werden wir sie bald auch in der Landschaft nicht mehr sehen. Doch die in den Herzen der Menschen existierenden Grenzen neigen dazu, sich zu verwirklichen.«

10 Uhr 55, pünktlich! Eilende Menschen, wartende Menschen. Menschen, die den Waggongang entlang ihr Gepäck schleppen. Rollende Koffer. Anscheinend gibt Christoph nicht jenes Bild ab, das einen Neuankömmling die Abteiltüre öffnen lässt, auf der Suche nach freiem Platz.

Erst als der Zug sich schon in Bewegung setzt, nimmt ein junger Mann dem alten gegenüber Platz. Der tut, als wäre er in Arbeit versunken. Er öffnet das Buch auf der letzten Seite:

Mein Lieber, ich hoffe sehr, dass diese Zeilen dich erreichen werden. Rechtzeitig will ich dafür sorgen. Ich weiß nicht, ob du bereit bist für ein letztes Treffen in dieser Welt. Ich weiß nicht, ob du es erträgst, zu sehen, was noch geblieben ist, was bald sich lösen wird. Bevor ich den Stift weglege, bitte ich dich, mir zu verzeihen und zu tun, was mein Letzter Wille ist ...

Er kennt jedes der Worte. Seine Lippen formen sie nach, während er liest – und auch, als er nicht mehr lesen kann:

... Um mehr bitte ich dich nicht! Wenn ich eines begriffen habe: Kein Mensch – auch nicht du, nicht Lazar, nicht ich – lädt absichtlich Schuld auf sich. Wir handeln destruktiv aus unseren Brüchen und Verletzungen heraus. Keiner von uns darf sich das Recht herausnehmen, zu urteilen. Sei gesegnet, so wie diese Worte für mich Bedeutung haben ...

Christoph hat in seinem langen Leben als politischer Entscheidungsträger gelernt, sein Innerstes zu verbergen. Denn sonst würden, wie immer, wenn er diese Sätze liest, Tränen über seine Wangen laufen. Warum? Weil sie ihn nicht mehr verurteilt? Weil sie ihm nicht die alleinige Schuld gibt? Weil sie ihn »mein Lieber« nennt ...

Gleichzeitig schreit es in ihm: – Was nützt es? Lazar Petrović soll in der Hölle braten! –

In der auf seinen letzten Besuch folgenden Nacht ist sie gestorben. Als hätte sie auf ihn gewartet.

Niemand will ihm von ihrem Sterben erzählen. Ist sie allein gewesen? Ist es schnell gegangen? Hatte sie Schmerzen? Von all dem nichts zu wissen, ist ihm unerträglich. Vor Wut weinte er, weil sie sich bis zuletzt vom Verursacher allen Übels, diesem serbischen Bastard, nicht losgesagt hat. Er wäre in ihrer Todesstunde bei ihr gewesen, hätte es diesen Menschen nicht gegeben.

Er ist ihm begegnet, 1999 in der heißen Phase des Krieges. Es hätte ihn fast das Leben gekostet. Bis zum heutigen Tag ist er davon überzeugt: Petrović wollte ihn beseitigen. Diplomatisch ausgedrückt!

– Maddalena hat nie begriffen, wer Lazar wirklich ist! –, denkt Christoph. – Sie hat sich von seinen treuherzigen, dunklen Augen beeindrucken lassen. Schon richtig, unsere Ehe war nicht lange ein Liebesnest. Aber wie konnte es geschehen, dass … –

Er wird es dem Serben heimzahlen.

Eine Zeit lang versucht Christoph gegen das Drängen anzukämpfen. Maddalena bat ihn ausdrücklich, das Kuvert an Lazar in verschlossenem Zustand zu überbringen. Und sie betonte das Wort »verschlossen«, zog dabei die Lider der großen, schwarzen Augen hoch, soweit sie es in ihrem Zustand noch vermochte. Sie lag im Krankenhaus der Stadt Bassano del Grappa. Intensivstation. Alle möglichen Kabel und Schläuche schienen die klaren Linien ihres Bettes auszufransen.

»… verschlossen!«

Christoph versucht auf andere Gedanken zu kommen. Er lenkt seine Aufmerksamkeit hin zu dem jungen Mann gegenüber. Der hat inzwischen Kopfhörer auf den Ohren und schwebt in seiner eigenen Welt. Christoph zieht das verschlossene Kuvert hervor: »Für Lazar!« Längst hat er untersucht, ob das Kuvert sich unbeschadet öffnen ließe. Und er tut, was er sich in den letzten Tagen verboten hat. Es ist ganz einfach. Die selbstklebende Lasche öffnet sich. Er zieht ein Moleskine-Notizbuch, schwarzer Einband, hervor.

Er schlägt das Buch auf: »12. April 2014, Brief ohne Ende an Lazar«.

Mit fahrigen Fingern blättert er weiter.

2

»Das Schlimmste ist die Ungewissheit. Das Warten. Warten! Warten, das Albträumen Raum gibt, was in Milans Körper kaputtgegangen sein könnte!« Lazar schreit die letzten Worte geradezu ins Handy. So erregt hat ihn auch sein bester Freund Jovan nur selten erlebt. Eine Krankenschwester erscheint an einer Türe, taxiert fragend den etwas verlottert aussehenden lärmenden Mann. Sie hebt den Finger an die Lippen und bittet um Ruhe.

Jovan, am anderen Ende der Leitung, versucht seinen Freund zu beruhigen: »Denk daran, was dein Enkelsohn Milan in seinem kurzen Leben hat verkraften müssen. Er war immer schon blass und dünn, viel zu dünn. Und jetzt schreit sein Körper: So geht es nicht weiter! Dazu kommt, der Junge steht vor der Pubertät. Das allein reicht, um einen Menschen durcheinanderzubringen.«

»Du willst mich ruhigstellen, so wie alle anderen, die plötzlich mit mir über Milan reden. Ich kenne den Kleinen. Mag sein, dass er zu dünn ist, zu wenig Gewicht hat, zu viel erlebt hat in seinem kurzen Leben. Außerdem ist er ja ohnehin ständig krank. Aber glaub mir, Jovan: Das jetzt ist etwas anderes.«

Wenn Lazar so viele Worte findet, dann steht es ernst um ihn, das weiß Jovan.

»Hör zu! Das Warten hat ein Ende ...«

»Ganz bestimmt sogar, irgendwann! Wenn heute nicht, dann eben morgen oder übermorgen, ganz bestimmt im nächsten Jahr, aber sicher noch, bevor die Welt untergeht! Aber dann ist Milan tot!«

»Der Arzt wird kommen! Und deine Ängste werden sich auflösen wie die Libido von uns alten Männern, wenn er dir die Ergebnisse der Untersuchungen mitteilt.«

»Der Arzt, der Arzt! Den halben Tag warte ich schon auf ihn. Wo bleibt er denn, der Arzt? Unser Gesundheitswesen sieht aus wie ein von der NATO zerschossenes Gebäude!«

»Beruhige dich, Lazar! Wenn du mir jetzt einen Herzinfarkt bekommst, dann kann ich deinen Milan aufpäppeln, das willst du ihm doch nicht antun?« Jovans Lachen klingt wie eine serbische Sackpfeife mit mottenzerfressenem Beutel. Auf Lazars Gesicht zeichnet sich ein fahles Lächeln ab.

»Wenn du fertig bist«, hört Lazar seinen Freund nach einem heiseren Hustenanfall sagen, »wirst du dann bei mir vorbeikommen?«

Ja, das wird er tun, egal, was das Gespräch mit dem Arzt ergibt – sollte es heute noch stattfinden. Und weil er die Nähe seines Freundes vermisst, holt er aus der Jackentasche ein zerdrücktes Päckchen Camel – von Jovans halbkriminellen Geschäftspartnern über die Grenze zum Kosovo geschmuggelt. Hier ist das Rauchen strengstens untersagt. Lazar öffnet das Fenster in einem der Erker und zündet sich die verbeulte Zigarette an. Seine Finger wollen nicht gehorchen, so wie im Winter, wenn es kalt ist. Aber jetzt ist schönster Frühling, die Kälte längst in den Norden abgezogen. Der Rauch kratzt in der Kehle.

Lazars Gedanken durchforsten die Vergangenheit: Wer hätte gedacht, welche Folgen die NATO-Luftangriffe auf die chemische Fabrik Petrohemija Pančevo im verfluchten Jahr 1999 nach sich ziehen würden?

Julijana, Lazars Tochter, arbeitete und lebte damals in Pančevo. Ein junges hübsches Mädchen, voller Elan, das dabei war, sich sein eigenes Leben aufzubauen. Lazar liebt Julijana heute genauso wie damals über alles. »Sie sieht dem Vater gleich!«, meinten wohlwollende Verwandte nach der Geburt Julijanas. Und das versöhnte den Vater mit dem Neugeborenen, da er sich doch sehnlichst einen Sohn gewünscht hatte. Seitdem liebt er seine Tochter ungetrübt, egal, was sie nicht alles gegen den Willen ihres Vaters im Laufe der Jahre getan hat.

Lazar lächelt, schüttelt den Kopf, saugt den Rauch tief in seinen Leib.

Am 15. April 1999, um 22 Uhr 40 fielen die Bomben der NATO. Julijana hatte Nachtschicht im Labor. Schnell zeigte sich, dass die schwarzen Rauchschwaden hochtoxische Gifte enthielten: Dioxin, Phosgen – einen ganzen Cocktail von Substanzen der höchsten Giftklassen. Der Direktor des Unternehmens informierte umgehend mittels eines Schreibens alle relevanten Stellen im In- und Ausland über die gefährlichen Auswirkungen des Angriffs. Er listete auf, welche Chemikalien in den heil gebliebenen Tanks lagerten. Die europäischen Regierungen, Parteien, Umweltverbände, Wissenschaftler und auch die NATO wussten Bescheid über die Katastrophe und die Gefährlichkeit des noch vorhandenen Gifts.

Am 18. April, um 1 Uhr 10 erfolgte die Reaktion: der zweite Luftangriff. Gezielt bombardierte man die restlichen, bis dahin intakten Tanks. Die Behörden evakuierten das Gelände, kurzzeitig die ganze Stadt Pančevo. Tagelang trieb ein Teppich toter Fische auf der Donau.

Julijana stand plötzlich vor der Türe ihrer Eltern. Mit brennenden Augen, ausgedörrtem Hals und hämmernden Kopfschmerzen stand sie da – mitten in der Nacht. Keine Frage, die Eltern nahmen sie in ihrer kleinen Wohnung im Belgrader Stadtteil Karaburma auf.

Eigentlich hätte Julijana als Chemielaborantin wissen müssen, was die Kontamination durch die freigesetzten Gifte bedeuten musste. Sie ließ sich nichts anmerken. Und ihr Vater Lazar und Slavica, ihre Mutter, hatten keine Ahnung, glaubten, was man ihnen im Fernsehen erklärte. Sie waren erleichtert, dass ihre Tochter dem Horror offensichtlich unbeschadet entkommen war.

– Unbeschadet! –, denkt Lazar, während er raucht und seinen Enkelsohn Milan vor sich sieht. – Unbeschadet! –

Er drückt die Kippe am Fensterbrett aus und wirft sie hinunter auf die Straße. Vor wenigen Monaten erst erzählte ein Freund, die verantwortlichen Politiker des Westens hätten kurz nach dem Angriff auf die serbische Chemiefabrik Gerüchte in Umlauf gebracht. Man habe befürchten müssen, Milošević sei dabei, Giftgasgranaten zu bauen. Der Westen habe keine andere Wahl gehabt, als dies zu verhindern. – Die feinen Herren auf allen Seiten erzählen den Menschen Märchen, damit sie gut schlummern. –

2001, zwei Jahre später, war Julijana schwanger.

– Ein überhasteter Neubeginn Julijanas, die den Erinnerungen an die Schrecken des Krieges, dem Tod ihrer Mutter wenige Tage nach ihrem Einzug in die elterliche Wohnung, der Depression ihres Vaters ein Gegengewicht setzen wollte. Darum hat sie sich von einem Mann schwängern lassen, von dem sie danach nie wieder etwas gehört hat.

Zwei Jahre nach dem Angriff auf die Chemiefabrik wuchs ein kleines Leben in Julijanas Bauch heran. Das Gift, das sich in ihrem Erbgut angereichert hatte, ist die Ursache für Milans kränkliche Art, davon ist sein Großvater überzeugt. Ob irgendeiner, der damals bei der NATO die Befehle erteilte oder eines der Flugzeuge flog, heute Gedanken daran verschwendet? An die Folgen seines Tuns? An die durch sein Handeln freigesetzten Gifte? Gifte, die seitdem nicht einfach verschwunden sind, keineswegs! Sie liegen im Ackerboden, sickern ins Grundwasser und sammeln sich in den Zellen aller Lebewesen in ihrer Nähe.

– Wäre Milan ihr Enkelsohn, was würden sie denken und fühlen? –

Lazar spürt den Schmerz in seinem Herzen. Nur nicht zu viel denken. Er muss funktionieren. Gerade jetzt. Vielleicht macht er sich ja tatsächlich zu viele Sorgen um die, die er liebt?

Vielleicht geht die Türe auf, der Arzt kommt heraus und sagt: »Die Hormone spielen verrückt! Das dauert ein, zwei Jahre, dann ist es vorbei. Es ist kein leichter Weg über die Brücke zwischen den Ufern Kind und Mann. Keine Sorge! Es geht vorbei! Sie können ihn gleich mit nach Hause nehmen.«

Lazar sieht dunkle Ringe unter schwarzen Augen in einem weißen Gesicht. Jeder Krankheitskeim findet bei Milan willkommene Aufnahme. Schule, Lernen? Unter diesen Umständen ist daran nicht zu denken. Ein normales Bubenleben zeichnete sich bei Milan nicht ab. Alles »Normale« führte zu Krankheit.

Lazar spürt sein schlechtes Gewissen, auch er hat Julijana alle möglichen Vorwürfe gemacht: »Du musst ihn zwingen zu essen, egal was, Hauptsache, er isst. Dieses amerikanische Zeug, das es neuerdings auch hier gibt, das, worauf die Jungen so abfahren, wenn Milan es isst? Lass ihn doch!«, hört er sich sagen. Traurig macht ihn, wie ungeschickt er Julijanas Sorgen vergrößert hat. Aber sie weiß, er meint es doch nur gut. Sonst hätte sie ihn heute nicht gebeten, bei ihrem Sohn zu bleiben, solange sie verhindert ist.

Und er nützt die Gelegenheit, um ein Gespräch mit dem zuständigen Arzt zu verlangen. Und darauf wird er warten, und wenn es den ganzen Tag und die ganze Nacht dauert. – Ich habe den längeren Atem. –

Er beschäftigt sich mit Kaffee und Zeitung. Und während er so tut, als würde er lesen, fällt ihm wieder ein, was ein Freund, der das Personenstandsregister Belgrads betreut, erzählte: »Jemand schnüffelt nach dir! Nein, niemand aus Belgrad, auch nicht aus Serbien. Die Anfrage kam aus Österreich!«

»Wer sollte nach mir fragen?«

Mit gezielt sachlicher Stimme meinte der Freund: »Das kann ich dir nicht sagen. Ich habe dafür gesorgt, dass du nicht zu finden bist. In diesen Zeiten kann man nie wissen, warum jemand Informationen sammelt. Vor allem, wenn dieser Jemand zu den Kriegsgewinnern zu zählen ist. Kennst du jemanden in Österreich?«

»Ich? ... Nein! ... Eigentlich ja, aber das ist lange her.«

»Denk darüber nach!«

»Das werde ich.«

Die Angelegenheit mit Milan hat das Nachdenken über diese Sache bis jetzt verhindert. Einen fahlen Nachgeschmack hat die Erinnerung an das Gespräch mit seinem Freund vom Personenstandsregister.

Muss er sich wirklich damit beschäftigen? Es kann sich nur um einen Irrtum handeln. Erinnerungen kriechen hoch, ob er will oder nicht.

Zwei Menschen kannte er, die Österreicher waren. Eine leuchtende Figur und eine Figur, die er gerne im Dunklen belassen würde. Es gab nur eine Begegnung mit jenem Menschen, mit dem er sich nie wieder beschäftigen wollte: Dr. Christoph Forstner. Hätte der Grund dafür, nach all den Jahren nach ihm zu suchen? Das hätte er, wenn er, nach dem Vorfall im Jahr der Umbrüche 1999, noch lebte.

Lazar sucht nach Zusammenhängen in seiner Erinnerung: Julijana zog bei ihren Eltern in Karaburma ein. »Nur für ein paar Tage!« Daraus wurde unbeschränkte Zeit, denn das Bombardement der NATO sollte im April des Jahres 1999 erst so richtig losgehen.

Jede Nacht Bombenalarm. Feuer über der Stadt. Sirenen. Das hässliche Heulen und Zischen der Raketen. Die klirrenden Fensterscheiben bei jedem Einschlag, selbst hier in Karaburma, eine halbe Stunde Busfahrt entfernt vom Zentrum. Lazar begleitete seinen Freund Jovan manche Nacht auf die Brankov-Brücke über die Save, wo Menschen sich versammelten, die gegen das Bombardement genauso protestierten wie gegen das politische Regime im Land. Die beiden setzten sich hin und spielten ihre Musik und die Protestierenden mochten es. Eines

Nachts, es war der 29. April 1999, stand ein fremder Mann vor ihm, wie sich herausstellen sollte, der Ehemann Maddalena Forstners. Mit ihrem Mädchennamen, Maddalena Todesco, ist sie ihm viel mehr in Erinnerung geblieben. Er kannte sie, lange bevor sie heiratete. Eigentlich ist sie nur der Heirat wegen Österreicherin geworden. Sie hat ihre italienische Staatsbürgerschaft nach der Heirat behalten …

Nein, Lazar möchte sich nicht erinnern. Auch wenn nun die dramatischen Ereignisse jener Nacht auf der Brankov-Brücke wie Lichtsplitter vor seinen Augen stehen.

– Könnte Dr. Christoph Forstner jenen Tag überlebt haben? Man hätte davon gehört, wenn die Leiche eines ausländischen Botschafters gefunden worden wäre. Ach was, der Mann ist tot! Ich habe es mit eigenen Augen gesehen! –

Lazar öffnet das Fenster erneut und zündet sich eine weitere Zigarette an. Die Menschen am Gang tun so, als würden sie die Übertretung der Hausordnung nicht bemerken.

Vom Arzt keine Spur.

Man hat Lazar vor Stunden vertröstet, der Arzt sei in einem der Operationssäle festgehalten. Es sei unmöglich, ihn dort herauszubekommen. Unmöglich! Ob er nicht an den folgenden Tagen wiederkommen wolle? Nein, er will heute mit dem Doktor sprechen. Heute!

Wie der Zigarettenrauch, verfliegen auch die Bilder von Dr. Christoph Forstner.

– Und Maddalena? Sollte sie nach all den Jahren wieder einmal Sehnsucht nach mir haben? – Es wäre nicht das erste Mal. Genauso hat sich ihre Beziehung abgespielt, durch die Jahrzehnte hindurch. Aber daran erinnert er sich gerne. Wie Perlen sitzen fast alle Begegnungen mit Maddalena auf seiner Lebenszeitschnur.

Würde er sie gerne wiedertreffen? Jetzt, wo er ein alter Mann ist? Alles Leidenschaftliche ist längst verflogen.

Tatsächlich? Das Bild dieser schönen Frau weckt Gefühle in ihm, die er vergessen glaubte. Vielleicht schlafen seine Hormone nur. Wie Jovans räudiger Straßenköter, der unter dem Küchentisch schläft, sobald aber jemand an der Türe klopft, kläfft er los, und von nichts auf alles hüpft er herum, als wäre er ein bulliger Bluthund. Lazar lächelt.

Er sieht sich herumhüpfen, den Bauch einziehen, die Brust herausdrücken, weil Maddalena an seiner Türe steht. Das Lächeln entwickelt sich zu einem leisen Lachen. Ja, das würde er tun. So wie jedes Mal, wenn Maddalena ihren Weg zu ihm gefunden hatte. Auf der Stelle würde er seinen Schwur vergessen, nie wieder etwas mit ihr zu tun haben zu wollen. Er würde sich angesichts der Schönen fühlen, als hätte es diesen Schwur niemals gegeben.

Wie mag sie heute aussehen? Und wäre ihr Aussehen wichtig? Maddalenas Augen, mit denen sie jedem Mann den Kopf verdrehte, ohne das zu beabsichtigen. Diese großen, schwarzen Augen umlagern jetzt vielleicht kleine Fältchen, aber was macht das schon? Bei Maddalena gab es die seltene Begegnung von äußerer und innerer Schönheit. Lazar weiß nicht, was er damals mehr geliebt hat: Ihr Äußeres? Ihr Inneres? Er hat nicht oft in seinem Leben geliebt. Slavica hat ihn geliebt, und das hat er geliebt. Und darum ist er auf ihr Drängen eingegangen, sie zu heiraten. Eine leidenschaftliche Liebe war das für ihn nie. Am Anfang auf Slavicas Seite schon. Und das kann einen Mann beeindrucken, wenn eine Frau leidenschaftlich liebt.

Maddalena? Hat er Maddalena geliebt? Kann man bei einer derart seltsamen Beziehung von Liebe sprechen? Jedenfalls war es keine Alltagsliebe.

Lange Zeit war es … was war es? Offene Freundschaft? Platonische Liebe? Es gibt keine Bezeichnung dafür. Inselliebe fällt ihm ein. Etwas, das aus dem Alltagsmeer herausragt. Miteinander geschlafen haben sie über diese vielen Jahre hinweg jedenfalls nicht, wenn es auch ohne Weiteres möglich gewesen wäre.

Sie haben in Ehebetten nebeneinander geschlafen und sind nicht übereinander hergefallen, wie man vermuten könnte. Eine Liebe, bevor Adam vom Baum der Erkenntnis gegessen hat?

Ordentlich geknistert hat es zwischen der Schönen und ihm. Aber hat er sich vor Jahrzehnten nicht verboten, jemals wieder darüber nachzudenken?

Und heute? Was würde geschehen, stünde sie plötzlich vor ihm?

Er sieht sich Maddalena in den Arm nehmen und an sich drücken. Wie immer könnte er kein Wort sagen. Sie hingegen: »Ich habe dich vermisst, Straßenmusiker!« Oder besser: »Warum versteckst du dich jahrelang vor mir? Immer muss ich mich auf die Suche nach dir machen!« Aber das sei doch nie so gewesen, würde er antworten. Und wortlos würde er ihren vielen Worten lauschen. Er würde überlegen, wo derzeit in Belgrad der beste italienische Kaffee zu finden sei. Und ja, natürlich, das weiß er schon: Den besten italienischen Kaffee gibt es in Venedig! Das darf man nicht infrage stellen.

Er ist dort gewesen. In Venedig. Es war unglaublich. Er hat mit Maddalenas Vater über Literatur debattiert und ist im Elternhaus Maddalenas den bedeutendsten Künstlern des Landes begegnet. Und alle waren aus der Nähe betrachtet ganz normale Menschen. Menschen mit Süchten, Menschen mit Bauchschmerzen, Menschen mit geschmackloser Kleidung, Menschen mit Haarausfall. Damals hatte der junge Lazar sein Germanistikstudium in Belgrad eben erst abgeschlossen. Etwas Erfahrung mit der Sprache hatte er in der DDR gesammelt. Und dann sollte er im Wohnzimmer der Todesco mit einem der großen Schriftsteller Deutschlands, der gerade einmal so vorbeigekommen war, bedeutsame Dialoge führen. Der Unterschied zwischen der jugoslawischen Gegenwartsliteratur und jener des deutschsprachigen Westens. Erst hat er geschwitzt, dann hat er bemerkt, dass das, was er sagte, ernsthafte Beachtung fand. Schließlich saßen die anderen im großen Kreis um die beiden ins Gespräch Vertieften und hörten aufmerksam zu.

Maddalenas Vater, Luciano Todesco, mochte Lazar vom ersten Augenblick an. Und Lazar mochte Luciano. Die Eigenartigkeit der Beziehung zu Maddalena ermöglichte es nicht oft, diesen Mann von Welt zu treffen.

Am Ende des ersten Besuchs in Venedig sagte Luciano zum Abschied: »Beim nächsten Mal, wenn du kommst, werde ich dich über dein Leben ausfragen. Und dann findest du dich wieder in einem meiner Romane.« Als Lazar ihn erschrocken ansah, setzte er lächelnd hinzu: »Keine Sorge, mein Freund, nicht einmal deine eigene Mutter würde dich in meinem Buch erkennen. Das Geheimnis literarischer Figuren ist: Sie sind wahr, aber nicht real!« Luciano umarmte ihn: »Ich hoffe, wir sehen uns bald wieder!«

Ja! Er würde sich freuen, stünde Maddalena plötzlich vor seiner Türe.

Jemand klopft ihm auf die Schulter. Der Arzt steht hinter ihm: »Sie wissen aber schon, dass Sie hier nicht rauchen dürfen?« Man sieht es in seinen Augen, er meint die Ermahnung nicht wirklich ernst.

»Kommen Sie mit. Ich weiß da einen Ort, wo wir rauchen können.«

Lazar trottet hinter dem jungen Mann her und fühlt sich schrecklich. Als ginge es zur Urteilsverkündung. Unendlich lang geht es die Stiegen hinunter. Welches Urteil wird gesprochen? Welche Wahrheit hat der Arzt zu verkünden? Lazar sieht das hilflose Gesichtchen Milans. Als hätte er den Kampf aufgegeben. Lasst mich in Ruhe, schreien die matten Augen. Die Gifte aus Pančevo? … Hormone, die den kleinen Körper überfluten? … Was?

Der Arzt öffnet eine Türe neben den Wirtschaftsräumen des Krankenhauses. Er neigt den Kopf in Lazars Richtung, weist mit der Rechten in den Raum.

»Wir Ärzte sollten es ja eigentlich wissen, aber welches Vergnügen bleibt uns noch, wenn wir alles Gesundheitsschädigende eliminieren aus unserem Leben? Lieber sechzig Jahre lustvoll gelebt als hundert freudlos!«

»Nein, nein, Doktor! Sie hätten so gesehen das Leben noch vor sich. Ich aber sollte dann in zwei Jahren gehen. Nein! Lange leben und lustvoll leben, so muss es sein.«

Die beiden zünden sich ihre Zigaretten an. Erst jetzt bemerkt Lazar die Befundkarteikarte unter dem Arm des Arztes, der sie jetzt auf den Tisch legt.

»Wie heißen Sie?«, fragt Lazar.

»Milan, wie Ihr Enkelsohn. Ein lieber Kerl!«

»So, so, Milan! Hören Sie, Doktor Mihalović, Sie müssen mich nicht schonen mit dem, was Sie mir zu sagen haben. Ich will alles ungeschminkt hören. Alles! Keine scheinheiligen Beschwichtigungen!«

»Das verspreche ich Ihnen. Verbringt Milan viel Zeit mit seinem Großvater?«

»Das tut er. Seine Mutter muss arbeiten, um Geld heranzuschaffen. Eine Großmutter hat der Kleine nie kennengelernt. Also bin nur ich geblieben. Wenn auch, Sie wissen, wie das ist, meine Zeit eingeschränkt ist durch unterschiedliche Angelegenheiten. Ich arbeite in verschiedenen schlecht bezahlten Jobs, und Erholung benötigt man in meinem Alter auch.«

»Ich bin froh, dass Milan jemanden hat. Seine Mutter, Ihre Tochter, habe ich ja bereits kennengelernt. Eine reizende Frau!«

»Ja, das ist Julijana. Und sie bemüht sich sehr um den Jungen!«

»Das wird er mehr und mehr benötigen!«

Lazar sieht den Doktor mit ängstlich fragenden Augen an. Er braucht zwei, drei Sekunden, um zu antworten: »Steht es so schlimm um ihn?«

»Es fällt mir nicht leicht, was ich Ihnen zu sagen habe, Herr Petrović. Aber es führt kein Weg daran vorbei.«

3

Mein Lieber,

ich weiß nicht, ob du es nach all den Jahren magst, wenn ich dich so anspreche:»Dragi moj, Lazare!«

Irgendwann im Laufe unserer Beziehung habe ich begonnen, dich so zu nennen. Wann habe ich damit aufgehört?

Ich sehe deine dunklen Augen, wie sie skeptisch und verwundert diese Schrift als die meine erkennen. Nach allem, was geschehen ist zwischen uns und über unsere Köpfe hinweg?

Du fragst dich, von welcher Verrücktheit Maddalena sich nun wieder treiben lässt. Jahrzehnte sind vergangen. Und plötzlich nimmt sie den Stift in die Hand, um das Wort an dich zu richten? Das Wort, das sie dir damals entzogen hat?

Du kennst mich gut und wirst mein Tun als Maddalenas typische Spontaneität bewerten.

Es wäre ja nicht das erste Mal.

Du hast recht, es ist ein spontaner Entschluss. Ich habe nicht lange nachgedacht, ob ich es tun soll und welchen Sinn mein Handeln haben könnte. Das war nicht nötig, denn du wohntest all die Jahre in meiner Seele. Überrascht dich das? Oft genug habe ich überlegt, ob ich dir schreiben soll. Es bedurfte eines besonderen Ereignisses, das mich bewog, es jetzt zu tun.

Absätze verdeutlichen Sekunden, Minuten oder Stunden, die vergangen sind. Keine Tage, denn es fehlt mir an Tagen.

Der Sinn dieser Kontaktaufnahme? Intuitiv in Worte gefasst: Es fehlt eine Farbe in unserem Bild. Ich war es, die deiner Betrachtung diese Farbe vorenthalten hat. Jetzt will ich versuchen, unser Bild zu vervollständigen. Du sollst nicht weiter auf Interpretation angewiesen sein, sondern ein vollendetes Bild sehen.

Wenn du das nicht willst, musst du jetzt das Buch in den Altpapiercontainer werfen!

Du hast es nicht weggeworfen, wagst ein weiteres Mal, meine Annäherung zu ertragen. Du hättest allen Grund dafür, mir nicht mehr zu vertrauen. Ich verspreche, diese Zeilen werden dich nicht unglücklich, nicht traurig machen. Ich weiß, deine Erfahrungen mit mir lassen Gegenteiliges befürchten.

Hör mir einfach zu. Es liegt in deiner Hand, jederzeit das Fenster zu meinen Worten zu schließen. Was also hast du zu befürchten?

Und solltest du nichts anderes gehört haben aus diesem Buch, dann zumindest das: Was du durch mich erlitten hast, bitte ich zu vergeben.

Heftig klappt Christoph das Buch zu und wirft es auf das Fenstertischchen. Der junge Mann gegenüber zieht die Kopfhörer von den Ohren und sieht seinen Mitreisenden vorsichtig abschätzend an.

– Nur ein Hornochse von einem wenn auch geschiedenen Ehemann bringt den Liebesbrief seiner Frau deren Liebhaber! –

Seine Gedanken gleiten in die Weite der ungarischen Tiefebene. Er hasst das flache Land, so wie er in diesem Augenblick die ganze Welt hasst.

Er muss sich zusammennehmen, darf nicht hineinfallen in die alten Muster. Gerade jetzt! Vor welche Alternative hat er nach der Scheidung seinen Arzt gestellt? »Wäre es Ihnen lieber, wenn das Munitionslager in meinem Inneren hochgeht? Ist es nicht besser, es gefahrlos in einem Meer von Alkohol zu ertränken?«

Kurz überlegte der Arzt, bevor er antwortete: »Wenn Sie das Munitionslager nicht trockenlegen, wartet der Entschärfungsdienst umsonst auf seinen Einsatz. Haben Sie das schon gesehen? Die nehmen den Zünder aus den alten Bomben und schaffen sie gefahrlos weg.«

»Okay, falsche Metapher. Ich selbst bin die Bombe. Und wenn Ihre Experten – wer sollte das übrigens sein – den Zünder entfernen, hört mein Herz auf zu schlagen. Ich bin dann keine Gefahr mehr für mich selbst und für meine Umgebung, allerdings tot!«

»Es ist Ihre Entscheidung, ob Sie sich mit einer Metapher belügen wollen. Sie könnten sich aber auch entscheiden, mit dem Trinken aufzuhören und sich der Realität stellen. Niemand anderer als Sie selbst bringt Sie um, Herr Botschafter!«

»Mischen Sie sich nicht in etwas ein, wovon Sie keine Ahnung haben! Dafür sind Sie noch zu jung.«

Wie kann ein Entzug erfolgreich sein – dachte er damals – nach einem Leben, in dem Macht, Besitz, Liebe … einfach alles kaputtgegangen ist?

Auf Macht, die er besaß – als er noch für die geheime große Hoffnung der Partei gehalten wurde –, ließ sich verzichten. Besitz? Es war genug geblieben, um ein privilegiertes Leben zu führen. Liebe? … Liebe!

Was er eben in Maddalenas Endlosbrief an Lazar gelesen hat, öffnet Schleusen, hinter denen sich die schönen und die schrecklichen Liebesereignisse mischen. Niemand darf sie sehen, die Angst vor geöffneten Schleusentoren, die Dr. Christoph Forstner verspürt.

Ruckartig wendet er sich von der trostlosen Weite der Landschaft ab und nimmt das Moleskine-Notizbuch mit dem braunen Einband aus der Tasche: »Brief ohne Ende für Christoph!«

Er blättert, sucht einen Eintrag:

Glaubtest du wirklich, unsere Liebe wäre nicht das Wichtigste auf der Welt für mich gewesen? Erinnere dich an die Zeit

rund um unsere Hochzeit. Ich habe dich aus Liebe geheiratet. Deinetwegen habe ich mein Venedig verlassen. Aus
Liebe habe ich ein Leben geführt, wie ich es mir nie hätte
vorstellen können. Von dir habe ich zwei Söhne bekommen.
Es war eine konkurrenzlose, große Liebe.

Ich muss dich heute nicht mehr dafür verurteilen, wie unsere Ehe endete.

– Du hast einen anderen geliebt, Maddalena. –

Der junge Mann gegenüber hat sich wieder in sein Klangim-
perium zurückgezogen. So muss der alte Mann keine übermä-
ßigen Anstrengungen aufbringen, um seine Erschütterung zu
verbergen.

Der Herr Botschafter steckt beide Notizbücher in seine Tasche, hängt sich den Leinengurt über die Schulter und erhebt
sich. Durch den schaukelnden Gang geht er in Richtung Spei-
sewagen. Dort angekommen, nimmt er einen Fensterplatz und
bestellt Kaffee.

– Keinen Wein, nein, keinen Wein. –

Leider gebe es nur Instantkaffee, die Espressomaschine habe
den Dienst aufgegeben, erklärt man ihm.

Scheußlich, der erste Schluck.

Christoph nimmt den Brief ohne Ende an Lazar aus der Tasche, öffnet das Buch dort, wo er aufgehört hat zu lesen:

Als ich mich in Belgrad verliebte, war ich siebzehn Jahre alt.
Deine Stadt hat mich auf dich vorbereitet wie eine raffinierte
Kupplerin.

Mein Vater wollte mir die Reise per Interrail nicht erlauben, wäre da nicht Sahra gewesen, die Tochter seines jüdi-
schen Freundes in Wien. Alle hielten Sahra für vernünftiger
und reifer als mich. Bis zum heutigen Tag kann ich dieser Be-
wertung nur wenig abgewinnen. Ohne meine Intuition, mei-

ne Spontaneität, wären wir genauso wenig weit gekommen wie ohne die rationale Sahra. Was Sahra lange überlegen musste, hatte ich längst intuitiv erfasst. Wo meine Intuition uns ins Abseits zu manövrieren drohte, bewahrte Sahras Vernunft den Überblick.

Wir kamen 1973 mit dem übervollen Städteexpress Wien–Athen an einem Nachmittag im Hauptbahnhof Beograd an. Eigentlich wollten wir mit diesem Zug bis Athen durchfahren.

Als der Waggon mit einem letzten Ruck direkt vor dem Bahnsteigschild Beograd hielt, erhob ich mich: »Komm, wir steigen aus!« Wenig später standen wir auf dem überfüllten Bahnsteig in der heißen Sonne, die Trekkingrucksäcke geschultert.

»Was sollen wir hier?« Sahra drängte darauf, wieder in den Zug zu steigen. »Du wolltest doch zum Meer! Hier gibt es weit und breit kein Meer! Nur Schmutz, Gestank und Hitze!«, rief sie mir hinterher.

Ich ging den Bahnsteig hinunter, durch die Halle und stand kurz darauf staunend im Chaos. Nein, nichts Schönes. Genau wie Sahra vermutet hatte: Schmutz, Gestank und Hitze. Und Lärm. Ich weiß nicht, warum mich diese Stadt schon vom ersten Augenblick an fasziniert hat. Vielleicht war es nur der schwärmerische Eindruck eines jungen Mädchens. Ich hatte das Gefühl, als stünde ich dem altersschwachen Onkel meiner Heimatstadt Venedig gegenüber. Morbid und deformiert. Keine Kunst und Kultur – zumindest auf den ersten Blick. Keine Palazzi, keine Kanäle, keine adrett gekleideten schönen Menschen. Nur wenige Touristen, meist wie wir mit Trekkingrucksäcken auf den Schultern.

Die Stadt sah mich an, mit kleinen Äuglein in einem abstrus faltigen Gesicht: »Da bist du ja endlich!«, sagte sie. »Ich habe auf dich gewartet!«

Im Gegensatz zu Sahra aus Wien war ich mit dem Flair einer Stadt des Südens vertraut. Und das genügte für den Beginn einer unaufgeregten Liebe.

Ich weiß nicht mehr, wohin es uns beide verschlug bei unserem Spaziergang durch die schmutzigen Gassen und Straßen. Irgendwo in einem Straßencafé tranken wir türkischen Kaffee, reizvoll und zugleich grauenhaft. Ohne Probleme fanden wir zurück zum Bahnhof und nahmen den nächsten Zug nach Athen.

Deine Stadt hat mich auf die erste Begegnung mit dir vorbereitet, die ein Jahr darauf geschehen sollte.

1974 hielt jener internationale Schriftstellerverband, dessen stellvertretender Vorsitzender mein Vater war, seine jährliche Tagung in Athen ab. Da ich es im Gegensatz zu meinem Vater liebte zu reisen, flog ich mit ihm nach Athen. Vater kam mit seiner Flugangst leichter in Begleitung zurecht. Sobald die Triebwerke des Fliegers aufheulten, legte ich meine Hand auf die seine. Er schloss die Augen und öffnete sie erst, als das Flugzeug wieder stillstand. Er sah mich an, legte seine Hand auf die meine und sagte nur ein Wort: »Danke!«

Unsere Wege trennten sich, nachdem er sein Hotelzimmer bezogen hatte. Ich ließ mich von einem Taxi zum Athener Hauptbahnhof bringen. Ich wollte mit dem Zug zu Sahra nach Wien. Mein liebstes Fortbewegungsmittel ist – auch heute noch – die Bahn. Die langsame Annäherung an das Ziel. Reisen als wacher und lebendiger Seinszustand, der die Seele wachsen lässt. Wenn ich fliege, stoße ich mich an den Grenzen des Neuen. Wenn ich Bahn fahre, gleitet es sanft in mich ein, bereichert meine Seele mit seinen Gerüchen, seinen Farben und Tönen.

Schon damals las ich bei jeder Gelegenheit. Und ich kann mich an den Roman erinnern, den ich während dieser Reise las. Ich denke, es war eine Übersetzung aus dem Englischen oder Französischen. Ich erinnere mich nicht an Titel oder Autor. Doch das Erzählte hat sich in mich eingegraben: Die Beziehung einer Frau und eines Mannes, die einander Raum in ihren Seelen schenken, ohne sich jemals zu berühren, weil das Leben in den entscheidenden Augenblicken eine andere Wendung nimmt.

Es fehlten noch vielleicht zwanzig Seiten des Buches, als sich der Zug in Bewegung setzte und den Bahnhof Belgrad verließ. Ich saß allein im Abteil, und plötzlich stand da einer vor der Glastür. Schulterlanges, schwarzes Haar, schwarze Augen, sanfter Blick. Die Türe wurde aufgeschoben. Der junge Mann nickte mir fragend zu.

Er machte es sich mir gegenüber bequem. Ich las weiter – besser gesagt, ich hätte gerne weitergelesen. Abrupt wurde die Türe ein zweites Mal aufgestoßen und drei – oder waren es vier? – junge Männer in Uniform fielen ins Abteil. Halb betrunken, sich aneinanderklammernd, nach Bier und Schnaps stinkend. Sie umlagerten meinen Platz, sprachen durcheinander Serbokroatisch auf mich ein, lachten, sangen, versuchten – mehr als tollpatschig – meine Aufmerksamkeit zu erregen. Es half nichts, sich hinter dem Buch zu verstecken. Einer fasste meinen Arm, ich schüttelte ihn entschlossen ab, sah ihn giftig an und zischte: »Stop it!« Ich war mir sicher, meine Muttersprache Italienisch konnte mir hier nicht weiterhelfen. Deutsch, das ich damals schon recht gut beherrschte, ebenso wenig. Blieb also nur Englisch. Kantig, klar!

Der Betrunkene schrak zurück, fiel von der Bank und lag, hilflos wie ein Maikäfer zappelnd, rücklings auf dem Boden. Den anderen zum Spott, die ihn lachend mit Armen und Beinen anstießen. Schnell richtete sich die Aufmerksamkeit wieder auf mich. Man hielt mir eine halb leere Flasche vor die Nase. Schwitzende, gerötete Gesichter knapp vor meinen

Augen. Stinkender Atem. Ich bekam Angst. Intuitiv erfasste ich, dass die Situation jeden Augenblick ins Aggressive kippen konnte.

Plötzlich schob sich ein Arm zwischen mich und die anderen. Die Hand griff nach der Flasche, zog sie vor das Gesicht mit den großen, schwarzen Augen, eingerahmt von schulterlangem, schwarzem Haar. Jetzt leuchteten die Augen freundlich, versöhnlich. Eine tiefe Männerstimme sagte: »Živeli!« Die Hand setzte den Flaschenhals an die Lippen. Alle beobachteten, wie der Schnaps im Rachen des Schönen verschwand. Dann gab er die Flasche zurück, forderte auf, es ihm gleichzutun. Eine wortreiche Feier der Verbrüderung. Es gelang dem Schönen, die Betrunkenen hinter sich her auf den Gang hinauszulocken, wo er ihnen amerikanische Zigaretten anbot. Und zwei, drei Stationen später verabschiedeten sich die neuen Freunde unter Gejohle und Gelächter. Man stimmte ein Lied an, mehr schreiend als singend, schmerzwunde Balkansentimentalität, in die einer nach dem anderen grauenvoll grölend einstimmte. Ihr Gesang entfernte sich draußen auf dem Bahnsteig und verklang.

Der Schöne kam zurück ins Abteil, setzte sich auf seinen Platz, nahm seine Zeitung und verschwand dahinter.

Einen Augenblick horchte ich in mich hinein, dann berührte ich seinen Arm. Und als die schwarzen Augen über dem Zeitungsrand sichtbar wurden, sagte ich: »Thank you!«

Er nickte.

»Do you speak Italian, German or English?«

»Wenn nicht Serbokroatisch, lieber Deutsch.« Mühsam suchte er sich die Worte zusammen.

So kam es, dass eine Italienerin und ein Jugoslawe im Städteexpress zwischen Belgrad und Wien in deutscher Sprache ein Gespräch begannen. Die Nacht verging.

Das sind meine Erinnerungen. Und ich vermute, deine und meine Erinnerungen an jene Nacht sind nicht deckungsgleich.

Ich erzählte dir – einem Fremden – Details meines Lebens, von denen nur wenige Menschen wussten. Ich schwärmte von Venedig, von meinem kleinen Paradies, dem Palazzo meiner Eltern. Vater stammte aus einer angesehenen venezianischen Familie, unseren bescheidenen Wohlstand hatte er sich aber mit seinen Büchern erschrieben. Als Mutter mit mir schwanger wurde, übernahm mein Vater, Luciano Todesco, den Palazzo im Stadtteil Cannaregio. Ich bin in diesem wunderbaren Haus aufgewachsen. Ich schilderte dir die Ausstattungsdetails. Meine Eltern waren und sind begeistert von Kunst. In ihrem Haus finden sich alle Arten von Artefakten: ein Löwe aus der Ming-Dynastie. Glasfenster, die aus einer mittelalterlichen Werkstätte Muranos stammen. Teppiche, handgeknüpft an den Grenzen des Reiches Reza Pahlavis. In der Bibliothek stehen Werke aus dem sechzehnten Jahrhundert. Daneben Goethes Werke, Ausgabe letzter Hand, J. G. Cotta, 1832.

Es stellte sich heraus, dass du genau wie ich ein Vielleser bist. Und Musik? Du ein Meister des Akkordeons, ich eine exzessive Tänzerin. Im Musikgeschmack variierten unsere Vorlieben: ich für Pink Floyd, du für den jugoslawischen Akkordeonmeister Budimir Buca Jovanović, der 1974 noch lebte. Diesen Meister könntest du nie erreichen, meintest du. Später sollte ich dich spielen hören, ohne einen Unterschied zu Jovanović erkennen zu können. Damals im Nachtzug Beograd–Wien ahnte ich nicht, dass ich eines Tages ausgelassen mitten in einer schwitzenden, hopsenden Gesellschaft zu deinem Spiel Kolo tanzen würde.

Du erzähltest, dass du dich an der Universität Beograd für das Germanistikstudium eingeschrieben hättest. Oder, wie es offiziell heißt: »Studium der deutschen Sprache und Literatur«. Englisch wäre deine Priorität gewesen, aber das Risiko, mit der zweitbesten Note keinen Studienplatz dafür zu bekommen, war groß. Für Germanistik hielt sich der Andrang in Grenzen. Deine Deutschlehrerin aus dem Gymnasium versuchte vorsichtig, ihren begabten Schüler in seinen Überlegungen zu bestärken. Germanistik-Absolventen seien in mehr und mehr jugoslawischen Unternehmen hoch gefragt. Es gebe wirtschaftliche Verknüpfungen mit BRD und DDR, zum Beispiel im Bereich Maschinenbau. Im Tourismus seien hervorragende Deutschkenntnisse eine Garantie für bestbezahlte Arbeitsplätze. Aber es war nicht dein vorrangiges Ziel, in der Wirtschaft zu arbeiten. Deine Interessen lagen im »Schöngeistigen«, in der Literatur. Lächelnd meintest du: Irgendwann würdest du die wichtigsten Werke der deutschsprachigen Gegenwartsliteratur ins Serbokroatische übersetzen. Allein die Erwähnung von Goethes Gesamtwerk in der Ausgabe letzter Hand brachte deine Augen zum Leuchten. Und ich bin mir nicht sicher, war es die Bibliothek meines Vaters oder meine Person, die dich einige Zeit später in den Palazzo in Cannaregio gelockt hat?

Du erzähltest von deiner Kindheit in Bosnien, den Aufenthalten in Đake, bei dem Menschen, den du als Kind wohl am meisten liebtest: Großvater Arsen, den Vater deiner Mutter. Du sprachst voller Ehrfurcht von ihm. Viel später erst erfuhr ich, warum.

Für mich tat sich eine fremde Welt auf. Eine fremde Welt voller Anziehungskraft. In ihr spürte ich das Leben und mich selbst wahrer, authentischer.

An Schlaf war gar nicht zu denken in jenen Nachtstunden im Städteexpress Athen–Wien. Dir ist es wohl ebenso ergangen. Ist es das?

Es begann eine Verbindung, die sich einfachen Beschreibungen entzieht. Ich spüre auch heute noch ihr sanftes Brennen, jetzt, in diesem Augenblick.

Auf den letzten Fahrkilometern vor Wien erwachten wir aus unserer Versunkenheit. Erschöpft und gleichzeitig hellwach stiegen wir am Wiener Südbahnhof aus, standen wie Filmfiguren einander gegenüber.

Du musstest zum Westbahnhof, von dort weiter nach Deutschland. Den Grund deiner Reise weiß ich nicht mehr. Und ich? Auf mich wartete Sahra, meine jüdische Freundin. Der Lieben gab es nun viel zu erzählen.

Lazar und Maddalena standen voreinander und wussten nicht weiter an dieser Wegscheide. Ein falscher Schritt, und wir wären uns ein Leben lang nicht wieder begegnet. Wobei ich mir da gar nicht so sicher bin. Ich weiß nach vielen Jahrzehnten, welche Verrücktheiten das Leben inszenieren kann.

Ich wartete auf einen ersten Schritt von dir. Doch da hätte ich ewig warten können. Du konntest einfach nicht.

Ich nahm dich in die Arme, küsste deine Wangen und sagte: »Wir dürfen es jetzt nicht beenden!«

»Ja!«, sagtest du. Immerhin ein Wort, dem eine Tat folgte. Du kramtest in deinen Taschen, zogst ein Päckchen Camel hervor, versuchtest unbeholfen des Inlay-Papiers Herr zu werden.

»Hast du einen Schreiber?«, fragtest du. Du hast das Papier vorsichtig in zwei Teile zerrissen. Den einen Teil legtest du mir in die Hand: »Deine Adresse!« Den von mir beschriebenen Zettel faltetest du, stecktest ihn zurück in die CamelSchachtel. Ich war davon überzeugt, dass er dort für immer verschwände.

»Willst du meine?«, fragtest du allen Ernstes. Ohne ein Wort steckte ich dir den Kugelschreiber zwischen die Finger.

Beim Schreiben verwendetest du meine Tasche als Unterlage. Dann gabst du mir Stift und Zettel: »Ich muss!« Dein Körper war schon auf Rückwärtsbewegung. Doch dann kam ein Ruck nach vorne. Du drücktest mich an dich. Ich roch kalten Zigarettenrauch und ein Waschmittel, das du wahrscheinlich heute noch verwendest. Du bist kein Mann großer Veränderungen. Dann drehtest du dich um und gingst. Und ich weiß, dass ich traurig war, aber die innere Stimme sagte: »Den siehst du nicht das letzte Mal!«

Was ich in Wien getan habe die drei Tage, bevor ich zurück nach Venedig fuhr? Wahrscheinlich habe ich wie üblich Sahra hinter mir hergezogen, von einem »authentischen« Erlebnis zum anderen. Erlebnisse, die Sahra nie gefunden hätte, weil sie sie gar nicht suchte. Erlebnisse, aus denen ich mich wiederum ohne Sahra nicht so leicht hätte befreien können, weil mir – so höre ich – der Sinn für rationale Entscheidung fehlt. Was wäre nicht alles anders verlaufen, hätte ich nicht im entscheidenden Augenblick rationale Entscheidungen getroffen – sage ich. Keinesfalls will ich jedoch die Intuition in ein schlechtes Licht rücken!

Wäre Sahra mit auf deiner und meiner ersten gemeinsamen Bahnfahrt gewesen, hätte sie mich am Bahnsteig des Südbahnhofs von dir weggezogen, ohne Camelpapier-Eintrittskarte in dein Leben. Wäre das die richtige Entscheidung gewesen?

Ich weiß, ich wartete einige Tage – nein, es müssen Wochen gewesen sein – auf einen Brief von dir. Sahra hatte mir aufgetragen: »Du schreibst nicht zuerst!« Dann entschwandest du mehr und mehr aus meinem Alltag. Irgendwann fand ich das beschriebene Papier in einem Fach meiner Geldbörse. Ich nahm es heraus. Bevor ich es zerknüllen konnte, legte ich es in eine der Laden meines Schreibtischs. Der war inzwischen übervoll beladen mit Büchern,

Skripten und anderen Unterlagen für das Germanistikstudium auf der Università Ca' Foscari Venezia.

Und dann – es muss weit im Herbst gewesen sein – lag
ein Brief auf meinem Schreibtisch. Mein Vater hatte ihn dort
hingelegt.

Ich habe mir diesen Brief an mein Bett geholt, er liegt neben mir.

Entschuldige, aber der Inhalt deines Briefes brachte mich
damals zum Lachen. Er ist ein typischer Ausdruck von Lazars
Wesen:

Mein wertiges (wertvoll) Fräulein!
Beograd ist heiß! Trotzdem Herbst.
Du musst zwischen Zeilen lesen, was ich nicht schreiben kann.
Im Hörsaal des Germanistikstudiums sitzen dreißig Mädchen
und drei Männer. In Gruppen von A bis D aufgeteilt – A = beste,
D = schlechteste –, bin ich in C der einzige Mann. Ein Rätsel, wa-
rum jugoslawische Männer Deutsch nicht lieben? Ob ich statt
Deutsch Italienisch lernen soll? Ich will dich verstehen. Aber jetzt
ist es Deutsch und Englisch. Werde deine Sprache lernen, dane-
ben (nebenbei).
  Lazar

Mein Lieber, was sagst du zu deinen Anfangskünsten deutscher Sprache? Ich frage mich heute, was wir eine Nacht lang
auf der Fahrt zwischen Beograd und Wien gesprochen haben. Oder anders formuliert: Was haben wir verstanden?

Weißt du, welcher Satz aus deinem ersten Brief mich bewog, zu antworten? Ich will dich verstehen!

Meine Eltern, besonders mein Vater, haben mich weltof-
fen aufwachsen lassen. Darum konnte ich mich schon vor
meinem Studium ganz gut in deutscher Sprache verständi-
gen.

Ich schrieb zurück:

Lieber Lazar!
Beograd scheint mir zu jeder Jahreszeit ein heißes Pflaster zu sein, so wie ich es kenne.
Ich lese zwischen den Zeilen deines Briefes, dass es dir gefällt, einer von drei Männern in einer Schar von Weiblichkeit zu sein? Finde ich gut, es gibt also Auswahl für dich. Das ist hier in Venedig genauso. Viele Frauen, wenige Männer in den Sprachstudien. Sei nicht so penetrant männlich wie meine Studiums-Genossen, das kann Frauen ordentlich nerven. Aber ehrlich gesagt, habe ich da bei dir keine Sorge. Was ich von dir weiß, lässt mich vermuten: Du bist kein Macho! Im Gegenteil, da gibt es etwas in dir, das mich als Frau Sicherheit spüren lässt. Keine Angst – denkt die Frau –, das ist kein Mann, der nur von Hormonen gesteuert wird. Ich hoffe, das ist für dich keine Beleidigung. So ist es nicht gemeint. Ich bin sicher, in der Mensa sitzen deine Studienkolleginnen gerne an deinem Tisch. Man kann dich mögen, ohne in Gefahr zu sein, auf einzelne Körperteile reduziert zu werden. Verstehst du? (Nimm das Wörterbuch!)
Unsere gemeinsame Fahrt durch die Nacht des Balkans werde ich nicht vergessen. Zuerst hast du mich aus einer unangenehmen Situation gerettet. – Alkohol und Männer! – Und dann suchtest du mit mir gemeinsam die Brücke zwischen unseren so unterschiedlichen Welten. Wo es keine Brücken gab, bautest du mit mir welche. Ich habe mich verstanden gefühlt, und ich konnte erspüren, wer du bist.
Ich wollte längst schreibend den Kontakt mit dir weiterführen. Die Intensität meines Alltags hat das verhindert. Ich bin mir sicher, du hättest das nicht als Zeichen von Verfügbarkeit ausgelegt. Männer lassen sich leicht blenden von Oberflächen und dringen selten durch zur Schönheit von Tiefe. Wärest du beleidigt, wenn ich festhalte: Du hast den weiblichen Anteil als Mann

außergewöhnlich gut entwickelt? (Nimm das Wörterbuch!) Obwohl das für fast jeden Mann rund ums Mittelmeer eine Beleidigung darstellt, ist es in Wahrheit eine Auszeichnung. Viele Männer gibt es im Süden nicht, die diese Auszeichnung verdienen!

O weh! Jetzt habe ich Angst, dass du mir nicht mehr schreiben wirst.

Ich bitte dich, es trotzdem zu tun. Würde mich freuen! Nimm dir kein Blatt vor den Mund, eher eines vom Wörterbuch vor die Augen.

Maddalena

Ich habe alle Briefe dieser Periode unserer Freundschaft! Es waren ja auch nicht viele. Meine und deine leider zum größten Teil nur in Kopien. Vielleicht erzähle ich dir eines Tages, warum das so ist.

Nein, es waren nicht viele Briefe. Monate sind vergangen von einem zum anderen. Aber in den Briefen steht geschrieben, was uns aneinander festhielt. Wir gaben uns nicht auf.

Ich werde hier nicht jeden Brief wiedergeben. Jederzeit kannst du die Kopien unserer Briefe bei meinem Vater abholen oder ihn bitten, sie dir zu schicken. Obwohl ich glaube, er würde sich über einen Besuch von dir sehr freuen.

Ich habe es noch nicht gewagt, dir zu sagen, warum ich nach all den Jahren diesen »Brief ohne Ende« an dich schicke.

Ich weiß seit einigen Tagen, dass ich in naher Zukunft dem Ende entgegengehe. Keine Sorge, der Tod ist für mich keine Hiobsbotschaft mehr. Ich hatte die letzten Monate genug Zeit, mich darauf einzustellen.

Mein Körper könnte jeden Tag sagen: Es ist genug, lass uns gehen! Und ich möchte auch nicht theatralisch klingen. Natürlich habe ich Angst, natürlich gäbe es noch viel zu tun, viel zu leben, viel zu ändern. Ich bin in den Händen eines sehr guten Arztes hier in Bassano del Grappa. Er ist mein Engel, jung, aber lebenserfahren. Er hat mir versprochen, ich werde schmerzarm und wach die Tür zur anderen Welt durchschreiten.

Und darum will ich jede Stunde nützen, tun, was notwendig, ersehnt oder einfach nur gut ist. Darum dieser Brief ohne Ende an dich. Ich wünsche mir, dann nicht mehr an dir festhalten zu müssen, und ebenso, dass du mich nicht festhältst. Ich wünsche in deiner Erinnerung eine von aller Schwere Erlöste zu sein. Ich möchte keine Schwere in dir zurücklassen …

Ich möchte, dass du nicht mehr rätseln musst, was es war zwischen uns.

Kein weiteres Wort darüber!

Kannst du dich erinnern, was du mir damals zurückgeschrieben hast? Nein?

Wertes Fräulein! (Ich bin besser, Deutsch zu schreiben)

Du meinst, es gibt hier nur zwei Jungs und einunddreißig Mädchen im Hörsaal? Welche Schande für einen Jugoslawen! (Bitte lachen!) Es war ein Scherz. Du hast recht, ich fühle mich unter Frauen wohler als unter Männern. Warum? Weil mein Vater ein Trinker ist?

(Kein Wunder, wenn mein Deutsch besser ist. Neben mir sitzt Divna – beste Studentin der Fachrichtung in Gruppe B – und hilft schreiben. Sie hat versprochen, zu schweigen wie ein Grab, und ich vertraue ihr.)

Mein Lieber, ich weiß, warum du das damals geschrieben hast. Du wolltest mich provozieren. Ein Jahr darauf habe ich Divna kennengelernt. Sie hat mir verraten, dass du etwas schreiben wolltest, das dich in meinen Augen interessant machen sollte. Dabei warst du doch von Anfang an interessant genug für mich. Unkompliziert interessant. Kein Liebhaber, einer zum Liebhaben.

Ich schrieb zurück:

Mein lieber Lazar!

Du solltest dich mit Divna gut stellen. Ein Mann wie du ist auf eine hochbegabte Frau angewiesen. Schenke Divna bei der nächsten Zusammenarbeit, die hoffentlich einen Brief für Maddalena hervorbringt, Blumen. Rosen kommen gut an!

Ist sie denn hübsch, deine Divna? Zu dir passt nur eine hübsche Frau. Sie zieht die Blicke an, dann würden auch dich die Menschen bemerken.

Wie schreibst du so schön: (Bitte lachen!) Es war ein Scherz!

Natürlich bist du ein hübscher Kerl mit deinen langen, schwarzen Haaren und den schwarzen Augen. Obwohl mir dein Inneres mehr gefällt!

Liebe Maddalena!

Divna hat gelacht!

Im Geheimen: Sie ist die Schönste der dreißig, beziehungsweise einunddreißig, wenn man mich mitzählt. Du wirst sie kennenlernen, wenn du zu mir nach Belgrad kommst.

Diese Ankündigung deinerseits verblüffte mich. Wie kamst du darauf, ich würde dich besuchen? Das ärgerte mich, ließ mich aber auch nicht mehr los. Darum hat es dann bis zum Sommer des Jahres 1976 gedauert, bis ich mich auf den Weg machte.

Zwei Jahre waren seit unserer ersten Begegnung vergangen. Mein Leben war in dieser Zeit nicht stehen geblieben. Es hatte eine ernst zu nehmende Liebe gegeben. Ein süßer junger Mann, der an einer der ältesten Universitäten der Welt, in Padova, Germanistik studierte. Fast hätte ich seinetwegen den Studienort gewechselt. Ich wollte bei ihm sein, sehen, was sich daraus entwickeln könnte. Aber dann stellte sich heraus, dass unsere Beziehung nicht an Tiefe gewinnen konnte. Literatur bedeutete ihm nichts. Er wollte seine Sprachkenntnisse in der Weltwirtschaft so teuer wie möglich verkaufen.

Dir, Lazar, habe ich davon nichts erzählt. Umgekehrt weiß ich auch nicht, wie es mit deinem Liebesleben in jenen zwei Jahren stand. Trotz der Offenheit unserer Briefe ließen wir dieses Thema aus. Ich deswegen, weil ich Angst davor hatte, dich zu verlieren, hätte ich es dir erzählt. Oder ließ ich es aus, weil ich schon damals nicht wirklich wusste, wie es genau um unsere Beziehung stand? Oder ließ ich es aus, weil keiner sich fand, mit dem ich so frei und uneingeschränkt reden konnte wie mit dir?

Such dir die für dich richtige Erklärung aus.

Die anderen Bewerber waren nicht der Rede wert.

Sobald das vierte Semester mit vorzüglichen Prüfungsergebnissen zu Ende ging, machte ich mich auf den Weg zu dir.

Ich spürte die Aufregung in deinen letzten Zeilen.

Belgrad erreichte ich in den Morgenstunden. – Damals gab es gute Verbindungen zwischen den jugoslawischen Teilrepubliken Slowenien, Kroatien und Serbien. Davon kann man seit dem Krieg nur träumen. –

Ein herrlicher Sommertag, der mich an meine erste Begegnung mit dieser Stadt erinnerte. Der Geruch des Belgrader Bahnhofs, wie drei Jahre zuvor. Das rege Treiben nach Ankunft des Fernzuges auf dem Bahnsteig. Sonnenflecken auf grauem Asphalt. Worte, geschrien, gesprochen, geflüstert, in dieser fremdartigen Sprache, die so konträr zu meiner Muttersprache, kratzig und grob den Raum flutete. Wir Italiener verstecken Wut, Leid, die rauen Gegebenheiten der Realität hinter Wohlklang und Melodie. Auf dem Balkan versucht man erst gar nicht, die Welt durch Sprache zu behübschen. Der Klang des Serbokroatischen damals, des Serbischen heute, vermittelt, was ist. Und ich mag die Urgewalt dieser Geradlinigkeit.

Es kostete mich einige Augenblicke, um die Fülle der ersten Eindrücke zur Seite zu schieben und dahinter deine Gestalt wahrzunehmen. Schwarzes Haar, nach hinten gekämmt, seitlich die Schultern berührend. Schwarze Augen und ein stilles Strahlen. Du hobst die Unterarme, hieltst mir die offenen Handflächen entgegen. Ich ließ meine Tasche fallen, flog in deine Arme und umklammerte deinen Nacken. Du lachtest, dass es mich an deinem Brustkorb hin und her schüttelte. Ich fühlte mich so glücklich.

Deine ersten Worte, in Deutsch gesprochen: »Selten hat man eine so hübsche Frau am Hals. Kannst du noch eine Weile so bleiben, damit die Bahnhofsmachos wissen, wer hier im Revier der beste Hengst ist?« Ich ließ dich los und schlug dir vergnügt mit den flachen Händen gegen die Brust. Lachend und scherzend schlenderten wir den Bahnsteig hinunter, trieben weiter unsere Spielchen miteinander. Ganz so, als hätte es die zwei Jahre dazwischen nicht gegeben.

Es sollte eine der schönsten Wochen meines Lebens werden.

Im »Coffee Dream« tranken wir unseren ersten gemeinsamen türkischen oder serbischen Kaffee: Bodensatz, zuckersüß. Du kannst dich sicherlich erinnern, wie mir der Geschmack das Gesicht verzog. Es sollte mein letzter türkisch-serbischer Kaffee gewesen sein. Ab diesem Morgen bist du mit mir nur noch in Lokale gegangen, in denen es Espresso zu trinken gab.

Du zeigtest mir, wie man in Belgrad die Zukunft voraussagt. Man kippt den Bodensatz der Tasse auf die Untertasse und interpretiert, was man sieht. Was du alles gesehen hast, Schwadroneur!

Eigentlich kenne ich dich als wortkargen Menschen, aber in dieser ersten gemeinsamen Woche warst du nicht zu stoppen.

Später hast du mir gesagt, du wärst nervös gewesen. Es hätte dich verunsichert, dass du nicht einschätzen konntest, was da geschah. Tja, ich habe es auch nicht gewusst.

Deine Wohnung im Stadtteil Karaburma gab es damals schon. Sie war eigentlich Eigentum deines Vaters, aber der ließ sich selten blicken, er flanierte lieber in der Stadt herum. Wir haben ihn zweimal zufällig getroffen, jedes Mal schien er mir arg betrunken zu sein. Damals wolltest du mir nichts über deinen Vater erzählen. Von deiner Mutter wusste ich, dass sie auf unbestimmte Zeit in den Südwesten Serbiens gegangen war, mit deinen zwei jüngeren Schwestern – Vera und Dana –, nach Đake, an der Grenze zum Kosovo gelegen. Deinem Großvater Arsen war die Frau gestorben und es gab viel Arbeit auf dem kleinen Gehöft in Đake.

Jedenfalls verbrachten wir zwei die Woche meist allein in deiner Wohnung in Karaburma. Sofern nicht gerade ein Freund oder eine Studienkollegin oder sonst wer vorbeikam. Auf mich machte das den Eindruck: All die Besucher wussten von mir und wollten mich nun auch persönlich kennenlernen. Wir spielten auf deiner Hi-Fi-Anlage ausgeflippte Musik, tranken, lachten, kochten, feierten, tanzten. Und mit wir sind ich und deine Freunde gemeint. Du saßest meist in irgendeiner Ecke und rauchtest, scheinbar unbeteiligt. Einmal holtest du das Akkordeon vom Kasten herunter und spieltest Kolo, weil du mir nicht erklären wolltest, was ein Kolo sei. Feuer! Ja Feuer, das ist Kolo! Feuer, in das mit dem Blasebalg eines Akkordeons hineingeblasen wird. Erstmals hörte und sah ich, was geschah, wenn du ein Akkordeon in die Hände bekamst. Man glaubt einem anderen Mann gegenüberzustehen. So, als würde mein braver Hausberg vor meinem

Fenster, der Monte Grappa, ohne Vorwarnung zum Vulkan mutieren. Wenn du Akkordeon spielst, sprühst du Funken. Nicht bedrohlich, aber exzessiv lebendig. Nicht gewalttätig, aber zwingend mitreißend.

– Eins, zwei – eins, zwei, drei – eins, zwei, drei – eins, zwei, drei – eins, zwei –

Divna lehrte mich die ersten Kolo-Schritte, während du jugoslawischer Anti-Mann Schweinsbraten brietst. Du kochst hervorragend! Und ich sprang ab diesem Tag überall, wo ich Kolo hören konnte, auf und erfreute mich an, wenn schon nicht perfekten, so doch leidenschaftlichen Tanzbewegungen.

Die Stunden allein? Sie waren die besten!

Keine Anzüglichkeiten deinerseits, obwohl es Gelegenheit genug gegeben hätte. Alles, was du tatst, war darauf ausgerichtet, dass ich mich wohlfühlen sollte. Was dir perfekt gelang. Vielleicht bist du kein großer Redner gewesen, aber in dieser ersten gemeinsamen Woche ist mir das nicht auf den Nerv gegangen. Die Probleme, die diese Eigenschaft verursachen sollte, kamen später, viel später.

Als ich mein Gepäck bereits im Abteil verstaut hatte und bis zur Abfahrt des Zuges nach Venedig ein paar Augenblicke blieben, nahmst du meine Hand, ganz anders als sonst, sahst mir traurig mit deinen schwarzen Augen in meine und sagtest:»Was ist das zwischen uns?«

Du hast mich mit dieser Frage überrascht, und es gelang mir in der kurzen Zeit bis zur Abfahrt des Zuges keine gültige Antwort.

Ich stand am offenen Fenster des Abteils und schwenkte beide Arme, solange ich dich am Bahnsteig stehen sehen konnte. Du standst da mit hängenden Armen, irgendwie unschlüssig. Ab und zu hob sich deine Rechte und winkte schüchtern.

Noch auf der Fahrt nach Hause begann ich meinen Brief an dich:

Was ist das zwischen uns? Müssen wir darauf eine Antwort finden? Ist es nicht besser, es nicht zuzuordnen? Es muss doch möglich sein, dass ein Mann und eine Frau verbunden sind, ohne sich gleich einen Ring an den Finger zu stecken?

Den letzten Satz strich ich wieder, er kommt im tatsächlich verschickten Brief nicht vor.

Lass uns einfach miteinander weitergehen, wie bisher. Dann wird sich entwickeln, was es sein soll!

Ein halbes Jahr später, dein Gegenbesuch in Venedig.

Februar, Kälte, Nebel. Da hast du mich erstmals auf den Mund geküsst. Und ich war eifersüchtig auf dich und auf Vater, weil ich neben euch nur noch die Dritte zu sein schien. Wie lange hat Vater mir noch vorgeschwärmt von dir? Trotzdem sollte es deine einzige Begegnung mit ihm bleiben.

Zwischen uns stellte sich so etwas wie Alltäglichkeit ein, genau genommen handelte es sich um eine Allwöchentlichkeit. Pro Woche ein Brief hin, einer her. Ich habe auch diese Briefe aufgehoben. Pro Monat ein Anruf, der damals noch viel kostete. Selten ein Telegramm, ein Päckchen.

Ich denke, du hattest zwischenzeitlich einige Monate lang eine Freundin, aber du sprachst nicht mit mir darüber. Es gab auch auf meiner Seite den einen oder anderen Verehrer. Niemanden aber, den ich nicht schnell wieder aus dem Kopf bekam. Ich war auf der Suche nach der wunderbaren Liebe, einer, wie sie meine Eltern verband.

Im Frühjahr 1978, ich hatte begonnen, mich als Dolmetscherin bei öffentlichen Stellen zu versuchen, kam eine

Anfrage von dir. Nach erfolgreich abgeschlossenem Studium habest du die Chance bekommen, deine Qualitäten durch ein Praktikum bei einem jugoslawischen Maschinenteile-Hersteller unter Beweis zu stellen. Du würdest für die sprachliche Begleitung von Geschäftsvermittlung und Geschäftsdurchführung mit Firmen aus der BRD, aber auch der DDR zuständig sein. Du schriebst:

Meine Liebe, im Juni bin ich mit Geschäftspartnern aus der BRD unterwegs zu unseren Fertigungsstätten in Bosnien (Novi Travnik) und Kroatien. Die Reise ist für sieben Tage anberaumt. Man hat mir aufgetragen, den Deutschen die Schönheit unseres Landes vor Augen zu führen und es ihnen an nichts fehlen zu lassen.

Abschluss wird in Dubrovnik sein. Danach bin ich für eine Woche frei, bevor ich meinen Wehrdienst antrete.

Eine Vorstellung lässt mich nicht los. Du könntest mit dem Schiff von Venedig aus schnell in Zadar oder Split sein. Wir könnten an der Küste gemeinsam ein paar Tage verbringen. Ich bitte dich sehr darum, meinen Vorschlag auf Durchführbarkeit zu prüfen.

Immer noch war dein Deutsch kalt und kahl. Der geschäftsmäßige Sprachstil in diesem Brief regte intuitiv Befürchtungen in mir. Das klang, als wolltest du einen Deal abschließen. Ich hätte es besser wissen müssen. Du wolltest mich nicht erschrecken mit deinen wirklichen Absichten.

Ja, es war möglich. Der Zeitraum passte gut in mein unregelmäßiges Arbeitsfeld.

Ende Juni befand ich mich auf einer Fähre mit dem blumigen Namen »Sunflow« auf dem Weg nach Zadar. Auf dem Kai erwartete mich ein inzwischen etwas dicklich gewordener, junger Mann.

Ich hatte eine Ahnung davon, was kommen würde. Und das legte einen Farbton der Traurigkeit über das Schöne. Die Straßencafés auf den weißen Plätzen Zadars, der monumentale Sonnenuntergang hinter Ugljan. Still lagen wir nebeneinander in einem Doppelbett, weil zwei Einzelzimmer nicht zu haben waren. Du rauchtest Camel, der Vorhang wehte in der Brise am weit geöffneten Fenster. Und ich tat, als ob ich schlief.

Tags darauf mit dem Schiff hinaus in das gleißende Paradies der Kornati. Man spielte Musik, und ich tanzte in einer Reihe junger Menschen auf dem schwankenden Schiff, während du mich mit skeptischen Blicken beobachtetest.

Danach mehr als ein halber Tag im Bus, die Küste hinunter. Irgendwo einen Fisch gegessen in einem dreckigen und doch zauberhaften Dorf. Schon war es Nacht, als die Lichter Dubrovniks vor uns aufleuchteten. In ungebremster Freude habe ich mich aufgeführt wie ein Teenager. Ich glaube, das war dir etwas peinlich. Die Nacht haben wir nicht geschlafen. Du kanntest einen Club mit Livemusik. Als wir hineingingen, sagtest du: »Ich weiß, du tanzt gerne!« Und so war es auch, ich tanzte die Nacht durch, du standst mit dem immer wieder gefüllten Bierglas herum. Nach Mitternacht, jazzig-rau: »Yes, it is my way!« Eng umschlungen von mir, glittest du zeitlupenartig über die Tanzfläche. Wir waren eines von drei verbliebenen Paaren.

Geschlafen haben wir im Morgen-Bus Richtung Norden. Du hattest mir für die letzten drei Tage etwas Besonderes angekündigt. In dem kleinen Dorf Zaostrog, im Küstenraum von Makarska, holtest du mich aus dem Bus. Eines der bedeutendsten Kulturobjekte an der dalmatinischen Küste erklärtest du, während ich schlaftrunken neben dir hertorkelte. Das Samostan Sv. Marije der Franziskaner. Ich sah Steinmauern, bevor ich in einem Einzelbett-Gästezimmer des Klosters auf die Matratze sank und bis zum späten Nachmittag durchschlief, trotz Glockengeläute vor meinem Fenster.

Damals, Ende der Siebzigerjahre, gab es in Zaostrog weniger Tourismus als heute. Ich habe es mir im letzten Jahr – was glaubst du, warum? – noch einmal angesehen und es voll Lärm und Gedränge gefunden. Ein trauriges Wiedersehen und dennoch schön.

Die letzten drei gemeinsamen Tage und Nächte waren ausgerichtet auf Ruhe und Erholung. Kleine Kiesbuchten von bizarren Felsen, wie Smaragde von Silber umfasst. Pinien, deren Schirme übers Wasser greifen. Ein glasklares Wasser, wie es heute rund ums Mittelmeer nur schwer zu finden ist. Im Hintergrund der steil aufragende Kalkfelsen des Biokovo-Gebirges. Der Kreuzgang des Klosters, in dem alles in und um dich zur Ruhe kommt.

Am vorletzten Abend saßen wir unten am Strand in einem Lokal. Du drücktest herum, rauchtest eine Zigarettenschachtel leer. Plötzlich nahmst du meine Hand und sagtest entschlossen: »Ich liebe dich!«

Das war es, was mich schon im Vorfeld beunruhigt hatte. Ich war sprachlos. Fühlte mich nun gar nicht wohl. Ich fühlte mich hintergangen. – Jetzt, nach so vielen Jahren, zaubern diese deine Worte mir ein Lächeln ins Gesicht! – Das Erste, was ich herausbekam: »Nein! … Nein! Mach nicht alles kaputt, wo es doch so schön ist.« – Warum bist du nicht hartnäckig geblieben? – Erst am Tag darauf in Zadar, bevor ich meine Fähre bestieg, nahmst du den Faden wieder auf: »Wie soll es weitergehen?«

Immer diese Frage zwischen uns.

Ich nahm dich in den Arm: »Ich muss nachdenken!«

Dann fuhr ich davon.

Ich stürzte mich in meine Arbeit.

Im Oktober des Jahres 1978 fand in Venedig eine Tagung europäischer Christlicher Studentenverbindungen statt. Man benötigte Dolmetscher. Ich bewarb mich und wurde genommen. Hätte ich mich vorweg genauer über die Inhalte informiert, hätte ich mich nicht beworben. Meine Aufgabe war es, die Reden deutschsprachiger Referenten ins Italienische zu übersetzen. Was ich so alles zu übersetzen hatte, passte so gar nicht zu meinen persönlichen Überzeugungen. Mehr und mehr fühlte ich mich deplatziert.

Nachmittags betrat ein junger Mann die Bühne, der alles zu überragen schien. Christoph Forstner, Student der Rechtswissenschaften in Wien, Generalsekretär des damals noch jungen »Europäischen Kartell-Verbandes«. Mir sagte das so viel wie nichts, hatte mich doch auch das traditionelle Studententum der »goliardia« an den italienischen Hochschulen nicht interessiert.

Strahlend blaue Augen, brünettes Haar, der Versuch eines Vollbarts, groß gewachsen, stattlich. Er stolzierte geradezu ans Podium. Hatte mich sein Aussehen in Bann genommen, so elektrisierte mich seine Stimme geradezu: Guttural, tief, dröhnend. Sie hätte ohne Mikrofon den Saal gefüllt. Man konnte sehen, wie die Aufmerksamkeit des bis dahin recht undisziplinierten Publikums allein vom Klang dieser Stimme eingefangen wurde. Drei Sätze aus seinem Mund von mir übersetzt, und es war still im Saal. Drei Sätze, fehlerhaft übersetzt, weil ich mehr dem Klang als der Bedeutung der Worte meine Aufmerksamkeit schenkte. Es ging um mögliche Formen der Zusammenarbeit von »goliardia« und »EKV«. Er beendete seine Rede mit folgenden Sätzen: »Meine bezaubernde Dolmetscherin symbolisiert das mögliche Miteinander der Studentenverbindungen Italiens und des deutschsprachigen Raums. Wir sprechen nicht die gleiche Sprache, aber in den Inhalten sollten wir einander sehr nahe sein!« In diesem Augenblick schoss mir durch den Kopf: – Will er mich kritisieren oder loben? –

Nach der Rede kam er auf mich zu, las erst mein Namensschild und meinte dann: »Ich muss mich bei Ihnen entschuldigen, Maddalena Todesco. Dank Ihrer sprechen wir dieselbe Sprache. Und das bezaubernd! Darf ich Sie als Entschädigung zum Essen einladen?«

Ja, das durfte er.

Wer mich kennt, weiß, dass ich mich von Männern nicht so leicht einfangen lasse. Christoph aber konnte ich nicht widerstehen. Obwohl unsere Welten unterschiedlicher nicht sein konnten, dieser Mann interessierte mich. Es war nicht eine Sache des Kopfes, sondern eine des Herzens. Ich wurde von ihm behandelt wie eine Lady. Ja, ich weiß, darauf kann eine moderne Frau gerne verzichten. Ich errate deine Gedanken, während du diese Zeilen liest. Verteidigend sagen kann ich nur, ich habe mich damals in Christophs Gegenwart sehr wohlgefühlt. Er schenkte mir seine volle Aufmerksamkeit und gab mir das Gefühl, jemand zu sein, für dessen Glück er alles zu tun gedachte. Ich fühlte mich in seiner Nähe gut aufgehoben. Christoph war derjenige, der die Initiative ergriff. Er suchte und fand heraus, was mir guttat. Er bestellte das Essen, wählte den Wein, er bezahlte (heute weiß ich, es war sein letztes Geld für jenes Wochenende in Venedig). Er öffnete mir die Tür, küsste mir die Hand und verabschiedete sich, ohne durchblicken zu lassen, dass er gerne mit mir in mein Elternhaus mitgekommen wäre. Ich weiß, es ist nur eine Form der möglichen Sprachen zwischen Männern und Frauen, aber bei diesem jungen Mann schienen mir seine Umgangsformen seine Seele zu repräsentieren. Ohne es zu bereuen, gebe ich zu: Ich habe mich schon an diesem ersten Abend in Christoph verliebt. Du hast das nie verstanden, Lazar. Fast schämte ich mich dir gegenüber, dass es passiert ist.

Das ist auch der Grund dafür, warum ich in meinen Briefen, die ich weiterhin an dich schrieb, Christoph ausklammerte. Ich wusste, das würdest du nicht verstehen.

Vage schrieb ich dir:

Deine alte, neue Frage am Kai von Zadar kann ich nicht mit Worten beantworten. Es lässt sich nicht in Gedanken fassen. Ich frage dich, ob du spüren kannst, was es ist. Ich habe den Verdacht, dass du das nicht kannst.

Wenn ich liebe, dann weiß ich es, weil ich es spüre.

Je länger es ging, desto mehr meinte ich zu spüren, dass ich Christoph liebte. Und er nahm jede Gelegenheit wahr, mich das spüren zu lassen. Wo irgendwie möglich, setzte er Handlungen, um in meiner Welt präsent zu sein, ohne mir die seinige aufzudrängen. Niemals wirkte er aufdringlich, manipulierend. Christoph ist in einem Punkt entschieden anders als du: Bis du dich aufraffen kannst, die Stiefel zu putzen, haben andere schon den Krieg gewonnen. Hättest du mir in unseren Jahren einmal einen Ring an den Finger gesteckt und gesagt:»Wenn du willst, heirate ich dich!«, ich hätte es getan.

Eineinhalb Jahre später richtete Christoph genau diese Frage an mich, und ich konnte mich erst recht nicht entscheiden. Ich musste mich in jenem Jahr 1981 zuerst auf den Weg zu dir nach Belgrad machen, weil ich mir nicht sicher war. Ich hatte nur zwei Tage zur Verfügung, denn inzwischen galt ich als fähige Dolmetscherin und bekam Auftrag um Auftrag.

Schon unser Aufeinandertreffen am Bahnhof war anders. Alles wie sonst, auch die Küsse, und dennoch seltsam fern und fremd. Ich schrieb es meiner Müdigkeit zu. Ganz gegen deine Art erzähltest du ohne Ende: Von Titos Tod im Jahr zuvor, du wollest mir die neue Sehenswürdigkeit Belgrads zeigen, »Kuća cveća« – Das Haus der Blumen, das Mausoleum des verstorbenen Staatspräsidenten. Ich konnte spüren und hören, wie sehr dich der Tod Titos beschäftigte: Viele Unwahrheiten würden über den Verstorbenen erzählt. »Manches böse Gerücht, das man zu seinen Lebzeiten im Ausland verbreitete, kannst du jetzt mitten in Belgrad hören.« Man sage zum Beispiel, Marschall Tito habe sein Leben lang einen ganzen Strauß außerehelicher Beziehungen gesammelt. Sein zweiter unehelicher Sohn Hans Studer sei als Soldat der deutschen Wehrmacht im Einsatz gegen die Partisanen Titos gefallen. Wer wohl daran Interesse habe, den Marschall und sein Lebenswerk schlechtzumachen?! »Alle, die jetzt negativ darüber reden, werden das bald bereuen«, meintest du.

Von den neuen nationalistisch eingestellten Führern hieltst du nichts. Sie spielten mitten in einem Treibstofflager mit Feuer, meintest du. »Wenn niemand ihnen Einhalt gebietet, fliegen wir alle in die Luft!« Und weil ich dich verständnislos anblickte, präzisiertest du: »Dann gibt es Krieg! Und Krieg auf dem Balkan bedeutet, die Lunte des Pulverfasses Europa anzuzünden.« Mir kam das übertrieben und weltverschwörerisch vor. Die wahren Gefahren für den Weltfrieden lagen 1981 doch ganz woanders! Ronald Reagans Beschluss, die Neutronenbombe zu bauen, und Leonid Breschnews lakonisches Statement dazu: Er könne sich nicht erinnern, »dass irgendjemand im letzten Drittel dieses Jahrhunderts mit so einer Inbrunst die Sowjetunion zu seinem militärischen Gegner erklärt und sein Rüstungsprogramm mit Blick auf den Zusammenstoß mit uns aufgebaut hätte, wie es jetzt Mode in Washington ist«.

Ein kleines Land wie Jugoslawien schien mir in diesem wahnwitzigen Machtspiel keine Rolle zu spielen. Aber in deinen Monologen drehte sich alles um den Zustand deines Heimatlandes. Und irgendwie war ich auch froh darüber. Ich konnte dahinter den Grund, der mich nach Belgrad geführt hatte, verstecken.

Ja, es waren zwei schöne Tage. Aber hätte ich dich am Vormittag des Sonntags – fünf Stunden vor Abfahrt meines Zuges – nicht mit den Fakten konfrontiert, es wäre nichts klarer geworden zwischen uns.

Ich sagte: »Lazar, liebst du mich?« Wir saßen in einem über das unruhige Pflaster der Stadt dahinjagenden Bus. Zuerst schien es, als hättest du die Frage überhört. Ich nahm dich am Arm und schüttelte dich. »Ob du mich liebst?«

Und dann kam, womit ich niemals gerechnet hatte: Slavica!

Während du in wenigen Sätzen trocken berichtetest, blieb mir der Mund offen stehen. Du hattest dich verlobt und – welche Freude – ein Kind sei unterwegs und …

Da hörte ich nicht mehr zu. Idiotisch, es standen mir die Tränen in den Augen, aber du tatst so, als würdest du es nicht bemerken. Ich versuchte, die restliche Zeit möglichst heil mit dir zu überstehen. Ständig kreiste der Selbstvorwurf in meinem Kopf: – Was bildest du dir ein, anders gemacht zu haben als er? –

Am Bahnhof küsstest du mich und sagtest: »Wir sehen uns!« Und dann, wie immer, dein zaghaftes Winken, während ich am Fenster stand, die Tränen kullerten über mein Gesicht, und ich mir sicher war: Wir sehen uns nie wieder!

Vor dem Fenster die weiten Kornfelder der Vojvodina, schon in frischem Grün.

Christoph schließt das Moleskine-Notizbuch mit dem Titel »Brief ohne Ende an Lazar!«. Er spürt Trauer und Wut:

– Ich war zweite Wahl! –

4

In der kleinen Bäckerei, in der Tag und Nacht gebacken wird, hat er frisches Brot gekauft. Die kurze Strecke, die Husinski rudara hinunter bis zum Haus Nummer drei, ging er rauchend, unaufgeregt langsam, verschwindend unauffällig. Durch die abgeschabte Haustüre in den dunklen, muffigen Flur. Wie immer musste er den Schlüssel suchen, fand ihn in der Gesäßtasche der Hose – wie ist der nur dort hingekommen? Jetzt steht er im Vorraum seiner Wohnung im Erdgeschoß, seine Beine zittern. Er reibt mit den Handflächen übers Gesicht. Einen Moment glaubt er die Kontrolle über seinen Körper zu verlieren. Aber er hat gelernt, sich zusammenzureißen. Er schlüpft aus den Schuhen – die Füße schmerzen –, schafft es bis zum Küchentisch und lässt sich in den Stuhl fallen. Das halb mit Wasser gefüllte Glas von heute Morgen steht noch da. Er setzt es an und leert es in schnellen Schlucken.

– Warum? – Warum hat er geglaubt, endlich habe eine ruhigere Phase seines alten Lebens angefangen? Etwas kommt aus dem Nichts geflogen und zerfetzt die Normalität.

– Normalität! – Lazar schüttelt den Kopf. Alles hat er durchgestanden, aber das? Würde es ihn selbst betreffen, wäre es halb so schlimm. Aber es betrifft Milan. Das blasse Menschlein zwischen Kind und Mann.

»Nimm mich!«, möchte Lazar dem Schicksal ins Gesicht schreien. »Du Scheusal!« Aber das Schicksal hat kein Gesicht. Du kannst schreien, so laut du willst, es hat keine Ohren, das Schicksal. Es erreicht dich, aber du kannst es nicht erreichen.

Lazar erhebt sich, füllt das Glas, schüttet Wasser in sich hinein, als gelte es, etwas wegzuwaschen.

Er sieht sich auf einem anderen Gang desselben Krankenhauses stehen. Eine Türe öffnet sich, strahlende Gesichter: »Es ist ein Junge, Herr Petrović! Ihre Tochter hat einen Nachfolger geboren!«

Er kennt das nicht, denn als Julijana, seine Tochter, geboren wurde, brauchte es einige Augenblicke, sich damit abzufinden. »Macht nichts, der Junge kann ja immer noch kommen!«, hat man damals zu ihm gesagt. Und dann gebiert ihm diese Tochter einen Nachfolger, seinen Milan. Ach was, Nachfolger hin oder her! Er hat nicht geglaubt, dass so etwas für ihn eine Rolle spielen könnte. Hat es aber. Auch wenn er versuchte, seine überschwänglichen Gefühle gedanklich zu dämpfen: – Ich bin kein Vertreter des balkanischen Männlichkeitswahns! – Als er den Kleinen, fest eingepackt, im Arm hielt, sah er nicht das von der Geburt verdrückte Köpfchen. Er sah etwas Wunderschönes, Einzigartiges: seinen Enkelsohn! – Egal, es gibt keinen Vater, egal, kleiner Milan. Du hast einen Großvater, der wird sich um alles kümmern. Zum Teufel mit dem Vater!

Ich bin, trotz vorhandenem Vater, ohne väterliche Liebe aufgewachsen. Auch ich wurde durch einen anderen Mann in die Welt hineingeführt: Arsen! Arsen gab mir das, was nur ein Mann einem Mann weitergeben kann. Und Arsen war mein Großvater. Was er mir gab, will ich an dich weitergeben, kleiner Milan.

Denn du bist das beste Geschenk, das ich je in meinem Leben erhielt! –

Lazar hört seine Gedanken von damals laut in sich. Laut gesprochen. Obwohl sie doch in jener Feierstunde des Lebens nur in seinem Herzen gesprochen wurden. Vielleicht, so hoffte er, erreichten sie auch das kleine Herz Milans, der in seinen Armen lag.

Julijana lebte damals noch bei ihm in Karaburma. Seit dem Tod Slavicas gab es genug Platz. Julijanas Zimmer war schnell mit den für den neuen Erdenbürger notwendigen Utensilien ausgestattet. Das nächtliche Geschrei, auch wenn es manchmal kein Ende nehmen wollte, und er, Lazar, kein Auge zubekam auf seiner Liegestätte im Wohnzimmer, es war ihm der Ruf des zurückgekehrten, glücklichen Lebens. Julijana, arbeitslos, war darauf angewiesen, dass er, Lazar, das Nötigste heranschaffte. Nach dem Krieg ein schwieriges Unterfangen. Es gab keine offiziellen Arbeitsmöglichkeiten für einen Übersetzer und Dolmetscher deutscher Sprache. Aber Lazar war und ist ein Lebenskünstler. Er fand eine Sprachschule, die ihn inoffiziell als Lehrer engagierte, für wenig Geld, versteht sich. Er stellte sich in den langen Schlangen an, wenn man Milch bekommen konnte. Er schaffte es, auf dem Schwarzmarkt Dinge zu besorgen, die eigentlich nirgends erhältlich waren. Jovan, sein Freund, der Roma, ein begnadeter Gauner und Gitarrenspieler, half ihm, als wäre Milan sein eigener Enkel. Bis zum heutigen Tag will Lazar nicht wirklich wissen, woher Jovan seine »Ware« bezog. Wegwerfwindeln westlicher Qualität? Zu leistbaren Preisen? Kein Problem für Jovan. Er tauschte geschmuggeltes Haschisch gegen Lebensnotwendiges. Jovan ist ein Kater. Fällt er vom Tisch, landet er auf vier Pfoten. Ohne Jovan hätte Lazar die schwierigen Jahre nicht geschafft. Nicht zu vergessen, dass er mit seinem Freund weiter in verschiedenen Lokalen musizierte und damit ein wenig dazuverdiente. Wenn alles kaputt ist, auf Musik können die Bewohner Belgrads nicht verzichten. Geburtstagsfeiern, Hochzeiten, Beerdigungen? Ohne Musik undenkbar. Und Jovan war und ist ein begnadeter Selbstdarsteller auf den vorhandenen Bühnen der Stadt. Von ihm, Lazar, sagt man, er sei einer der besten Akkordeonisten, die man finden kann. Der Lohn der Arbeit stieg durch derlei Übertreibungen, meint Lazar. Dabei hätte er auch gespielt, ohne dafür bezahlt zu werden. Akkordeonspiel ist seine Therapie.

Fünf Jahre ging das gut. Dann sprach Julijana plötzlich davon, sie müsse ihr Leben wieder auf eigene Beine stellen. Was sie damit sagen wolle, hat er gefragt. Und nach einem langen

Abend aufwühlenden Gespräches blieb ein Satz haften: »Papa, ich brauche eine eigene Wohnung!«

Ja, sicher, da gab und gibt es Eigenheiten, Gewohnheiten in seinem Leben, die es einem anderen Menschen nicht leicht machen, sie zu teilen. Seine verstorbene Frau Slavica hätte darüber nie gesprochen, aber er hat wahrgenommen, wie schwer ihr manches zu ertragen war. Kleinigkeiten eben! So etwas wie: Zeitung lesen auf dem Klo. Eine Stunde Minimum. Er hat es sich angewöhnt – angewöhnen lassen –, auch in Winterszeiten, das kleine Fensterchen im Bad offen zu halten, während seiner »Sitzungen«.

»Aber wie und wo soll ich Milan wickeln, wenn du stundenlang das Bad in eine kontaminierte Zone verwandelst?«, schimpfte Julijana.

Kleinigkeiten eben, die man hätte regeln können. Sie führten dazu, dass er in den Keller unter der Wohnung zog. Nicht gerade Luxus, aber legal. Denn diese Kellerwohnung – fünfunddreißig Quadratmeter – hatte einmal ebenfalls seinem Vater gehört. Dort verbrachte der schwer alkoholkranke Mann seine letzten Lebensjahre. Die Wohnung über dem Kellerraum vermietete Vater, selbstlos wie er war, an seinen Sohn, der da ja sowieso schon seit Kindertagen wohnte, wenn er nicht gerade nach Đake zu Großvater Arsen abgeschoben wurde. Von der Miete Lazars bestritt Vater seinen Lebenswandel.

Unter umgekehrten Vorzeichen wiederholte sich das Geschehen in der nächsten Generation. Vater Lazar blieb nichts anderes übrig, als in den Kellerraum zu übersiedeln, in dem sein Vater gestorben war. Die Wohnung überließ er kostenlos seiner Tochter Julijana. Milan, fünf Jahre alt, verbrachte seine Zeit lieber in der Kellerwohnung als oben bei der Mutter. Julijanas Nervenkostüm stand unter Spannung. Sie wollte endlich ein »normales« Leben führen. Keinesfalls wollte sie weiter eine junge Frau ohne Arbeit, ohne Liebe, ohne Zukunft sein. Mit vierundzwanzig Jahren fühlte sie sich, als wäre das Leben schon vorbei, auch wegen des Kindes, das sie doch gleichzeitig liebte.

Julijana nahm jede Arbeit an. Sie kellnerte in den wildesten Spelunken, arbeitete im Labor, nur um Essen für sich und den Kleinen aus der Kantine gratis mitnehmen zu dürfen. Sie schlief mit dem Personalchef einer russischen Firmenvertretung, weil der ihr versprach, sie in der Reihung der Bewerber ganz nach oben zu hieven. Sie ahnte, was daraus werden sollte. Zeitweilig lebte ein junger, hübscher Serbe in ihrer Wohnung, Student der Medizin. Er versprach ihr, sobald er das Studium abgeschlossen habe, würde er sie mit nach Deutschland nehmen. Nur dort sei ein normales Leben möglich. Wahrscheinlich ist er tatsächlich in Deutschland gelandet, allerdings ohne Julijana. Das Schicksal einer jungen, hübschen Serbin, eines von vielen.

Wenn die Mutter nicht da war, kam Lazar nach oben in die Wohnung, um auf Milan aufzupassen.

Es passierte ab und an, dass Lazar mit Jovan und Ivo irgendwo in einem Lokal einen Auftritt hatte, und der kleine Milan saß nebenbei an einem Tisch, manchmal zusammen mit einem der Söhne Jovans. Wie viele Kinder Jovan gezeugt hat, ist selbst für seinen Freund Lazar nicht nachvollziehbar. Ebenso wenig, mit wie vielen Frauen er das tat. Obwohl er sich doch als wahrhafter orthodoxer Christ bezeichnete und seinen Familienheiligen Đorđe hoch verehrte.

Milan und Lazar wuchsen immer mehr zusammen. Der Enkelsohn nahm dankbar den ersten Platz in Lazars Leben ein.

Dann fand Julijana eine kleine Wohnung in Novi Beograd. Kein legales Mietverhältnis, sondern ein illegales Abkommen zwischen Bekannten. Wohnblöcke, Satellitenstadt, Vorzeigeprojekt der Moderne für Marschall Tito.

Lazar mochte diese Wohnung von Anfang an nicht. Und sich Milan in diesem Ameisenhaufen vorzustellen, schwach und blass, wie er damals auch schon war, raubte ihm neuerlich den Schlaf. Es half alles nichts, Julijana wollte es so. Sie habe einen sicheren Job bei einer Internetfirma gefunden, sie müsse ihr Leben grundlegend neu orientieren. Also zog Julijana nach Novi Beograd, eine halbstündige Busfahrt entfernt von Lazars Wohnung in Karaburma. Lazar übersiedelte zurück in seine Erdgeschosswohnung. Und Jovan, sich wieder einmal in einer Notlage befindend – Frauengeschichten –, bekam die Kellerwohnung. »Heiliger Đorđe!«

Milan hielt sich weiterhin die meiste Zeit bei seinem Großvater auf. Der Alte und der Kleine liebten einander und waren unzertrennlich. Man konnte erkennen, irgendetwas stimmte nicht mit Milan. Er tollte nicht mit den anderen Jungs von der Husinski rudara herum. Schickte man ihn nach draußen, saß er lustlos auf der Stufe vor der Haustüre im Schatten der Lindenkronen. Der Alltag schien ihn zu ermüden. Oft versäumte er schlafend den halben Tag. Er wirkte gebrechlich, fast durchscheinend, wie sein Großvater meinte. Doch wirklich zum Ausbruch kam die Krankheit erst vor wenigen Monaten.

Lazar sitzt in seiner Küche, den Kopf in die Handflächen gestützt. Er kann das nicht ertragen.

Jovan kennt sein Klopfen. Er sieht Lazar an, legt ihm den Arm um die Schultern: »Komm!« Und einige Augenblicke später, im fahlen Licht der Kellerwohnung, nach dem ersten Sliwowitz: »Erzähl!«

»Es sind nicht die Hormone!«

Jovan schiebt sein Schnapsglas zur Seite. Wenn Jovan Worte fehlen, ist das Zeichen seiner Betroffenheit: »Was dann?«

»Blutkrebs.«

»Leukämie?«

»Leukämie im fortgeschrittenen Stadium.«

»Was kann man dagegen tun?«

»Wenig, wenn man nicht viel Geld flüssig hat.«

»Du meinst, es gäbe Möglichkeiten? Man müsste sie bezahlen können?«

»Der Doktor sagt, mit Chemo und Bestrahlung könnte man in diesem Alter noch viel erreichen. Aber das staatliche Gesundheitssystem kann das nicht schnell genug leisten. Früher schon, aber jetzt nicht mehr. Es würde zu lange dauern, bis ein Platz für diese Behandlung zur Verfügung stünde. Und das seien nicht die neuesten, erfolgversprechendsten Behandlungsformen. Stammzellentransplantation gebe es inzwischen auch in Belgrad, allerdings zu unerschwinglichen Preisen in privaten Kliniken.«

»Wie lange haben wir Zeit?«

»Doktor Mihalović kann das schwer eingrenzen. Je früher die Behandlung einsetzt, desto besser.«

»Wir könnten eine Bank überfallen.« Jovan meint das ernst.

»Bist du wahnsinnig?«

»Das könnten wir. Nicht in Belgrad, nicht in diesem Land, versteht sich.« Jovan erhebt sich, das neu gefüllte Schnapsglas in der Hand, geht die wenigen Schritte, die der Raum zulässt, auf und ab. Er denkt nach. Er denkt über fantasierte Unmöglichkeiten nach, wie es Lazar scheint. Jovan kennt sich aus. Er sortiert Möglichkeiten.

»Die einzige Schwierigkeit bestünde darin, das Geld ins Land zu schaffen. In Wien habe ich Freunde, die mitmachen würden ...«

»Jovan! Hast du mir nicht versprochen, nie wieder? Nie wieder mit dem Gesetz in Konfrontation? Kein Drogenschmuggel, kein Zigarettendeal. Und Banküberfälle bringen dich dein Restleben hinter Gitter!«

»Du möchtest, dass ich ein Heiliger werde und du Nichtraucher? Ohne meine geschmuggelten Zigaretten könntest du dir das Rauchen nicht leisten, mein Freund. Was ist krimineller? Einen kleinen Jungen sterben zu lassen, ohne das Mögliche versucht zu haben? Oder eine Bank zu überfallen? Du kannst doch nicht zulassen, dass Milan keine Behandlung bekommt? Er stirbt! Was hat ein Christenmensch zu tun, wenn sein Nächster in Not ist?« Er starrt ihn an. »Was schlägst du vor? Wie willst du auf legalem Weg an so viel Geld herankommen? Ich sage dir, ich werde das Geld auftreiben, koste es, was es wolle. Der Westen schert sich einen Dreck um uns, also werden wir uns einen Dreck um seine Gesetze scheren!«

Jovan bleibt vor Lazar stehen, beugt sein Gesicht direkt vor Lazars Gesicht hinunter: »Ich weiß, was er dir bedeutet, dein Milan. Aber du bist zu bieder, um das Notwendige für seine Rettung tun zu können. Ich bin nicht brav, das erwartet man von mir schon deshalb nicht, weil ich ein Roma bin. Also kann ich tun, was man von mir erwartet. Ich überfalle eine Bank in Beč und bezahle die beste Behandlung, die der kleine Milan bekommen kann. Nimm dein Handy und ruf den Doktor an, er soll den Behandlungsplatz in der Privatklinik reservieren. Nächste Woche habe ich das Geld.«

Lazar schweigt. Seine Gedanken driften entlang des einen Wortes, das er heute zum zweiten Mal hört: Wien – Beč.

»Heute hat mir ein Freund, der das Personenstandsregister Belgrads betreut, erzählt, jemand aus Wien sucht nach mir.«

Jovan kann seinen Ärger nicht verbergen: – Wovon redet er? Will er sich drücken vor der Entscheidung? Typisch Lazar, wenn es darauf ankommt, weicht er lieber aus. –

»Kannst du dich an Maddalena erinnern?«

»Maddalena?«

»Du hast sie 1994 gesehen. In der besten Zeit meiner Beziehung mit ihr. Das heißt, eigentlich gab es keine Beziehung.«

»Maddalena … die schönste Frau der Welt. Wie könnte man sie vergessen.«

»Ich glaube, sie sucht nach mir.«

Jovan steht auf, trinkt das Glas leer, geht auf und ab, schneller als zuvor. »Die Frau des Botschafters?«

»Ja.«

»Des österreichischen Botschafters?«

»Maddalena Forstner, Venezianerin, damals Frau des österreichischen Botschafters.«

»Was denkst du, warum sie nach dir sucht, nach so vielen Jahren?«

Lazar lächelt: »Nichts Ungewöhnliches für Maddalena. Immer hat sie viel Zeit vergehen lassen, bevor sie neuerlich versuchte, die eine Frage für sich zu beantworten: Was ist das zwischen uns?«

»Maddalena liebt Lazar!«

»Nein, eben nicht, sonst wäre sie bei mir in Belgrad geblieben. Sie konnte sich nicht entscheiden.«

»Sehr gut! Maddalena ist nach wie vor in Lazar verliebt, sonst würde sie nicht wieder nach ihm suchen. Das ist die Möglichkeit, die der Himmel uns in die Hand spielt. Heiliger Đorđe!«

»Ihr seid mir beide ein Rätsel: du und dein Heiliger. Geschweige denn, dass ihr überhaupt nicht zueinander passt, Jovan.«

»Kein Banküberfall in Wien!«

»Gott sei Dank! Kein Banküberfall!«

»Schauspielkunst.«

»Was?«

»Wir werden Maddalena geben, was sie sucht.«

»Du und ich? Oder meist du: ich allein?«

»Du wirst ihr geben, wonach sie sucht.«

»Dann lieber der Banküberfall!«

»Mein Gott, Lazar! Sei doch nicht so kompliziert! Siehst du das nicht? Maddalena muss nach einem langen Leben als Botschafterfrau genügend Geld angehäuft haben. Und sie hat Einfluss. Und sie ist hoffentlich nach wie vor in dich verliebt. Und wenn nicht, dann schüren wir das Feuer. Ich bin mir sicher, die Glut brennt. Es ist für Maddalena ein Leichtes, das

Geld für Milans Behandlung legal zu beschaffen. Geht das in deinen Kopf?«

Jetzt steht auch Lazar auf: »Maddalena betrügen?«

»Wenn das den Tod Milans verhindert?«

Die beiden haben es eilig. Sie sind spät dran. Lazar schleppt den schweren Akkordeonkoffer die Husinski rudara hinunter zur Busstation. Neben ihm Jovan mit der Gitarre am Rücken. Wie immer werden sie zu spät kommen, und Ivo, Professor Ivo, wie Jovan ihn scherzend nennt, wird schimpfen wie üblich.

Lazar sieht nicht Jovan neben sich im Bus sitzen. Er sieht ein junges, frisches Gesicht mit betörenden Nachtaugen und langem, schwarzem Haar.

»Wenn du ihn mir nicht zeigen willst, den Kolo, ich finde schon jemand!«, hört er die dunkle Stimme sagen.

»Du wirst niemanden brauchen, der es dir zeigt. Ich spiele und der Kolo wird dich tanzen.«

Sie lacht. Und sie amüsiert sich über den heißen Ritt des Stadtbusses, der in höllischer Geschwindigkeit über die kaputten Straßen jagt.

Ivo steht vor dem Lokal und raucht. Der lange, hagere Mann mit Glatze und runden, braunen Augen gibt vor, ruhig zu sein: »Sagt am besten nichts«, meint er, »ich kann eure Ausreden nicht mehr hören.«

Dramatisch unterwürfig nähert Jovan sich ihm: »Du hättest mit deinem Kontrabass allein beginnen können, das Publikum zu begeistern. Die wären von den Sitzen gesprungen und hätten dich in Geldscheinen vergraben. Nur um dich nicht hören zu müssen.«

»Jeden Abend überlege ich es mir aufs Neue, ob ich mit einem Rom auf die Bühne gehe, der gackert wie ein Huhn, das glaubt, ein Hahn zu sein.«

So geht das weiter, bis die Instrumente erklingen. Schon mit den ersten Tönen sieht man eine seltsame Verwandlung an Lazar. Seine Hände streicheln liebevoll die Tasten und Knöpfe des Akkordeons. Die Finger fliegen in rasender Geschwindigkeit dahin, das Gesicht verzückt, die Augen zur Decke gerichtet, als sähe er dort den Eingang des Paradieses. Wer ihn das Spielen auf dem Instrument gelehrt hat? Na, wer wohl? Sein Großvater Arsen. Großvater sagte: »Du bist so einer, der alles vergessen kann, wenn er spielt. Und dein Publikum wird vergessen, wenn es dir zuhört: den Schmerz des Alltags, das Liebesleid der Nacht, alles.« Das sagte Großvater Arsen, der es auf dem Akkordeon nie weiter gebracht hat als zum Dorfmusikanten, wie er bis zum Tode behauptete. »Aber das mit großer Leidenschaft!«, hat er hinzugefügt.

Nichts ist geblieben von dem schlaffen, müden Lazar. Die Bewegungen des Mannes sind kraftvoll und energiegeladen. Manchmal brummt und summt er, den Tönen seines Instruments folgend. Wenn man ihn ansieht, muss man lachen, ohne zu wissen, warum, wenn man sein Spiel hört, muss man sich im Rhythmus bewegen.

Und Jovan?

Jovan zündet sein Feuerwerk.

Es gibt keinen schnelleren Roma-Gitarristen in der Stadt, ach was, im ganzen Land. Und dabei sieht es so aus, als wäre die Gitarre nur die Nebensache. Der Mann steht im Mittelpunkt. Seiner Präsenz kann sich das Publikum nicht entziehen. Sein Gesang: Leidenschaft. Ivo, der lange Professor Ivo, der Kroate ist und seit seiner Geburt in Belgrad lebt, steht hinter ihm, als hätte er sich in die Hose ... man weiß schon was. Er ist die Schnur am Gasluftballon: – Bleibt am Boden, Jungs! – Ivos Bass-Tonlinien geben dem Bild den Rahmen und den Tänzern Sicherheit, denn Lazar und Jovan nehmen sich jede Freiheit, den Puls mit Rhythmusstörungen aus dem Gleichgewicht zu bringen.

Wer die drei zum ersten Mal hört, weiß nicht, wie ihm geschieht. Der Balkanboden explodiert, seine Teile fliegen wie Hornissen, Tauben, Schmetterlinge und Aasgeier durch den Äther. Wer jetzt sitzen bleibt, muss taub sein.

Lazar sieht vor sich im Dämmerlicht die Schöne. In ihren Bewegungen fliegt sie zwischen den Welten. Sie hebt die schlanken Arme über den Kopf. Auf Gesicht, Hals und den Ansätzen ihrer Brüste glänzt Schweiß. Er kann sich von diesem Bild nicht lösen, das einige Jahrzehnte in seiner Seele schlummerte.

– Jung waren wir damals und naiv, vielleicht sogar dumm. – Ja, er würde Maddalena gerne wiedersehen.

5

Das Abteil ist seit Budapest dicht besetzt. Christoph ist froh über den Lärm, den Schienen, Räder und Stahlbremsblöcke verursachen. Wie mit gallertartiger Masse schließt der Schall die Reisenden in unsichtbare Eremitagen. Es ermöglicht Christoph, die Menschendichte zu ertragen. Er will allein sein, in seinen Gedanken, Vorstellungen und Emotionen.

Er sieht sich als junger Mann – 1978 – in Venedig die Bühne betreten. Was war das für eine hoffnungsschwangere Zeit. Die Dolmetscherin, die ihn erwartete, hätte ihn fast der Sprache beraubt. Es bedurfte aller Tricks aus den Rhetorikseminaren, um tun zu können, was ihm zur Aufgabe gestellt war. Schönheit kann den Atem nehmen. Die Stimme, die seine Worte in die melodische Sprache übersetzte, wirkte hypnotisch auf ihn. Er wagte es nicht, die junge Frau anzusehen, das hätte ihm den Rest an Konzentration genommen. Gewelltes Haar: Caffè ohne Crema, Rahmen, der die Ausstrahlung der schwarzen Mandelaugen verstärkte. Anmut ging von ihnen aus. Je länger er sprach, desto mehr empfand er, dass es ihre Worte waren, die den Raum fluteten.

Die Begegnung mit Maddalena Todesco sollte sein weiteres Leben verändern. Er musste, ob er wollte oder nicht, seine Lebensziele neu koordinieren. Es musste eine Möglichkeit geben, diese Frau in seine Nähe zu ziehen. Die Welt zu retten, sie umzugestalten, durch das christlich-konservative Wertesystem, dem er sein Leben verschrieben hatte, davon konnte er auch weiterhin nicht lassen. Aber dies ohne die Nähe jener Frau zu tun, schien ihm jetzt genauso unmöglich.

Die Hochzeit des politischen Gegners zeigte erste Sprünge. Kreisky hatte in seinem Altersstarrsinn dem eigenen Monument Schläge und Risse zugefügt. Im Schatten der neuen

Hoffnungsfigur der Partei zog es die jungen Kräfte der Christlich-Konservativen ins Licht der Öffentlichkeit, so auch ihn, Christoph Forstner. Der frisch gekürte Klubobmann soll über ihn gesagt haben: »Der junge Mann ist nicht nur mit blendender Intelligenz ausgestattet, er hat das gewisse Etwas für Diplomatie und Politik!« Bei ihrem ersten Vieraugengespräch meinte der Klubobmann: »Wenn Sie sich Ihren Elan erhalten, junger Mann, dann können Sie unter mir was werden. Glauben Sie aber nicht, dass es einfach ist, sich für die politische Arbeit den Elan zu erhalten … Aber das werden Sie früh genug zu spüren bekommen. Wie steht es mit der Liebe in Ihrem Leben?«

Als der Verehrte diese Frage stellte, hätte Christoph sich nicht vorstellen können, dass die Liebe sich seinen politischen Zielen in den Weg stellen könnte. Er wollte die Welt nachhaltig verändern. Erst nach Venedig wusste er, wie stark das Verlangen sein konnte, sein Leben durch die Liebe ausrichten zu lassen.

Und heute? Was denkt er heute darüber?

Was Maddalena über das erste Aufeinandertreffen in Venedig schreibt, verstört ihn. Es gab eine sortenreine Zeit der Liebe. Und sie dauerte Jahre an. Wäre alles anders verlaufen, hätte er auf seine politische Karriere verzichtet? Nein, das Gift mischte sich aus anderer Richtung in die Beziehung. Was er eben gelesen hat, beweist, Maddalena trug das Gift schon vor Venedig in sich. Und es hat einen Namen: Lazar Petrović!

Es war richtig, ein zweites Mal in seinem Leben das Briefgeheimnis zu brechen. Noch bevor er in Belgrad ankommt, muss er die ganze Wahrheit kennen. Er will sich nicht weiter täuschen lassen. Zu verlieren hat er nichts. Es ist schon alles verloren. Egal, welche Mittel dafür nötig sind, er wird die Sache endgültig aus der Welt schaffen.

Er öffnet Maddalenas Buch und liest:

Lazar! Lazar! Kannst du mir erklären, warum du in jenem Jahr 1981 unsere Beziehung geopfert hast? Stimmt schon, auch ich habe meinen Beitrag geleistet. Aber ohne ein Wort zu mir eine Verlobung und ein Kind? Was war eigentlich zuerst?

Ich stand vor der gleichen Entscheidung wie du. Der Unterschied ist: Ich konnte und wollte dich nicht aufgeben. Zumindest unsere Freundschaft wollte ich erhalten. Darum fuhr ich nach Belgrad, um Klarheit zu schaffen. Ich wollte eine endgültige Antwort finden auf die Frage: »Was ist das zwischen uns?« Ohne Worte hattest du längst für dich eine Antwort gefunden.

Ich heiratete Christoph und wir haben uns aus den Augen verloren.

Es war eine seltsame Hochzeit, mit farbentragenden Bundesbrüdern und Farbe bekennenden Freigeistern der italienischen Kunst und Kulturszene. Niemand – nicht einmal mein Vater – versuchte missionarisch tätig zu werden in der jeweiligen konträren Einheit. Es kam zu Debatten, aber alles hielt sich – dem Anlass entsprechend und den Sprachbarrieren unterworfen – an die Grenzen des Wohlwollens und der Freundschaft. Ich bekam davon so gut wie nichts mit. Glücklich war ich, und ich war damit beschäftigt, den Mann neben mir als meinen Ehemann zu begreifen. War alles zu schnell gegangen?

Selbst der Klubobmann gab uns die Ehre für wenige Stunden. Er näherte sich mir nach der offiziellen Zeremonie und meinte: »Ich freue mich mit Christoph, gnädige Frau, dass er in Ihre Hände geraten ist. Die schönste Frau Italiens, wie er mir versicherte, was ich jetzt bestätigen kann. Wissen Sie, es liegt einer christlich-konservativen Gemeinschaft am Herzen, ihre Mitglieder in einer stabilen Liebesbeziehung zu wissen – noch lieber verwende ich dahingehend das leider inzwischen altmodische Wort Ehe. Darin kann ein hart arbeitender Mann den nötigen Rückhalt finden. Und wenn kirchlich geheiratet wird, ist die Welt für uns in bester Ordnung.« Er schmunzelte. »Ihr Mann ist hochbegabt für die politische Arbeit. Und glauben Sie mir, unsere Gesellschaft braucht dringend Männer wie ihn. Für Sie wird das zu schwierigen Situationen führen. Sie werden auf Christoph mehr verzichten müssen, als Ihnen lieb sein wird. Ich will Ihnen keine Angst einjagen. So wie ich ihn kenne, wird er Sie für alle einsamen Stunden in vollem Umfang entschädigen. Sollten Sie trotzdem einmal meine Hilfe benötigen, zögern Sie nicht, mich zu kontaktieren.«

Er nickte mir zu und legte seine Visitenkarte in meine Hände. Auch wenn wir uns in unseren Sichtweisen des Lebens und der Welt sehr unterscheiden, ich schätze diesen Mann. Wenn ich sehe, wie es ihm heute ergeht, weckt das in mir Mitleid. Er hätte sich einen ruhigen Lebensabend verdient. Die Zeit, in der ich seine Hilfe benötigte, sollte kommen. Was wäre ohne ihn mit mir und Christoph geschehen?

Es gibt kluge Menschen, die mich fragten: »Wie kannst du nur so naiv sein? Wo du doch in der heißesten Phase des Zerfalls Jugoslawiens in Belgrad gelebt hast. Du entschuldigst den alten Mann, der als Außenminister Österreichs das Chaos auf dem Balkan mit angerichtet hat?«

Ich will mich nicht in den politischen Diskurs einmischen, davon verstehe ich zu wenig. Ich rede vom Menschen hinter der Rolle auf den öffentlichen Bühnen. Mögen andere über seine politische Verantwortung entscheiden.

– Aus Maddalena kam alles spontan heraus. In der Politik wäre sie grandios gescheitert. Wegen unkontrollierter Wortspenden und Handlungen. – Und dennoch, alle seine Freunde, ob in der Verbindung oder in der Politik, liebten es, mit Maddalena ins

Gespräch zu kommen. Ihr linksliberales Denken verursachte keinerlei Irritation. Im Gegenteil. Erzkonservative, kirchentreue Männer verfielen Maddalenas Charme und merkten nicht, wie weit sie sich durch sie von ihren Grundsätzen fortlocken ließen.

– Selbst der Grandseigneur der Partei, ein Mann der klaren, unverwässerten Einstellungen, hatte sie ins Herz geschlossen.

– Christoph erhebt sich, verlässt das Abteil. Er geht den Gang auf und ab, das Notizbuch in der Hand, den Zeigefinger in jene Seite eingelegt, die er eben gelesen hat.

Er bleibt stehen, liest nur einen Satz:

Über die Jahre nach der Hochzeit möchte ich hier nicht viele Worte verlieren.

– Die ersten Ehejahre. Die schönsten Jahre meines Lebens. – Christoph bleibt in den Erinnerungen hängen.

Politisch arbeitete er eng mit seinem Protegé zusammen. Der Parteiobmann gestand sich ohne Schönfärberei ein, dass ihm fehlte, was Christoph in Übermaß besaß: Ausstrahlung. Die Medien und die Öffentlichkeit liebten schöne Oberflächen. Wenn diese dann noch durch bestechend scharfen Geist und ausgereifte, eigenständige Persönlichkeit Volumen bekamen, ein interessantes Umfeld besaßen, dann zog das unweigerlich Aufmerksamkeit auf sich. Der Obmann nützte diesen Glücksfall, um seine Botschaften zu verbreiten. Unzählige Pressefotos gab es, auf denen der Chef mit dem jungen Paar zu sehen war. Interviews, die Christoph immer öfter direkt neben dem Obmann der Konservativen zeigten. Dr. Christoph Forstner wurde so etwas wie – in der Tageszeitung »Kurier« geschrieben: »Das schönste Sprachrohr des Chefs!«

Auf den vorhandenen Bildern in den Pressearchiven sieht man, Maddalena genoss die öffentliche Aufmerksamkeit genauso wie Christoph. Im Unterschied zu ihrem Mann war das für sie keine Inszenierung, sondern aufregendes, echtes Leben. Heute weiß man, die Parteistrategen versuchten in dieser Zeit, der Partei ein Mäntelchen von Öffnung, Buntheit, liberaler Gesinnung umzuhängen. Modernität! Nichts Verstaubtes, Hinterwäldlerisches. Keine Einschränkung auf Wirtschaftstreibende, Bauern, Katholiken und Rechtsnationale. »Wir sind die Partei der Mitte.«

Die jungen Forstners symbolisierten den Aufbruch in die moderne Zukunft.

Christoph steht am Gang des Waggons, auf dem das Schild »Belgrad« befestigt ist, und kann nicht aufhören, sich in diese herrliche Zeit hineinzuversetzen.

– Es schien die Erfüllung aller Wünsche zu sein. Und Maddalena war das Beste daran. –

Er hatte sich in ihr nicht getäuscht.

Als er eines Tages müde mitten in der Nacht heimkam, schlief Maddalena. Er hatte sich bemüht, sie nicht zu wecken, aber plötzlich stand sie vor ihm, in ihrem hellen, dünnen Nachthemd, das blumigen Duft mit ihrem Körpergeruch vermischte. Ihr Haar dunkel. Die Lider der Augen schlafschwer. Sie küsste ihn, zog ihn hinter sich her zum Sofa, streifte ihm Schuhe und Socken von den Füßen und begann, seine Füße zu massieren. Erst wollte er dagegen protestieren, so etwas hatte noch niemand gemacht. Aber Maddalena schaffte es mit sanfter Bestimmtheit, ihn ganz zur Ruhe zu bringen. In jener Nacht wurde Angelo gezeugt, nein, viel besser: erliebt! Er hat jetzt ihre Worte im Ohr, während sie miteinander schliefen: »So schön!« »So schön!«

Irgendwann war er an ihrem nackten Rücken eingeschlafen. Als er am nächsten Morgen früh los musste, standen seine Schuhe geputzt in der Garderobe. Ein Zettel lang auf dem Küchentisch, neben dem fertig angerichteten Frühstück: »Ich muss weg. Hab einen schönen Tag! Wir sehen uns abends. P. S.: Und die Antwort auf deine Frage lautet: So schön!«

Maddalena hatte sich nicht in die Rolle einer konservativen österreichischen Ehefrau verstrickt. Sie tat, was sie bei ihren Eltern gesehen hatte: brachte die eine Hälfte des Kreislaufs der Liebe zur Blüte.

1982 hatten sie geheiratet. 1983 kam Angelo zur Welt, 1986 Christian.

Ab 1987 übernahm der Parteiobmann das Außenministerium. Christoph wurde dessen persönlicher Sekretär. Fünf herrliche Jahre, in denen es natürlich auch Konflikte auszutragen gab, Rückschläge eingesteckt werden mussten, Sorgen zu schlaflosen Nächten führten. Aber nichts und niemand konnte Maddalena und Christoph trennen. In der Regenbogenpresse tauchten Gerüchte über eine Liebschaft Dr. Christoph Forstners auf: Er habe eine Nacht mit der bildhübschen Botschaftssekretärin Indiens in einem Hotel der Wiener Innenstadt verbracht. Das Gerücht ließ sich nie vollständig aus der Welt schaffen. Die Zeitungen spekulierten genüsslich.

Der Außenminister lud seinen Sekretär mit Frau zu sich.

»Wir wissen alle drei, was an diesen Gerüchten dran ist?« Maddalena nickte. Der väterliche Freund sah sie eine Weile schweigend an, dann meinte er: »Solltest du deinem Mann nicht vorbehaltlos vertrauen können, fühle ich mich verpflichtet, dich in streng gehütete Geheimaktivitäten der Politik einzuweihen. Es ging um Maßnahmen, die ich nicht selbst durchführen konnte. Ich dachte, die Geier wären in dieser Angelegenheit deinem Mann weniger auf der Spur als mir. Ich kann dir den Inhalt der Aktivität nicht vollständig preisgeben. Nur so weit: Es handelt sich um ein nicht offizielles Treffen des indischen Botschafters mit dem Mann meines Vertrauens. Es sieht so aus, als hätten wir jemanden, den wir sehr schätzen, vor dem Tod bewahrt. Eine wichtige Persönlichkeit des asiatischen Kontinents. Ich bin sehr froh darüber, dass wir dazu beitragen konnten, Schlimmes zu verhindern. Vertraust du mir, Maddalena?«

Maddalena küsste Christoph auf den Mund.

Viele Begebenheiten dieser Art beleuchten Christophs Erinnerungen.

Wenn sich auch schon damals mehr und mehr zeigte: Die Arbeit konnte man nur mit hundertprozentigem Einsatz zufriedenstellend erledigen, oder man ließ es besser.

– Ich war Perfektionist. Viel zu ehrgeizig. Nicht, was die Karriere anging, sondern die Aufgaben betreffend. Hatte ich die dreißig wichtigsten Arbeiten des Tages erledigt, war es meist spät nachts. Und auf dem Schreibtisch lagen weitere dreißig Aufgaben, die nicht erledigt wurden und damit das Schicksal von Bürgern beeinflussten. Oder ich arbeitete weiter, nahm mir Arbeit mit nach Hause. –

In bester Absicht einigten Christoph und Maddalena sich darauf, in seinem Arbeitszimmer ein Bett aufzustellen, damit Maddalena genügend Schlaf für ihren anstrengenden Arbeitstag bekam. Sie hatte sich als begehrte Dolmetscherin und Übersetzerin – Deutsch/Italienisch – etabliert. Ihr gelang es, die Arbeit so einzuschränken, dass die zwei Söhne wenigstens ihre Mutter täglich sahen. Dem Vater begegneten sie oft wochenlang nicht. Man hatte für Angelos und Christians Wohlergehen gesorgt und die besten zur Verfügung stehenden Kräfte engagiert.

1991 beorderte der Chef Christoph zu sich. Er wolle ihn an einen Posten entsenden, wo er selbst Chef sei. Er werde mit diesem Schritt die junge Familie entlasten und gleichzeitig der Karriere Christophs neue Türen öffnen. Auslandserfahrung sei Voraussetzung für eine internationale Politikerlaufbahn. Wenn es ihm auch schwerfalle, seinen begabten Sekretär und guten Freund aus seinem Nahbereich zu entlassen.

Ja, ja, er wisse, damit überspringe man einige Fixplätze auf der Karriereleiter. Aber er habe alle überzeugen können. Und

er tue das im besten Gewissen nicht allein als Freundschaftsdienst. Außerdem hätten seine strategischen Berater die Hoffnung, dass die Ernennung des jüngsten Botschafters Österreichs einen Medienhype auslösen werde.

Christoph könne wählen: Botschafter in Brüssel oder Belgrad.

– Als ich mit einem Bouquet und einer Flasche Champagner
nach Hause kam und Maddalena die Nachricht überbrachte,
verschleierte sich ihr Blick für den Bruchteil eines Augenblicks,
als das Wort Belgrad fiel. Ich schrieb es ihrer Müdigkeit zu,
nach einem langen Arbeitstag. Ich hatte keine Ahnung, was die
Möglichkeit, in diese Stadt zu ziehen, in ihr verursachte.

»Ich möchte, dass du wählst!«, sagte ich. Und sie: »Lass mich
darüber schlafen.«

Am folgenden Morgen sagte sie: »Wenn du mich entscheiden lassen willst, dann Belgrad. Diese Stadt ist so etwas wie ein
vertrauter Verwandter meiner Heimatstadt Venedig.«

Ohne zu wissen, welche Gedanken und Gefühle zu ihrer Entscheidung geführt haben müssen, erfüllte ich ihr den
Wunsch.

Ich Idiot!

Und was schreibt sie an Lazar Petrović über ihre Entscheidung? –

Christoph blättert, sucht den Abschnitt:

Lazar, meine Entscheidung für Belgrad könnte falsch interpretiert werden. Christoph tut das, ob du es tust, kann ich
nicht mit Sicherheit ausschließen.

Zwei Menschen, die viel für ihre Karriere geopfert haben,
deren Beziehung gelitten hat. Die Frau, die sich für jenen Ort
entscheidet, mit dem sie verbindet, was ihr mehr und mehr
fehlt?

Falsche Vorstellungen, Interpretationen von Menschen,
die mich kennen müssten.

Was sollte ich im kalten Brüssel. Ich sehnte mich danach, mehr Nächte im Freien zu verbringen. Ich wollte mich nicht weiter hinter Türen vor der Kälte verstecken … Und ich liebte Belgrad!

Ich habe nicht lange überlegt, sondern intuitiv entschieden.

Meine Entscheidung hatte nichts mit dir zu tun. Zu diesem Zeitpunkt warst du zu weit entfernt von meinem Leben. Immerhin waren sechs intensive Jahre vergangen. Mit meiner Heirat hatte ich mich endgültig von dir gelöst. Es gab keine Bedürftigkeit, auch nicht in meinen Wünschen und Sehnsüchten. Ganz andere Themen beschäftigten mich. Die vorhandene Kraft in der Beziehung zu Christoph hätte keine fahrlässige Gefährdung des innersten Kreises meiner Lebensinhalte zugelassen. Dazu kam: Die neue Position meines Mannes weckte Hoffnungen, nun bleibe mehr Zeit und Energie für unsere Beziehung, für unsere Familie.

Warum der Außenminister 1991 seinen begabten Sekretär nach Südosteuropa beorderte? Bei der Überreichung des Ernennungsdekrets sagte er: »Ich habe gehofft, dass du dich für Belgrad entscheidest. Brüssel wäre zu einfach für dich. Und in der Situation, in der sich der Balkan befindet, brauche ich dort einen fähigen Mann, auf den ich mich blind verlassen kann.«

Ich habe mich nie in die Politik eingemischt. Aber hätte ich gewusst, was uns in den folgenden Jahren widerfahren sollte, ich hätte mich anders entschieden. Wie viel Christoph von den bevorstehenden Aktivitäten des Außenministers im Zusammenhang mit der Auflösung Jugoslawiens wusste, kann ich nicht sagen. Ich bin mir aber sicher, dass mir nicht alles gesagt wurde. Es gab auch keinen Anlass dafür.

Wir zogen in eine Villa im Stadtviertel Dedinje, am Rand der Belgrader Innenstadt. Unsere Söhne wurden von Privatlehrern unterrichtet. Ich flog häufig nach Wien, Venedig oder Rom, um Arbeitsaufträgen nachzukommen oder Freunde und Verwandte zu besuchen. Vieles ließ sich auf postalischem Weg erledigen. Internet, Mailverkehr gab es zu dieser Zeit noch nicht.

Schnell stellte sich heraus, Christophs Arbeitspensum hatte sich keinesfalls verkleinert, im Gegenteil. Obwohl eine Vergrößerung ja kaum möglich war. Schon Christophs Vorgänger wurde am 7. Juli 1990 wegen der Position Österreichs in Zusammenhang mit den Separationsabsichten Sloweniens und Kroatiens ins Belgrader Außenministerium zitiert. Mein Mann hatte sich die Positionen Österreichs bis zum letzten Komma zu eigen gemacht. Ich wusste vom Konflikt auf dem Balkan zu diesem Zeitpunkt nicht mehr als jeder andere.

Wir übersiedelten im Januar 1991. Slobodan Milošević war seit 1989 Präsident der serbischen Teilrepublik Jugoslawiens. In Kroatien kam Franjo Tuđman 1990 als Wahlsieger an die Macht. Ich brauche dir über die beiden Politiker nichts zu erzählen. Warst du Anhänger von Slobodan Milošević und seiner Partei?

Kann ich mir eigentlich nicht vorstellen. Das passt nicht zu dir.

– Petrović war, darauf traue ich mich wetten, einer von den vielen im damaligen Serbien, die uns Österreicher und den gesamten Westen als Feinde ihrer glorreichen Nation einstuften. Heute würde es keiner von denen zugeben, dass sie Milošević als ihren Retter und Volkshelden verehrten. Kriegsverbrechen ihres Volkes leugnen sie hartnäckig. –

Die Waggons rattern durchs Grenzgebiet Ungarn–Serbien. Wie in alten Zeiten wird hier wieder kontrolliert. Mit einem österreichischen Pass hat man wenige Probleme. Personen ohne EU-Papiere werden genau unter die Lupe genommen.

Bei der Ausreise holt man jede verdächtige Person aus dem Zug. Flüchtlinge behandelt man wie Untermenschen.

Tuđman, Milošević, beiden ist Christoph während seiner politischen Tätigkeit auf dem Balkan begegnet.

– Meine persönliche Meinung war nicht wichtig, aber ich fühlte mich in Gegenwart beider Staatsmänner nicht wohl. Was damals »meine Vorurteile« waren, hat sich über die Jahre als recht gute Einschätzung erwiesen. Milošević besaß feine Manieren. Man konnte sehen, er war ein Mann von Welt, gleichzeitig ein Mann des Volkes, belesen, intelligent im öffentlichen Blickfeld. Freundlich zu jedermann, keinesfalls abgehoben. Umso gefährlicher. Was seine Politik verursachte, das weiß man. Uns Österreichern begegneten er und sein Umfeld korrekt, aber klar distanziert. Er wusste, Österreich steht hinter den katholisch geprägten Teilrepubliken. Unser Außenminister und seine Berater dachten damals, eine Herauslösung Sloweniens und Kroatiens könne zu einer friedlichen Lösung auf dem Balkan führen. Ein Großteil meiner diplomatischen Arbeit floss in die vorsichtige Vertretung dieser Ansichten. Maddalena habe ich aus all dem herausgehalten, was sich bald als unmöglich herausstellen sollte. Im Mai des Jahres 1991 kam es in Zadar zur »Dalmatinischen Kristallnacht«. Hundertsechzehn serbische Häuser wurden von kroatischen Banden geplündert, gesprengt oder angezündet. Das serbische Staatsfernsehen brachte propagandistische Bilder. Maddalena, die Zadar als friedliche Stadt kannte, war bis ins Innerste entsetzt. Ich versuchte die österreichischen »Freunde« in ein realeres Licht zu setzen. Es gab genügend Gegenbeispiele, die ich vorbringen konnte, Gräueltaten verursacht von Serben auf kroatischem und bosnischem Gebiet. Ich sagte: »Glaub mir, wir prüfen alles, um Derartiges auf allen Seiten zu verhindern.« Das taten wir tatsächlich, immer am Rande der parteiischen Einmischung, die man uns ja ohnehin vorwarf. Ich wirkte in Belgrad ausgleichend, während meine Freunde auf den politischen Weltbühnen konkrete Schritte für die Loslösung der katholischen Teilrepubliken des zerfallenden Landes unterstützten. Von Tag zu Tag spitzte sich die Lage zu. Ich bemühte mich, meine Arbeit ruhig und unaufgeregt weiterzuführen. Den Status eines befreundeten Landes hatten wir in Serbien längst verloren.

Was für mich schwierig war: Erstmals in unserer Beziehungsgeschichte hielt sich Maddalena nicht aus meinen dienstlichen Angelegenheiten heraus. Im Gegenteil, sie opponierte. Ich fragte: »Warum vertrittst ausgerechnet du die serbische Sache?« Und sie antwortete: »Weil ich mit serbischen Menschen seit meiner Jugend in Freundschaft verbunden bin und es falsch ist, ein ganzes Volk in eine Lade zu stecken, mit der Aufschrift: Kriegsverbrecher! Nationalisten! Vergewaltiger! Folterknechte! Nazis!«

Überrascht stellte ich fest: Es gab in Maddalenas Leben eine Vorgeschichte zum Thema Serbien. Ich vermutete nichts Böses. Beim besten Willen hätte ich mir niemals vorstellen können, was sich jetzt beweist: Maddalena, die Geliebte eines Serben. – Der Zug setzt sich in Bewegung.

Brief ohne Ende an Lazar:

Doch, meine Entscheidung für Belgrad hatte mit dir zu tun, Lazar. Es war der persönliche Bezug zu diesem Land, der mich nach Belgrad zog. Alles, was an Schrecklichem ab 1991 passierte, ging in mir durch diesen Filter: meine Beziehungen zu dir und den Menschen in deinem Umfeld. Unglaubwürdig klang für mich die allgemeine Hetze gegen Serbien, es schien mir notwendig, zu hinterfragen. Und das tat ich. Immer wieder ging ich gegen die von Christoph einseitig angeführten Vorfälle mit Vehemenz an. Das konnte nicht wahr sein: systematische Vergewaltigung, Konzentrationslager, Folter, Genozid? Heute gelingt es mir, eine weniger subjektive Position einzunehmen. Es gab schreckliche Ereignisse, die Fakten sprechen für sich, aber es gab sie auf allen Seiten der

Kriegsteilnehmer. Und wer nur wenige Jahrzehnte zurück-
blickt, der sieht Italiener, Österreicher, Deutsche und andere, die nicht weniger Schreckliches angerichtet haben. Es ist
keine Frage der Nationalität. Es ist der böse Bodensatz des
Menschen. Nicht Völker, Religionen oder sonst irgendwelche
Gruppen tragen das Böse in sich. Es sind Menschen, die sich
im Namen einer Gruppe berechtigt fühlen, die Tore der Hölle zu öffnen. Meist tragen dafür einige wenige Verantwortung: Hitler, Stalin, Milošević, Tuđman ... die Reihe ließe sich
fortsetzen. Es bliebe dabei keine Nationalität ungenannt. Ich
wünschte, dass Kriegsverbrecher vor internationale Gerichte
gestellt werden, egal welcher Hautfarbe, Nationalität oder
Religion. Und ich hoffe, die Richter verfahren nicht nach vor-
geprägtem Freund-Feind-Schema, sondern verrichten ob-
jektiv und neutral ihre Arbeit.

Mein Widerspruch zur offiziellen österreichischen Linie
im Verlauf der Neunzigerjahre entwickelte sich zum Widerspruch gegen Christoph.

Erstmals kamen unsere unterschiedlichen Prägungen in
Konflikt. Ich sah seine Engstirnigkeit. Die konservative, ka-
tholische Linie durfte keinen Zentimeter verlassen werden.
Was ich vor wenigen Monaten noch für interessant und anregend gehalten hatte, erlebte ich jetzt als bedrohlich. Plötzlich standen wir in zwei verschiedenen Welten, zwischen denen es keine Brücken zu geben schien. Und das machte mich
aggressiv und zwang mich zum Widerstand.

Immer öfter erlebte Christoph Personen, mit denen er
beruflich zu tun hatte, als Gegner. Und nun fiel auch seine
Frau über ihn her. Ab diesem Zeitpunkt war er allein.

Welchen Lösungsmöglichkeiten ist er in seinem Leben für
derartige Situationen begegnet? Seine Freunde würden mich
dafür hassen, wenn sie die folgenden Sätze lesen könnten.
Aber ich habe es so erlebt: Bis dahin war es ihm gut gelungen,

dem auszuweichen, was bei vielen seiner politischen Freunde gang und gäbe war. Das ging in jungen Jahren los, als er als Pubertierender in die Studentenverbindung eintrat. Er, der vorher – der Gewohnheit seiner Eltern entsprechend – niemals zu viel Alkohol trank, lag nach dem ersten Besuch einer Verbindungskneipe stockbetrunken in der Bude und schlief seinen Rausch aus. Es sollte ihm eine Lehre sein, und es kam nie wieder vor. Um ihn Freunde, denen ihre Trinkfestigkeit hoch angerechnet wurde. Christoph erwarb sich den »Kosenamen« Streber, weil er Gründe fand – Autofahrt, Arbeit, Liebesgeschichten –, die es nicht zuließen, dass er trank. Einige seiner trinkfesten Kollegen sind inzwischen von der Bildfläche verschwunden. Anderen hat der Alkohol die politische Karriere zerstört. Der Außenminister entschied sich auch deswegen für Christoph, wie er sagte: »… weil er, allen Versuchungen zum Trotz, Charakterstärke zeigt. Wir brauchen keine weiteren Alkoholiker an den Schalthebeln der Macht!«

Ich konnte mir nicht vorstellen, dass es einmal bei Christoph eine Situation geben könnte, die ihn in diese Falle lockt. Meine Vorstellungen waren falsch. Und ich habe meinen Beitrag für seine Sucht geleistet. Andere auch.

Dušan Obradović, ich werde diesen Namen bis zum letzten Atemzug nicht vergessen. Christoph stellte ihn kurz nach unserem Umzug als Privatchauffeur ein. Es bestand nie ein offizieller Dienstvertrag. Ich glaube, die Republik wusste nichts davon, dass sie den Saufkumpanen ihres Botschafters bezahlte. Anfangs gab es etwas Unterwürfiges an Obradović, das mich irritierte. Bald aber hatte er sich zu Christophs wichtigstem serbischen Kontakt entwickelt. Mein Mann ließ nichts über ihn kommen. Wir konnten Obradović zu jeder Tages- und Nachtzeit aktivieren, er löste jedes Problem.

Als unser Sohn Christian mitten in der Nacht über schwere Bauchschmerzen klagte, bestürmte ich meinen Mann, Obradović um Hilfe zu bitten. Selbst für Diplomaten zeigte sich das serbische Gesundheitssystem wenig vertrauenerweckend. Christoph rief Obradović an, der stand wenig später mit einem Kinderarzt in unserer Villa. Man brachte Christian mit Verdacht auf Blinddarmdurchbruch ins Krankenhaus, wo er sofort vom selbigen Kinderarzt operiert wurde, keine Stunde zu früh. Wir belohnten Obradović mit einem gemeinsamen Abend unserer Familien in einem der Lokale der Skadarlija. Unsere Kinder verstanden sich trotz Sprachbarriere prächtig, was das Naheverhältnis zu dem Mann und seiner Familie weiter festigte.

Es gab einige ähnliche Ereignisse, in denen Obradović eine entscheidende Rolle spielte. Darum dachte ich mir nichts dabei, dass mein Mann und er den einen oder anderen Abend gemeinsam verbrachten. Wenn Christoph nach Schnaps stinkend nach Hause kam, meinte er: »Du kennst die Serben. Ohne Rakija geht nichts.«

Ein Jahr ging das so. Zu spät erkannte ich, was mit meinem Mann passierte. Langsam wurde sein Alltag davon gezeichnet. Ich hatte keinerlei Erfahrung mit diesem Thema. Und die zerbrechenden Brücken zwischen Christoph und meiner Welt taten ihr Übriges.

Ich weiß, was du jetzt sagen wirst: »Warum verteidigt sie ihn, nach allem, was geschehen ist?«

Ich leugne Christophs Anteil am Untergang seiner Visionen, an der Zerstörung seiner Gestaltungsmöglichkeiten, am Zerbrechen seiner Ehe nicht. Ich möchte aber seinen Niedergang nicht mehr voreingenommen betrachten. Jetzt, am Ende meines Weges, kenne ich meinen Beitrag.

Bald konnte er »sein kleines Problem«, wie er es mir gegenüber benannte, den bedrohlichen Umgang mit der Droge, nicht mehr leugnen. Als 1992 die ersten schlimmen Bilder über die Belagerung Sarajevos über BCC kamen, rief ich seine Sekretärin an und meldete ihn krank. In Wirklichkeit lag er unansprechbar in seinem verdunkelten Arbeitszimmer. Angesichts der Bilder aus Sarajevo hatte ich einige Stunden zuvor gesagt:»BCC belügt die Welt!«

Und er hatte geantwortet:»Wie kann man so naiv sein?«

Sobald er mich wieder verstehen konnte, schimpfte ich auf ihn los, und er hat es wortlos über sich ergehen lassen. Derartige Ereignisse begannen eine gewisse Regelmäßigkeit einzunehmen. Selten nach außen sichtbar, meist nach innen versteckt. Und oft spielte Obradović dabei eine Rolle. Die Türe von Christophs Arbeitszimmer fand ich immer öfter versperrt. Trotzdem wollte ich davon überzeugt sein, alles würde sich wieder ändern. In den guten Momenten flammte die Liebe zwischen uns auf. Ich weiß noch, wie er – das muss 1993 gewesen sein – sagte:»Das ist eine schlimme Zeit, Maddalena, aber sie kann nicht ewig dauern. Und ich werde tun, was ich kann, um uns heil herauszuholen.« Ich antwortete:»Kein Alkohol ab jetzt!« Und er:»Ich verspreche es!«

Zwei Tage danach rief mich seine Sekretärin an, sie mache sich Sorgen, der Herr Botschafter sei ohne Ankündigung nicht in der Botschaft erschienen. Ich möchte nicht beschreiben, wo und in welchem Zustand ich Christoph fand. Obradović neben ihm, nüchtern genug, um mir zu helfen, ihn nach Hause zu bringen.

Man kann es nicht glauben, wenn sich jemand aus dem engsten Umfeld derart konträr zu dem, wie man ihn zu kennen meint, verändert. Zuerst fragte ich mich, ob mit meiner Wahrnehmung etwas nicht in Ordnung wäre. Dieser feine, starke Mann verhielt sich diametral zu dem, was ich an ihm liebte. Dreckig, enthemmt, ordinär, das ließ sich mit Christoph nicht in Verbindung bringen.

Dann wieder großes Erschrecken. In so einem Moment sagte ich:»Entscheide dich: ich oder der Alkohol!«

Es war der 16. März 1994, er kam am späten Nachmittag heim und wollte sich an mir vorbeistehlen. Die Kinder hatte ich mit ihrem Mädchen nach Venedig verfrachtet, wie in den Jahren davor immer öfter. Ich stellte mich Christoph in den Weg und sagte: »Noch liebe ich dich!« Er blickte auf, rotädrige Augen, ein Hauch von Aceton-Hautgeruch. Verwundert sah er mich an, als hätte er damit nichts zu tun.

»Ich werde dich verlassen.« Er musste sich am Türstock festhalten. »Solange du nicht aufhörst, wirst du mich und die Kinder nicht mehr sehen.« Die Prozedur, die nun folgte, kannte ich: Erst Flehen. Ich ließ mich nicht darauf ein. Dann Drohen. Ich ließ mich davon nicht beeindrucken: »Du wirst alles verlieren. Ich lasse dir nichts, wenn du mich verlässt«, keifte er mich an. »Nicht einmal einen Hund wirst du dir leisten können, wenn ich fertig bin mit dir.« Das ist der Grund dafür, warum ich mir nach der Scheidung einen Hund zugelegt habe. Ich unterbrach Christoph lautstark: »Wenn ich jetzt gehe, dann endgültig. Gib niemand anderem die Schuld als dir.«

Einige Momente sah er mich sprachlos an, dann, ohne dass ich es hätte kommen sehen, schlug er zu. Er traf mich nicht mit der vollen Wucht des Schlages. Er streifte meine Schläfe, das aber so stark, dass ich zur Seite wankte und fiel. Bevor er neuerlich Halt bekam, war ich auf den Beinen. Ich rannte aus dem Zimmer, versperrte die Türe des Raumes. Ohne zu denken, was ich tat oder was ich vernünftigerweise hätte tun sollen, packte ich meine Umhängetasche und flüchtete hinaus auf die Straße. Hinter mir trommelte Christoph auf die verschlossene Türe, seine Stimme schrie, wie ich sie noch niemals gehört hatte. Teufelsgeschrei. Dämonenjammer. Das Heulen eines Schwerverwundeten.

Stunden später stand ich im Lokal, in dem du spieltest. Ohne zu wissen, wie ich da hingekommen war.

6

Stünde Maddalena plötzlich vor ihm? Was wäre dann?

Die Lebensjahrzehnte hatten die Schöne aus seinen Gedanken und Gefühlen gewaschen. Jetzt aber ist es, als wäre das alles gestern geschehen.

Lazar weiß nicht, ob er das mag. Es wirbelt seinen Alltag, sosehr der derzeit seine Fratze zeigt, ordentlich durcheinander.

Während Lazar spielt, stecken die Zuhörer Geldscheine zwischen die Rippen des Blasebalgs seines Akkordeons. Das kann die Gage eines Auftrittes verdoppeln. Natürlich, auch hier hat die Wirtschaftskrise Einzug gehalten. Vor dem Krieg konnten gute Musiker von ihrer Kunst leben. Das ist vorbei. Heute löst jede außerordentliche Ausgabe, trotz Übersetzungen, Sprachschulstunden und Musikauftritten, für Lazar existenzielle Bedrohung aus. Wie lange ihn sein Zahnarzt schon nicht gesehen hat, trotz der Ruinen im hinteren Bereich seines Gebisses? Gott sei Dank im hinteren Bereich. Er wüsste nicht, was er tun sollte, wäre ein Schneidezahn betroffen. Lazar hat schon lange keine Krankenversicherungskarte mehr. Solange das Leben »normal« verläuft, kommt er über die Runden.

Für einen alten Mann wie ihn ist das nicht so schlimm. Bedrohlich und ungerecht ist die Erkrankung Milans.

Das heutige Publikum – zwanzig Leute feiern den Geburtstag eines Vierzigjährigen – zeigt sich begeisterungsfähig. Trotz Mittagszeit wird gesungen, getanzt und gelacht. Lebenslust, angestachelt durch Wein, Bier und Schnaps.

Zwei Stunden später schleppt Lazar seinen Akkordeonkoffer durch die Straßen des Stadtteils Stari Grad, der Altstadt, zur nächsten Busstation der Linie sechzehn. Die Worte Lazars wollen ihm nicht aus dem Kopf: »Du hast Liebe, sie hat Geld!«

Liebe? Hat er Liebe für Maddalena?

Er konnte noch nie das große Theater liefern, so tun als ob. Eine Frau ins Bett zu bringen, das gehört nicht zu den Künsten, die er beherrscht. Heute nicht und damals erst recht nicht.

… Er sieht das schöne Mädchen im Zugsabteil sitzen, bedrängt von Betrunkenen. Natürlich ist ihm Maddalenas Anmut aufgefallen, aber das war nicht der Grund, warum er einschritt. Er weiß nicht, warum er es getan hat. Er hat es eben getan. Und dann ließ ihn die Schöne mit immer neuen Fragen das nicht tun, was er vorgehabt hatte zu tun: Schlafen! Zugeben muss er, sie hat es verstanden, ihn in ihren wortreichen Bannkreis zu ziehen. Trotzdem, nach dieser amüsanten Nacht auf der Fahrt von Belgrad nach Wien wäre schon wieder alles vorbei gewesen.

Er hat nicht mit Maddalenas Hartnäckigkeit gerechnet. Gut, das Festhalten der schönen Venezianerin an ihm, dem Serben, kitzelte sein männliches Selbstverständnis.

Der Strohhalm, der die Grille aus dem Loch lockt?

Was ihn aus seinem Loch lockte? Als Erstes fällt ihm ein: Maddalena nach den Auftritten von ihm, die sie miterlebt hat. In den Siebzigern, Achtzigern kannte man Balkanmusik über Jugoslawien hinaus nur in kleinen, eingeweihten Kreisen. Wenn er dabei war, das Akkordeon wieder einzupacken, wirkte Maddalena aufgelöst wie nach einer Liebesnacht. Aber zwischen ihm und ihr ist es damals nicht zu einer solchen gekommen. Gelegenheiten hätte es gegeben. In dieser Angelegenheit war er kein typischer Jugoslawe. Testosteron führte zu keinen Blackouts bei ihm. Und darum spitzte sich die Frage zu: »Was ist das zwischen uns?«

Hat er Maddalena geliebt? Auf seine Weise. Oder nicht?

Seine Studienkollegin und beste Freundin Divna meinte: »Wenn ich nicht sicher wäre, dass du nicht schwul bist, würde ich dich dafür halten.« So etwas gesagt zu bekommen als Belgrader Mann, wäre eine ernste Beleidigung gewesen. Divna hat dem Satz dann auch die Schärfe genommen: »Wenn du schon mich nicht haben willst, dann nimm doch endlich dieses Himmelsgeschöpf aus Venetien, damit es dir zeigen kann, dass es ein Erdenwesen ist.« Und auf seine Beschwichtigung hin sagte sie: »Du kannst mir erzählen, was du willst, du liebst Maddalena.«

»Nein!«

»Ein Mann schreibt nicht Briefe, es sei denn, er wird von ernst zu nehmenden Emotionen durcheinandergewirbelt.«

»Gut, dann schlafe ich mit dir.«

»Lazar, du spinnst!«

Divna lebt heute noch in Belgrad, er hat sie lange nicht gesehen. Vielleicht hätte er mit ihr schlafen sollen.

Mit Maddalena ging es zu Ende, bevor es noch richtig begonnen hatte. Er wird den Schmerz am Kai von Zadar nie vergessen. Warum dieser Schmerz, wenn es doch keine Liebe war?

Der Bus ist übervoll, nicht leicht, sich mit einem Akkordeon Platz zu verschaffen. Er hat Geld verdient, aber er wird keine Fahrkarte entwerten. Die meisten Kontrolleure haben Nachsicht mit den verarmten Belgradern. Oft verhalten sie sich so auffällig, dass genügend Zeit bleibt, auszusteigen oder die Karte noch zu entwerten.

Was war das zwischen ihm und Maddalena? Lässt sich diese Frage nach all den Jahren beantworten? Und warum stellt er sich diese Frage? Jovan hat in die Glut geblasen. Lazar hätte nicht wahrgenommen, dass da Glut ist im kalten Ofen.

Seit Milan im Krankenhaus liegt, freut Lazar die Haushaltsarbeit noch weniger. Schmutziges Geschirr stapelt sich im Waschbecken. Das Fleisch im Kühlschrank – vor einigen Tagen gekauft – dürfte verdorben sein. Dabei besorgt er teures Fleisch nur in außerordentlichen Situationen. Dieses Stück Fleisch hat er nach Milans Notaufnahme ins Krankenhaus gekauft. Er wird die Katze mit Schweinefleisch füttern. Die Katze, die er sich angeschafft hat, damit Milan einen Freund hat. Jemanden, dem es nichts ausmacht, wenn Milan tagelang kraftlos im Bett liegt.

Lazar isst eingelegte Paprika, etwas Weißbrot und die billige, fette Salami.

In welche Glut hat Jovan mit seinen Bemerkungen über Maddalena geblasen? Lazar versucht sich der Chronologie zu erinnern:

1974, die Gesprächsnacht im Zug.

Maddalenas Besuch in Belgrad 1976.

1978 gemeinsam am dalmatinischen Meer.

Und 1981, als die Schöne plötzlich vor ihm stand ... Doch da ist Slavica schon schwanger und er verlobt. Er glaubte, Maddalena nie wiederzusehen. Dreizehn Jahre danach, 1994, steht sie im Publikum beim Auftritt in einem der Lokale der Skadarlija. Verrückt! Als er sie entdeckte, wollte es ihm den Boden unter den Füßen wegziehen. Ivo sah Lazar fragend an, der seinem Instrument plötzlich falsche Töne entlockte. Lazar und falsche Töne?

Maddalena, fremd und vertraut zugleich. Keine makellose, jugendliche Schönheit mehr. Eine Frau mittleren Alters, knapp an den Vierzigern. Etwas runder, erste Fältchen im Gesicht. Die Kleidung! Nicht mehr hippiemäßig ausgeflippt. Fein, teuer, damenhaft. Trotzdem erkannte er sie sofort. Woran? – Ich glaube, an den Augen. Ja, an den Augen. –

Sein Spiel hatte er schnell wieder unter Kontrolle gebracht, seinen Blick nicht. Er sah etwas, das er Maddalena nie zugetraut hätte: Schauspielerei, der Versuch zu verschleiern. Sie stellte glückliche Aufgelöstheit dar. Das verunsicherte ihn.

Das Musikstück ging zu Ende. Lazar verlautbarte eine Pause. Jovan und Ivo sahen ihn fragend an.

Eigentlich, so seine erste Reaktion, hatte er still und heimlich aus dem Lokal verschwinden wollen. Doch dafür war es dann auch schon zu spät. Maddalena kam auf ihn zu und plötzlich setzte auch er sich in Bewegung.

»Komm her!« Er breitete die Arme aus und drückte die Frau an sich. »Du kennst mich ja«, ihre ersten Worte, dieselbe dunkle Frauenstimme, »ich überlege nicht lange, geh einfach los.« Maddalena. Da lag sie plötzlich in seinen Armen. Und ein Hauch genügte, um die Glut anzufachen. Es gab sie also damals, die Glut.

– Jovan, Jovan, woher weißt du das? –

»Ich werde das Konzert beenden!«

»Spiel! Ich würde dich gerne hören!«

»Nur wenn du versprichst, nicht wieder zu verschwinden.«

»Ich verspreche es.« Doch er sah in ihren Augen, sie war sich ihres Versprechens keineswegs sicher.

Dann fiel ihm der Schatten an ihrer linken Schläfe auf. Fast unsichtbar. Und es war kein Schatten. Er griff danach, glitt mit seiner Hand darüber. Sie nahm seine Hand weg, drehte den Kopf zur Seite. Wenn Lazar eines nicht aushält, dann sind es traurige Frauen. Er weiß dann nicht, was er tun soll. Und diese Frau versuchte so auffällig nicht traurig zu sein, dass es schmerzte.

»Ich spiele, du wartest.«

In diesem Jahr – 1994 – er rechnet nach, während er an seinem Küchentisch sitzt, da war Julijana dreizehn Jahre alt und er mit Slavica genauso viele Jahre verheiratet.

Was dann geschah, spürt er heute noch anregend in sich.

Er kocht sich Kaffee, wäscht Geschirr ab. Es nützt nichts.

»Du hast Liebe! Sie hat Geld!«, hört er Jovan sagen. Wie einfach sich der Gauner das vorstellt. Keineswegs ist es so einfach. Er kann es sich nicht vorstellen. Wenn sie morgen vor ihm stehen sollte, er könnte kein Geld von ihr erbitten. Er weiß, sie würde fragen und er würde erzählen. Und sie, so kennt er sie, würde von sich aus ihre Hilfe anbieten. Würde er ihre Hilfe annehmen?

Er hat sie damals – 1994 – bei der Hand genommen, als wäre dies das Selbstverständlichste von der Welt, und ist mit ihr zum nächsten Hotel gegangen. Nein, nicht in eindeutigen Absichten, er hat nicht vorausgeahnt, was passieren würde. Oder doch? Er wollte sie schützen. Denn wer den Schatten an ihrer Schläfe, der kein Schatten war, verschuldet hatte, das konnte er sich zusammenreimen. Er hat sie aufs Zimmer begleitet. Es war ja auch nicht das erste Mal, dass er und Maddalena ein Hotelzimmer gemeinsam betraten. Und als die Türe ins Schloss fiel …?

Hat er die Initiative ergriffen? Erst lagen sie nebeneinander auf dem Bett und sie hat geredet und geredet. Er hörte zu. Er konnte nicht glauben, wie es sein konnte, dass zwei Menschen in derselben Stadt wohnten und sich doch nie begegnet waren. Aber es gab keine Berührungspunkte zwischen einer Botschafterfrau und einem arbeitslosen Musiker. Ja, sie hat mit der Vorstellung gespielt, ist auf den Grünen Markt gegangen, von dem sie wusste, Lazar besuche ihn immer wieder. Einmal fuhr sie mit dem Bus die Strecke hinaus nach Karaburma, beobachtete die Mitfahrenden in der Hoffnung und gleichzeitig Befürchtung, das bekannte Gesicht zu sehen. Was wollte sie eigentlich? Sie wusste, er hatte sich sein Leben mit Frau und Kind aufgebaut. Was sollte sich in den vergangenen zehn Jahren geändert haben? Am meisten habe es sie verlockt in der Skadarlija, nach der unverwechselbaren Spielweise eines Akkordeons zu suchen. Christoph wollte eines Tages dort mit ihr essen. Für sie war es eine katastrophale Vorstellung, der Zufall könnte sie mit beiden Männern in einem Raum zusammenbringen. Warum? Zwischen ihr und Lazar war doch alles klar? Und zwischen Christoph und ihr doch auch?

Davon erzählte sie, während sie nebeneinander auf dem muffigen Hotelbett lagen.

Es dunkelte schon, und Lazar schob entschuldigend vor, er wolle Essen besorgen. Draußen auf der Straße telefonierte er mit

Slavica: Er müsse Jovan begleiten, damit der keine Dummheiten mache. – Jovan würde das später bezeugen. – Lügen, lauter Lügen. Slavica, die gute Slavica, dachte sich nichts Schlimmes. Sie kannte Jovan und wusste, Lazar war der Einzige, der ihn in heiklen Situationen zur Vernunft bringen konnte. Sie liebte ihren Mann und hatte keinen Anlass, ihm zu misstrauen. Lazar war ihr Teddybär, viel zu träge für Ehebruch.

Als Lazar zurück ins Hotelzimmer kam, schlief Maddalena tief und fest. Und ihm war es recht so. Das kannte er. Er war dafür da, ihr Ruhe zu verschaffen. Womit er nicht gerechnet hatte: Als er erwachte, es war noch dunkel, lag Maddalena in seinem Arm. Ihre Unterwäsche, in der sie schlief, ließ eine Menge Berührungspunkte zu, Haut an Haut. Und es passierte, bevor seine Ratio Einspruch erheben konnte. Wer begann damit, den anderen zu liebkosen? Lazar behauptet: Sie war es! Wer ließ sich zum ersten leidenschaftlichen Kuss hinreißen? »Sie war es!« Sie war es, er hat aber keinen Widerstand geleistet. Was kann man von einem Mann erwarten? Auch wenn dieser Mann Lazar heißt? Wenn es in der Erde bebt, dann dauert es nicht lange, bis der Vulkan Feuer spuckt. Und es bebte kräftig unter dem Vulkan, das ganze Umland bebte. Keine Chance, den Schlund ruhig zu halten. Wie viele Frauen hat er sein ganzes Leben lang nackt an seiner Haut gespürt? Es ist eine galante Übertreibung, wenn er behauptet: »Eine Handvoll schon!« In jener Nacht des Jahres 1994 lag Maddalena nackt in seinen Armen. Und er bereute es nicht.

Und heute? Heute bereut er es ein wenig, wegen Slavica. Die hielt ihn weiterhin für einen braven Ehemann. Das macht ihm ein schlechtes Gewissen im Nachhinein. Andererseits, wenn er nur an Maddalena und sich selbst denkt, dann ist es ein großes Glück gewesen. Das einzige Fenster zu glühender Liebe in seinem Leben? In all den Jahren der Freundschaft zwischen Maddalena und ihm hatte sich etwas angestaut, das in jener

Nacht hochflammte. Nicht nur ein wenig, sondern exzessiv. Er hatte und er hat so etwas nie zu einem anderen Zeitpunkt seines Lebens erlebt. Auch wenn er das vor anderen nicht zugeben würde. Nicht einmal vor Jovan.

Bei hellem Tag wachten sie auf, jeder auf seiner Seite des Bettes. Und er versuchte für sich herauszufinden, ob er geträumt habe. Nein, das hatte er nicht. Nein. Alle Anzeichen deuteten auf reales Geschehen hin. Ungläubig sahen sie einander an. Sie war es, die lächelnd in seine Arme rutschte. Und er war es, der nicht anders konnte und das Feuer neuerlich zu schüren versuchte, tollpatschig, wie man es von ihm erwarten konnte. Mehr als ein Lachen erreichte er damit nicht. Maddalena streichelte sein Haar. »Wahrscheinlich sind wir das einzige Paar der Welt, das zwanzig Jahre, nachdem es sich kennengelernt hat, zum ersten Mal miteinander schläft.«

»Ehrlich gesagt, ich habe auch für die nächsten zwanzig Jahre nicht damit gerechnet.«

Drei Nächte und drei Tage haben sie sich nicht aus dem Zimmer bewegt. Drei Tage und Nächte waren sie ein Liebespaar. Doch schon nach der ersten Nacht mischte sich die Erstarrung in den Fluss der Lava.

»Christoph ist ein guter Mann«, sagte sie, verdeckte mit der Hand den Schatten an ihrer Schläfe, der kein Schatten war.

»Er hat dich geschlagen!«, empörte Lazar sich.

»Ja. Und jetzt sitzt er im Empfangsraum der Botschaft bei klarem Verstand und weiß, was er getan hat. Und es schmerzt ihn mehr, als es mich geschmerzt hat. Er hat das noch nie getan und wird es auch nie wieder tun. Das weiß ich.«

Lazar antwortete nicht. Kälte mischte sich in die fließende Glut.

»Warum hat er es getan?«, fragte er einige Stunden später.

»Der Zustand deines Landes. Die Tausenden von Toten. Der nationalistische Wahn. Christoph war früher ein gern gesehener Gast. Jetzt ist er der Vertreter jenes Landes, das zur Zerstörung Jugoslawiens beigetragen hat. Der Druck auf ihn ist immer größer geworden. Dein Milošević und seine Schlächter glauben, indem sie andere beschuldigen, die eigenen Hände reinwaschen zu können.«

Er hat nicht länger zuhören können, setzte sich auf: »Mein Milošević?«

Und wieder vergingen Stunden, in denen sie sich der Abkühlung zu erwehren versuchten.

»Es gibt keinen entschuldbaren Grund dafür, eine Frau zu schlagen! Und grotesk finde ich, Milošević auch noch dafür zu beschuldigen.«

Mitten in der letzten Nacht rutschten diese Worte aus Lazars Mund.

»Ich habe ihn provoziert ... Wir wollten es beide nicht. Hätte ich mich damals für Brüssel entschieden, wären Christoph und ich heute ein Paar ohne Probleme. Drei Jahre Balkan reichen, um ein Beziehungsleben außer Rand und Band zu bringen ...«

Sie schimpfte über Serbien, seine Menschen, über Belgrad, er hat sich nicht alles gemerkt, was sie sagte. Sehr genau erinnert er sich aber daran, was er antwortete. Ohne jegliche Aufregung sagte er: »Und warum kommst du dann zu mir?«

Sie schliefen noch einige Stunden. Er war als Erster wach, setzte sich auf und betrachtete die für ihn nach wie vor schönste Frau der Welt. Als sie die Augen aufschlug, sagte er: »Warum verteidigst du ihn?« Sie wusste erst nichts zu antworten, erst beim Frühstück sagte sie: »Weil ich ihn liebe.«

»Was?«

»Ich verteidige den Mann, den ich liebe ... und der mich liebt.«

Der Lavafluss kam zum Stillstand. Erstarrung erdrückte das letzte Flämmchen. Lazar erinnert sich, dass er es nicht wahrhaben wollte. Er nahm ihre Hand und drückte sie an seine Lippen.

Sie entzog sie ihm, stand auf und sagte: »Ich muss meine Ehe retten!«

Er hatte das Bedürfnis, ihr wehzutun, und schlug sie mit Worten: »Du bist dabei, meine Ehe zu zerstören!«

Sie trat ein, zwei Schritte zurück, sah ihn feindselig an, begann sich anzukleiden, suchte ihre Sachen zusammen. Dann stand sie in der Türe: »Können wir Freunde bleiben?«

Er kann jedes Wort wiederholen, das er antwortete: »Wie stellst du dir das vor?«

Sie lief davon. Ohne ein weiteres Wort lief Maddalena davon.

Das ist es, was in Erinnerung geblieben ist von den drei Tagen und drei Nächten der leidenschaftlichen Liebe, denen keine weiteren hinzugefügt wurden.

Er wollte das Zimmer bezahlen. Maddalena war ihm zuvorgekommen.

Wenig später stand er in der Husinski rudara Slavica gegenüber und küsste sie. Verunsichert sah sie ihn an, weil er so etwas nur selten tat. Die Glut, die er nun vermisste, ließ sich nicht auf seinen Ehealltag übertragen.

In den folgenden Tagen saß er immer wieder in einem Lokal nahe der österreichischen Botschaft. Die Begegnung, die er sich erhoffte, blieb aus. Wochen später, als die Qual zu groß wurde, wählte er die Nummer der Botschaft. Eine Männerstimme meldete sich: Nein, er sei nicht der Botschafter, nur der Sekretär des Botschaftsbüros. Der Herr Botschafter befände sich nicht in Belgrad.

Jovan fand über sein Netzwerk an Informanten heraus: Man habe Christoph Forstner nach Wien zurückbeordert. Er sei mit dringenden diplomatischen Aufgaben betraut worden. Der neue österreichische Botschafter für Serbien sei unterwegs nach Belgrad.

Maddalena würde nicht nach Belgrad zurückkommen. Lazar setzte sich hin und schrieb einen Brief, ohne darüber nachzudenken, welche Folgen das haben könnte. Dem ersten Brief folgten innerhalb zweier Jahre fünf bis sieben weitere, so genau weiß er das heute nicht mehr. Alle blieben ohne Antwort. Bis auf einen. Und diesen einen versteckte er zwei Jahre lang in seinem Akkordeonkoffer. Kramte er ihn hervor, meist weil in seinem grauen Alltag etwas Schwarzes passiert war, dauerte es nicht lange, bis er sich irgendein Papier suchte und schrieb. Fünf bis sieben Briefe, über zwei Jahre verteilt. Nicht mehr. Nein, bestimmt nicht mehr.

Wie ein Idiot hat er sich aufgeführt. Slavica, die gute Slavica, merkte nichts. Vielleicht wollte sie nichts davon merken. Sie blieb die beste Ehefrau und Mutter. Als dann der letzte Funke der Glut erloschen, als alles zu Stein geworden war, führte er seine Ehefrau in eines der teuersten Lokale der Stari Grad. Slavica fragte, wozu diese Verschwendung gut sei. Und er antwortete: »Weil du die beste Ehefrau bist, die ich finden konnte.«

– Weil es etwas gibt, das mehr zählt als die größte Leidenschaft! –, dachte er.

Das Telefon läutet. Julijana am Apparat. Sie will wissen, was Doktor Mihalović gesagt hat. Er bittet sie zu kommen. Solche Dinge könne man nicht am Telefon besprechen. Julijana sitzt bereits im Taxi, auf dem Weg zu ihm.

Und während er auf seine Tochter wartet, steigen die Erinnerungen an das verfluchte Jahr 1999 in ihm hoch: Krieg, Bomben, Pančevo. Die Sorge um Julijana, wie sich heute zeigt, die berechtigte Sorge. Der Tod Slavicas …

Der 29. April 1999, der Tag hat sich in sein Gedächtnis eingebrannt. Da stand plötzlich ein fremder, sichtlich schwer betrunkener Mann vor ihm, den er nicht gleich als Christoph Forstner erkannte.

Es klingelt an der Türe. Julijana steht da. Sie hat Angst vor dem, was ihr Vater erzählen wird. Lazar schenkt ihr erst ein Glas Wasser ein.

»Komm setz dich! Hast du Zeit?«

Sie nickt. Er füllt auch sein Glas. Seine Tochter ist eine hübsche Frau. Sie hat wenig von Slavica, mehr von Arsens Frau, Lazars Großmutter. Jetzt aber sind ihre Augen voll Angst.

»Sag!«

»Du musst dir keine Sorgen machen, Töchterlein!«

»Wenn du schon so anfängst, dann muss ich mir Sorgen machen! Was ist mit Milan? Was sagt der Arzt?«

»Was ich dir zu sagen habe, klingt schlimm, aber ich habe eine Lösung gefunden!«

7

Der Zug jagt durch die Vojvodina. Endlose Kornfelder, die einst Jugoslawien mit Lebensmitteln versorgten. Es sieht aus, als hätte sich nichts verändert. Die Bauern Serbiens versuchen mit der alten Gerätschaft längst vergangener Zeiten dem Boden abzuringen, was er hergibt. Christoph sitzt im Speisewaggon. Auf dem Tisch vor ihm eine leer getrunkene Tasse Kaffee und ein halb volles Glas Wasser. Daneben liegt das schwarze Moleskine-Notizbuch: Brief ohne Ende für Lazar!

Christoph ist im Innersten erschüttert. Was er geahnt hatte, was ihn vor Jahrzehnten bewogen hatte, bei seiner ersten Suche nach dem Serben Lazar Petrović alles auf eine Karte zu setzen, das steht hier schwarz auf weiß, in diesem verdammten Notizbuch festgehalten. In der Handschrift der einzigen Frau, die er geliebt hat, liefert es klare Beweise. Dem Zweifel an seinen verrückten Vorwürfen, an seiner »krankhaften Eifersucht«, wie es seine Ehefrau im Streit benannte, ist die Grundlage entzogen. Jeder Richter der Welt würde dieses Schriftstück als ausreichendes Beweismittel für schuldhafte Scheidung akzeptieren. Unfassbar! Er muss wieder und wieder lesen, was er bereits gelesen hat.

Es war einer meiner größten Fehler. Es lässt sich nicht entschuldigen. Auch nicht mit den Erklärungen, die ich mir durch die Jahre zurechtlegte: In der Situation, in der ich mich befand, waren klare Gedanken unmöglich. Meine Spontaneität leitete mich in die Irre. Damit versuchte ich mir die begangene Dummheit zu erklären.

Warum ich in der Skadarlija landete, nach einem Irrweg durch das Labyrinth der Innenstadt? Kein Plan, keine Überlegung.

Ich habe auf der Straße gehört, wer im Lokal spielte. Ich erkenne dein Spiel, es reichen wenige Töne …

… Ich bereue, was geschehen ist. Ich bin nicht die Frau, die sich so einfach hingibt. Dennoch ist es geschehen. Hätte es nur dich und mich gegeben, wäre es Jahre davor geschehen, ich wäre der glücklichste Mensch Belgrads gewesen.

Falscher Zeitpunkt! Falsche Motivation! Alles daran war falsch. Inzwischen gab es Menschen, deren Leben durch unsere Unüberlegtheit beeinflusst wurden: Slavica, Julijana, Christoph, Angelo, Christian. Beides: Ich bereue es und zähle es trotzdem zum Schönsten in meiner Erinnerung …

Klarheit haben die drei Tage und Nächte mit dir geschaffen. Danach wusste ich, was zu tun war.

Womit mein Mann meine Flucht in die Skadarlija auslöste, ist unentschuldbar, aber erklärbar. Es hätte nicht geschehen dürfen. Der enorme Druck, der auf ihm lastete. Mein mehr und mehr liebloses Verhalten. Seine Wehrlosigkeit der Droge Alkohol gegenüber. Liebte ich ihn trotzdem? Liebte er mich? Ja! Darum hatte das Geschehene so große Kraft für Destruktivität. Die Angst, die wichtigste Ressource zu verlieren, setzte gewaltige Kräfte frei.

Nach den drei Tagen mit dir nützte ich erstmals die Visitenkarte des Parteiobmanns und Ministers. Bei meiner Hochzeit hatte er sie mir als Notfall-Möglichkeit zugesteckt. Sofort war ihm klar, was geschehen war, trotz meiner vorsichtigen Formulierungen. Er verhielt sich wie ein guter Vater. Er nahm sich Zeit, fragte nach, tröstete mit wenigen Worten. Ich erzählte lückenhaft, er vermochte sich die fehlenden Details zusammenzureimen. »Mach dir keine Sorgen, Maddalena. Und solltest du deinen Mann noch lieben, dann begleite ihn weiter auf seinem Weg. Auch wenn er es nicht verdient hat. Wir müssen alle mehr geben, als wir bekommen. So ist das. Ich werde dafür sorgen, dass Christoph wieder Boden unter den Füßen spürt. In den nächsten Tagen werde ich ihn abberufen. Er wird es als Bestrafung erleben, auch wenn ich ihn hier in Wien auf einen ehrenvollen Platz setze. Glaub mir, wir brauchen ihn. Wir haben nicht so große Auswahl an hochbegabten Männern. Es muss gelingen, das alles vor der Öffentlichkeit zu verbergen. Wenn das publik wird, kann ich nichts mehr für ihn tun.

Lass uns unser Gespräch geheim halten. Er würde es nicht verstehen.«

Christoph hebt den Blick. Zwei der wichtigsten Menschen seines Lebens haben sich damals gegen ihn verschworen. Er hat bis heute nicht gewusst, welche Entscheidung ihn die Karriere gekostet hatte. Damals hat er versucht, dem Intrigenspiel auf den Grund zu kommen: Der politische Gegner? Die Neidgenossenschaft der eigenen Partei? Keines von beiden, wie er jetzt lesen kann. Die Menschen, die er liebte, hatten über ihn und sein Schicksal entschieden.

Mein Mann wurde Regierungsbeauftragter für Südosteuropa. Ich konnte sein ehrliches Bemühen wahrnehmen, unsere kleine Familie zusammenzuhalten. In meiner Gegenwart trank er keinen Alkohol mehr. Der Minister und väterliche Freund hatte ihm wohl die Rute ins Fenster gestellt. Keine weitere Schonung. Christoph überhäufte mich mit Geschenken. Manches mit enormem materiellem Wert. Meist aber so etwas wie die zerbrochene Muschel, die immer noch auf meinem Nachtkästchen liegt, weil sie einen tiefen Einblick hinter die Fassaden des Lebens ermöglicht. Er hatte sie von einer Dienstreise nach Kroatien mitgebracht. Und er erläuterte:»So schön kann Zerbrochenes sein. Man könnte meinen, es habe keinen Wert, keine Bedeutung. Aber es gibt Tausende Muscheln an diesem Strand, die ganz geblieben sind und sich nicht voneinander unterscheiden. Alle suchen nach großen unbeschädigten Muscheln. Sie übersehen: Die zerbrochenen sind einzigartig.« So sagte er.

Eines änderte sich nicht, sein Beruf hielt ihn fern von mir und den Kindern.

Aus Venedig kam ein Kuvert. Absender: mein Vater. Darin befand sich dein erster Brief an mich. Klug eingefädelt, mein Lieber. Die Anschrift meiner Eltern kanntest du. Du batst meinen Vater, deine Briefe an mich weiterzuleiten. Das tat er, ohne zu wissen, was er weiterleitete. Vielleicht ahnte er etwas, ich weiß es nicht. Jedenfalls kannte er die Schwierigkeiten seiner Tochter. Er hatte seine Bedenken geäußert zu der, seiner Meinung nach, nicht einfachen Verbindung mit einem österreichischen Politiker von der konservativen Seite. Die Türe meiner Eltern stand mir immer offen, wenn ich es für nötig finden sollte, eine Veränderung vorzunehmen.

Dein erster Brief. Kurz überlegte ich, ihn ungelesen zu vernichten. Nach unseren unverzeihlichen gemeinsamen Tagen und Nächten konnte er nichts Gutes beinhalten. Ich konnte deinen Brief nicht wegschmeißen, ohne ihn gelesen zu haben:

Meine Liebe!
Wie kann ich meine Sehnsucht heilen?

Du schriebst makelloses Deutsch.

Wie mein Land, so zerfällt mein Leben. Und niemand weiß, wie man beides zusammenhalten könnte. Bisher dachte ich, Liebe wäre ein Heilmittel gegen Niedergang und Elend. Seit unseren gemeinsamen Nächten bin ich mir nicht mehr sicher. Maddalena, meine Gefühle – nennen wir sie Liebe – lassen mir keine Ruhe. Im Vergleich zu den meisten Jugoslawen, ich meine Ser-

ben, habe ich ein gutes Leben: eine liebe Frau, ein Kind, Freunde,
Arbeit. Aber ich weiß nicht, ob ich mein gutes Leben weiter be-
halten will. Ich würde es gegen Elend eintauschen, wenn du ein
Wort sagtest: Komm! Solange dieses Wort nicht gesprochen ist,
lebe ich in einem Zwischenreich. Nicht hier, nicht dort. Wo lebe
ich nun? Wäre doch mein Denken und Fühlen eingefroren, bis
ein Frühling kommt.

Wie sollte die Empfängerin dieses Briefes die Sorge ihres Alltags weiterführen, als wäre nichts geschehen?

Das Leben mit meinem Mann blieb ein öffentliches Zur-
schaustellen. Staatsbankette, Opernball … Herrlich exal-
tiert, aber nicht mehr als große Bühne. Zeig dich, als ob du
die glücklichste Frau der Welt wärest. Vermittle, wie sehr du
deinen Mann liebst. Lass dich feiern als eine der schönsten
Frauen des Landes, eine, die zu denen ganz oben gehört.
»Promitime!« In diesem verlogenen Stück Reality-TV spielte
ich eine Hauptrolle. Heute beneide ich die Menschen nicht,
die aufgrund von Geld, Macht, Schönheit oder wer weiß was
sonst ihre Rolle in der High Society einnehmen. Alles schien
mir mehr und mehr unecht und falsch zu sein. Und dann diese Briefe, zwei Jahre lang Briefe, die mir etwas von dem wenigen Echten in meinem verlogenen Leben zu sein schienen:

Deine Sprache der Liebe: erregend, schön. Ich mag es, wie du
mich berührst. Die zarte Muskulatur an deinem Rücken von den
Schultern bis zur Hüfte. Dein Atmen, wie es in Bewegung gerät.
Wie du mich streichelst. Mehr und mehr empfindsame Stellen
hast du entdeckt. Dich zu berühren, deine Haut, so glatt und
zart.

In deinen Armen zu liegen, den Schweiß zu spüren, die Wär-
me. Schläfrig festhalten, festgehalten werden.

Und einzuschlafen an deiner Haut …

Ich hätte dir solche Worte niemals zugetraut. Niemand hat solche Worte zu mir gesagt.

Ich schrieb an dich zurück, schickte aber, bis auf einen, keinen dieser Briefe ab: »Mach dir keine weiteren Hoffnungen. Es war ein Fehler, der nicht wieder passieren wird.«

Du kanntest mich zu gut und hast zwischen den Zeilen das gelesen, was dich ermutigte, nicht nachzulassen.

Christoph investierte all seine Kraft darauf, politisch wieder Fuß zu fassen.

Ab 1995 veränderte sich das Machtgefüge seiner Partei. Der neue Mann an der Spitze begann die Annäherung an die FPÖ zu betreiben, gegen die sich Christoph entschieden aussprach. Neue Seilschaften, die in andere Richtung unterwegs waren und dafür sorgten, die »Parteifreunde« in den Abgrund zu stürzen.

Ein Interview in einer großen Tageszeitung des Regierungsbeauftragten für Südosteuropa, in dem er auf die Frage, was er denn vom neuen Politstar halte, vorsichtig seine Ablehnung formulierte. Am Tag darauf war Christoph seinen Aufgabenbereich los. Kannst du dir vorstellen, was das mit ihm anstellte? Nichts davon durfte nach außen dringen. Man hatte ihn gewarnt. Alles spielte sich im engsten Kreis ab und ich, die nicht zu diesem Kreis gehörte, war Christophs einzige Vertraute. Wohin mit seinen Aggressionen, Depressionen? Ich war das Ventil dafür.

Und daneben deine Briefe, wie ein Fenster zu einer Wirklichkeit, die dem irrrealen Alltagsschrecken etwas entgegensetzten.

Finanziell ging es uns nicht schlecht. Das Schweigen des Mandatars wurde erkauft. Zwei flügellahme Greifvögel in einem engen, goldenen Käfig.

Christoph war nun keine wichtige Person mehr für die Partei. Einfluss auf politische und gesellschaftliche Ereignisse hatte er kaum noch. Man schickte ihn zu feierlichen Eröffnungen, ließ ihn Reden in sanierten Krankenhäusern halten und beorderte ihn zu unwichtigen Konferenzen. Wo der Herr Mandatar im Namen der hohen Verwaltung erschien, galt es, ein Schnäpschen, Sekt oder Bier zum Trinkspruch zu heben. Ein würdeloses und nutzloses Repräsentieren seiner Gesinnungsgenossenschaft. '95 bis '99 waren wohl die schlimmsten Jahre. Nach außen hohler Glanz, nach innen Zerfall auf allen Ebenen. Dennoch wollte ich es nicht wahrhaben. Weiter hielt ich daran fest, es käme ja nur darauf an, die schlechten Zeiten weiter zu durchtauchen und für den bevorstehenden Aufstieg bereit zu sein, der doch kommen musste. Natürlich musste er kommen! Ich schützte meine Kinder vor ihrem Vater. Einmal begleitete ich mit dem Notarzt meinen Mann in die Notfall-Aufnahme eines Krankenhauses.

Kannst du dir vorstellen, was mir deine liebevollen Briefe bedeuteten? Und als irgendwann ab 1997 keine Briefe mehr kamen, sei es wegen des Krieges, sei es gewesen, weil du weitere Worte für sinnlos erachtetest, las ich die bis dahin angesammelten. Einer der Gründe, warum ich es so lange aushielt, Lazar, waren deine Briefe …

– Nein! Nein! Nein! – Kein Wort mehr kann er aushalten.

Der Zug hält in Novi Sad. Christoph geht zurück zu seinem Platz. Nach wie vor ist das Abteil voll besetzt. Er schließt die Augen.

Es will ihm nicht gelingen, was er sich vorgenommen hat. Er wollte Maddalena keine negativen Gedanken und Gefühle ins Grab nachschicken. Das wollte er.

Er hört Maddalenas Stimme, spitz und giftig: Was er denn glaube. Sie habe andere Möglichkeiten, wenn er nicht endlich sein Leben in den Griff bekomme.

Und auf seine Frage hin, was sie mit anderen Möglichkeiten meine: »Glaubst du wirklich, du bist der einzige Mann, der sich um mich bemüht hat? Vielleicht habe ich zu viel Zeit mit dir verschwendet.«

Als er 1999 die Briefe seines Kontrahenten in einer Schatulle in Maddalenas Schreibtisch fand, hätte er akzeptieren sollen, dass der letzte Rest von dem, was ihm einmal Glück bedeutet hatte, gefallen war. Das hat er aber nicht. Er musste kämpfen, wie immer weiterkämpfen. Und so kam es, dass er sich auf den Weg nach Belgrad machte, als Maddalena sich in Venedig bei ihrer Familie befand. Kein leichtes Unterfangen in jenen Tagen, in denen das NATO-Bombardement auf Serbien voll im Laufen war. Sein alter Kumpel aus Belgrader Zeiten, Dušan Obradović, erwies sich als wertvolle Hilfe. Dušan, der Privatchauffeur, der schnell zu seinem engsten Vertrauten aufstieg. Dušan, der sein einziger serbischer Freund war. Nicht wenige Abende haben sie miteinander verbracht. Maddalena hat ihn nie gemocht, trotz aller Freundschaftsdienste, die Dušan geleistet hat. – Wie oft waren wir unterwegs in der Stadt und genossen die Losgelöstheit von allen Rollen und Verpflichtungen? –

Ohne Dušan wäre es vielleicht unmöglich gewesen, im Jahr 1999 als Ex-Botschafter nach Serbien einzureisen. Man konnte die Grenze auch 1999 passieren, man musste nur wissen, wie man zu einer Genehmigung kam. Dušan besorgte ein Visum auf illegalem Wege. Angeblich befanden sich nicht wenige Österreicher und Deutsche in Serbien. Journalisten, Menschen, die Augenzeugen sein wollten, Gewerkschafter, Schriftsteller. Auch Peter Handke befand sich in Serbien.

Zwei Umstände halfen Christoph bei der Einreise: Dušan Obradović, und sein Engagement bei der NGO »Direct Assistance«, die sich für die medizinische Versorgung Vertriebener aller Konfliktparteien einsetzte. Unter falscher Identität kam der Koordinator von »Direct Assistance« über die Grenze.

Was wollte er in Belgrad?

So genau hatte er sich das nicht überlegt. Er wusste nur, dass er den Rest von dem, was er einmal sein Glück genannt hatte, zurückhaben wollte. Er hatte nichts mehr außer Maddalena und die Kinder.

Den Scheißkerl finden, ihn kaufen und Maddalena den Weg in eine neue Beziehung verbauen. Und weil er Angst hatte, begann er schon auf der Fahrt von der Grenze nach Belgrad mit Dušan zu trinken. – Verdammt noch mal! –

Jetzt, vor der zweiten Konfrontation mit dem Serben, scheut er sich, die Bilder des ersten Aufeinandertreffens wachzurütteln. Wie oft hat er seitdem gedacht, es wäre besser gewesen, es nicht überlebt zu haben? Viel hat nicht gefehlt und er wäre eine der Leichen des 29. April 1999 gewesen, jener Nacht, in der die NATO mitten in Belgrad das Generalstabsgebäude zerbombte. Hustend ist er aus Dreck, Staub und Trümmern geklettert. Jemand zog ihn mit sich und er begriff erst, was passiert war, als ihm eine Krankenschwester den Verband anlegte. Er konnte mit seinen eingeschränkten Kenntnissen des Serbokroatischen und einigen Worten Englisch ihrerseits verstehen, was sie ihm sagen wollte: »Das hier ist keine Verletzung durch herabgefallene Trümmer.« Das verstand er, aber er erinnerte sich nicht daran, was geschehen war. »Ein Messer! Ein Stich von einem Messer!«, meinte die Krankenschwester. Und schemenhaft tauchte vor seinen Augen die Szenerie wieder auf, bevor es den großen Knall gab, der rund um ihn die Welt in Stücke zerfetzte. Er hat das Messer gesehen, in einem Sekundenbruchteil blitzte es in der Hand des Serben auf. Er kann sich an den Ausdruck in den schwarzen Augen direkt vor ihm erinnern: Panik.

Und dann erinnerte er sich, was er in Belgrad gesucht hatte. Und die Briefe, wo waren die Briefe geblieben? Es ist so schnell gegangen.

Der Stich in seiner Seite war nicht tief, die Rippen hatten ihn abgefangen. Christoph fühlt die Narbe, die geblieben ist. Er muss sich vorsehen, Lazar Petrović ist kein wehrloser Gegner.

Die damaligen unbeweisbaren Befürchtungen, es handle sich zwischen Petrović und seiner Frau nicht nur um eine zeitlich begrenzte, platonische Affäre, lassen sich jetzt schwarz auf weiß beweisen. Er wird Maddalena dafür nicht die Schuld geben. Petrović ist bis zum heutigen Tag fein davongekommen. Jetzt, wo offen liegt, was zwischen seiner Frau und dem Serben geschehen ist, wird er tun, was er damals schon hätte tun sollen.

Was man liebt, muss beschützt und verteidigt werden. Und ist es dafür zu spät, darf der Verursacher dennoch nicht straflos davonkommen.

8

Lazar liegt in seinem Bett. Es ist weit nach Mitternacht. Sein Körper ist müde, der Geist hellwach. Er weiß nicht, ob es ihm gelungen ist, Julijana zu trösten. Wahrscheinlich konnte er die Lösung der Probleme Milans nicht überzeugend genug darstellen. Er wollte seiner Tochter nicht von Maddalena erzählen, der Frau des Botschafters. Die sie für die verflossene Geliebte ihres Vaters halten müsste, auch wenn er dagegen Einspruch erheben würde: Maddalena ist nicht seine Geliebte gewesen! Die Beziehung so zu beurteilen, käme einer Verurteilung gleich. Was aber war es? Lieber nicht darüber nachdenken. Wenn er es selbst nicht versteht, kann es auch niemand anderer verstehen.

Er hat davon gesprochen, dass es eine Lösung gäbe. Nein, er könne noch nichts darüber sagen.

»Steckt Jovan dahinter?«, fragte Julijana.

Um sie zu beruhigen, ihren Befürchtungen keinen Raum zu geben, belog er sie. Es sei seine Idee. Aber er wolle ihr die Details erst erzählen, wenn Milan gesund sei. Julijanas Blicke verrieten, dass sie ihm nicht glaubte. Aber sie fragte nicht weiter. Sie werde ebenfalls versuchen, Geld für Milans Behandlung aufzutreiben, sie könne vielleicht einen Kredit bekommen, für den Fall, dass die »Pläne« ihres Vaters doch nicht funktionieren sollten.

– Sie traut meinen Beschwichtigungen nicht. Ich bin kein guter Schwindler! –, denkt Lazar. – Und ich traue Jovans verrückter Idee auch nicht. Ich glaube nicht, dass Maddalena in den nächsten Tagen vor mir stehen wird. – Nein, er kann es nicht glauben. Jovans dreiste Pläne machen Lazar Angst: »Und wenn sie nicht antanzt, werden wir ihrer Zielstrebigkeit nachhelfen. Ihr Mann, der Botschafter ist tot, sagtest du?«

Was sollte er Jovan antworten?

»Das würde unsere Pläne erleichtern«, meinte der Halunke.

Was ist an jenem Tag passiert? Ist Christoph Forstner am 29. April 1999 ums Leben gekommen? Das ist lange her, die Erinnerungen sind unter vielen Lebensjahren vergraben.

Bilder! Bilder, die jetzt in der Dunkelheit Gestalt annehmen ...

Die Brankova-Brücke, das Volksfest gegen das NATO-Bombardement. Stimmen: »Was bildet der Westen sich ein? Mit Raketen und Bomben ein Land in die Knie zwingen, das ihnen nicht passt? Katholiken, Moslems: gut! Orthodoxe: böse? Sozialismus: Feind! Rechtsnationale: Freund? Milošević: böse? Tuđman: gut! UÇK: legal! Serbische Kampfverbände: Terroristen!«

Lazar hat sich in den letzten Jahren immer wieder damit beschäftigt. Hat auch er sich von der Propaganda des Regimes beeinflussen lassen? Ist er deswegen auf der Brankova-Brücke gestanden? Konnte einem Freigeist wie ihm die Ideologie der Elite die Augen verschließen für die tatsächlichen Ereignisse? Lazar hat alles aufgesogen, was verklebte Augen öffnen könnte.

Er kann sich nicht mit der Diffamierung jenes Volkes abfinden, dem er angehört. Wenn du einem Kind sagst, dein Vater, deine Mutter sind schlechte Leute, fühlt es sich selbst schlecht.

Pauschalurteile erregen Widerstand in Lazar.

Die ganze Welt tritt auf die Serben hin. – Ich kenne niemanden hier in Belgrad, der gemordet, gefoltert, vergewaltigt hat. –

Darum lässt ihn das Thema nicht los. Er möchte keine vor der Realität verschlossenen Augen haben. Er möchte sich nicht täuschen, aber auch nicht denunzieren lassen.

Er hat entdeckt, dass vor allem die Albaner des Kosovo und die Kroaten große amerikanische PR-Agenturen – Ruder Finn, Waterman Associates, Jefferson Waterman International – damit beauftragten, die Meinung der Weltöffentlichkeit über die Serben zu vergiften. Gezielt brachte man Serbien mit

Vergleichen zum Holocaust in Verbindung. Begriffe wie Konzentrationslager, Völkermord, Auschwitz sollten die Serben als Täter kennzeichnen und die Wahrnehmung der westlichen Welt einseitig prägen. Obwohl Lazar kein eingeschworener Serbe ist, hat ihn das nicht losgelassen. Natürlich kennt er auch die negativen, problematischen Beiträge der Serben zur Katastrophe auf dem Balkan in den Neunzigerjahren. Aber alle in einen Topf zu werfen und die schrecklichsten Bezeichnungen auf das Etikett des Topfes zu schreiben, das macht Lazar wütend. Und so hat er weitergegraben, als wäre er der Advokat seines Volkes.

Er konnte nicht glauben, dass es akzeptable Begründungen gegeben hatte, die Weltstadt Beograd zu bombardieren. Hier wohnten Bürger aller kriegführenden Brudervölker – befreundet, verwandt und verschwägert – friedlich miteinander. Selbst heute kann man die Stadt als die letzte Enklave des alten Jugoslawien bezeichnen.

Gleichzeitig war da die Befürchtung in Lazar, er könne Beweise finden, welche die Generalanklage gegen die Serben legitimieren würden.

Aufgeregt hat Lazar vor wenigen Jahren eine Sendung im WDR verfolgt. Er hat sie aufgenommen und die Kassette immer wieder abgespielt, bis sie den Geist aufgab.

»Es begann mit einer Lüge«, so der Titel der Reportage. Der deutsche Verteidigungsminister Rudolf Scharping wurde gezeigt, wie er am 28. März 1999 sagte:»Viel wichtiger ist die Frage, was geschieht jetzt im Kosovo: Wenn ich höre, dass im Norden von Pristina ein Konzentrationslager eingerichtet wird, wenn ich höre, dass man die Eltern und die Lehrer von Kindern zusammentreibt und die Lehrer vor den Augen der Kinder erschießt, wenn ich höre, dass man in Pristina die serbische Bevölkerung auffordert, ein großes ›S‹ auf die Türen zu malen, damit sie bei den Säuberungen nicht betroffen sind, dann ist da etwas im Gange, wo kein zivilisierter Europäer mehr die Augen zumachen darf, außer er wollte in die Fratze der eigenen Geschichte schauen.«[1]

Und erst viel zu spät äußerten sich andere, die direkten Einblick ins Geschehen hatten, zum Beispiel Heinz Loquai, General a. D. – OSZE: »Hier muss ich mich wirklich beherrschen, weil der Vergleich mit Auschwitz und der Situation im Kosovo eine ungeheuerliche Behauptung ist. Man muss sich als Deutscher schämen, dass deutsche Minister so etwas getan haben, denn ein normaler Mensch, ein normaler Deutscher, wird vor Gericht zitiert, wenn er in derartigem Ausmaße Auschwitz verharmlost. Und dass ein deutscher Minister von KZs im Kosovo sprach, ist auf der gleichen Linie, denn KZs sind Einrichtungen einer bestimmten historischen Situation, nämlich der nationalsozialistischen Zeit in Deutschland. Und ich finde es im Grunde genommen ungeheuerlich, dass gerade Deutsche diese Vergleiche gewählt haben.«[2]

Nicht, dass nichts Schreckliches passiert wäre. Aber im Gegenzug lancierte die Weltöffentlichkeit die Kosovaren, die Kroaten als Opfer, obwohl doch auf der Ebene aller Konfliktparteien unbegreifbar Schreckliches geschehen war.

Die Marktplatz-Massaker mitten in Sarajevo. Explosionen im friedlichen, moslemischen Marktplatzgewühl, Tote, Verletzte. Schnell sprachen die Medien weltweit von gezielten Angriffen der serbischen Belagerer. Alle Welt empörte sich. Man forderte im Namen der Menschenrechte ein militärisches Eingreifen des Westens.

---

1 Es begann mit einer Lüge, Film von Jo Angerer und Mathias Werth, WDR. Ausgestrahlt im Ersten Deutschen Fernsehen am 8. Februar 2001.

2 Ebd.

Lazar hat den Artikel des »Spiegels« bis heute aufgehoben, in dem der Redakteur im Juli 1994 schrieb: »Die Granate, die am Samstag vorletzter Woche auf dem Marktplatz von Sarajevo einschlug und 68 Menschen zerfetzte, war eine Granate zu viel. Sie sorgte für einen abrupten Stimmungsumschwung im Westen, der bei Umfragen in den USA die Zahl der Befürworter von Luftschlägen gegen den serbischen Belagerungsring von 26 auf 57 Prozent hochschnellen ließ. Nun mussten auch Politiker und Militärs, die zugelassen hatten, dass Dutzende UNO-Resolutionen für den Schutz Bosniens zu Makulatur wurden, endlich handeln.«

Und weiter über die serbische Seite: »Die neue Entschlossenheit des Westens schien auch die Schlächter auf dem Balkan zu beeindrucken. Die Schreckensbilder von Verstümmelten, von abgerissenen Gliedmaßen und menschlichen Torsi in Blutlachen zwischen den Ständen auf Sarajevos Markale-Markt, gingen selbst dem hartgesottenen Großmeister des Balkankriegs unter die Haut. Mit zuckenden Gesichtsmuskeln quälte sich Serbiens Präsident Slobodan Milošević, 52, vor den Kameras seines Hof-Fernsehens ein knappes Statement der Entrüstung ab. ›Diese Toten und Verletzten von Sarajevo sind keine Kriegsopfer, sondern Opfer von Kriegsverbrechern‹, verkündete der Drahtzieher der großserbischen Expansion mit getragenem Tremolo, ›wir alle hoffen, dass die Verbrecher so schnell wie möglich zur Rechenschaft gezogen werden.‹ Miloševićs Verdammungsauftritt war pure Heuchelei. Denn wen der Serbenpotentat in Wahrheit für das schwerste Blutbad unter Zivilisten seit Ausbruch des Krieges verantwortlich machte, ließ er durch seinen löwenmähnigen Paladin Radovan Karadžić, 48, verdeutlichen. Von seiner Bergfeste Pale aus, 15 Kilometer östlich über dem Talkessel von Sarajevo, zog der Psychiater und Hobby-Poet ein makabres TV-Spektakel ab, um die Gräueltat als ›fabrizierten Massenmord‹ moslemischen Fundamentalisten anzulasten. ›Die Moslems haben noch Puppen zu den Toten gelegt, um so ein perfektes Szenario gegen uns zu inszenieren‹, höhnte der Serbenführer.«[3]

In Lazar lösen derartige Geschichten widersprüchliche Gefühle aus.

Erst nach dem Krieg, nach der Unterwerfung Serbiens, wurde klar, dass die Einschusswinkel es den serbischen Belagerern Sarajevos unmöglich gemacht hätten, auf die Marktplätze zu zielen. Wer hat dann auf den Marktplätzen die Sprengkörper zur Explosion gebracht, das schreckliche Massaker angerichtet? Die Muslime? Um den Westen davon zu überzeugen, endlich gegen die Serben mit aller Macht vorzugehen?

Oder das Massaker von Rugovo, einem kleinen Bauerndorf im südlichen Kosovo am 29. Januar 1999, zwei Monate vor Beginn der NATO-Luftangriffe. Ein zerschossener roter Kleinbus erinnert noch heute an jenen Tag. Was war in Rugovo passiert?

Rudolf Scharping erklärte es am 27. April 1999 so: »Was wir Ihnen hier zeigen, ich hatte ja schon gesagt, man braucht starke Nerven, um solch grauenhafte Bilder überhaupt ertragen zu können, sie machen aber deutlich, mit welcher Brutalität das damals begonnen wurde und seither weitergegangen ist. Wenn Sie sich mal solche Fotos anschauen, dann werden Sie auch sehr, sehr unschwer erkennen können, dass das in einem gewissen Umfang auch beweissichernd sein kann. Die Uniformen, die Sie da sehen, das sind Uniformen der serbischen Spezialpolizei. Das macht auch deutlich, dass Armeekräfte und Spezialpolizei, später dann auch im Fortgang nicht nur diese, sondern auch regelrechte Banden freigelassener Strafgefangener und anderer an solchen Mordtaten beteiligt sind. Es sind erschütternde Bilder.

---

3   Der Spiegel 7/1994, S. 128 f.

Und ich muss mir große Mühe geben, das in einer Tonlage zu schildern, die nicht gewissermaßen zur Explosion führt.«[4]

Lazar kennt sich im Internet nicht wirklich aus, aber mithilfe von Freunden fand er Dokumente, welche die Behauptungen aus der WDR-Sendung des Jahres 2001 voll und ganz bestätigten.

Die Experten des deutschen Verteidigungsministers hatten in ihrem geheimen Lagebericht geschrieben:

»Verschlusssache – nur für den Dienstgebrauch.

Am 29. Januar '99 wurden in Rugovo bei einem Gefecht 24 Kosovo-Albaner und ein serbischer Polizist getötet.‹ Ein Gefecht unter Soldaten – kein Massaker an Zivilisten, wie der Verteidigungsminister behauptet.

Henning Hensch, OSZE-Beobachter, war damals vor Ort und meinte später im Fernsehen: ›In jedem Fall ist es richtig, dass der Verteidigungsminister noch am Tage der ersten Veröffentlichung, die ich selber auch gesehen habe, in der Deutschen Welle, von mir darüber in Kenntnis gesetzt worden ist, dass die Darstellung, die da abgelaufen ist, so nicht gewesen ist.‹ Henschs offizieller Ermittlungsbericht zu Rugovo kommt zum Ergebnis: Kein Massaker an Zivilisten.

Henning Hensch erklärt in der Fernsehsendung, was er gesehen hat: ›Am Tatort fanden wir einen roten Van, zerschossen, mit offenen Scheiben und insgesamt vierzehn Leichen in diesem Fahrzeug, und drei Leichen lagen außerhalb des Fahrzeuges. In der 'Garage' genannten Stallung auf der Rückseite der Farm befanden sich fünf UÇK-Fighter in den typischen Uniformen, den dunkelblauen mit dunkelgrün oder grün eingefärbten Uniformen, die dort im zehn Zentimeter hohen Wasser lagen.

---

4 Es begann mit einer Lüge, Film von Jo Angerer und Mathias Werth, WDR. Ausgestrahlt im Ersten Deutschen Fernsehen am 8. Februar 2001.

Und dann ging es noch etwa 300 Meter weiter zu einem zweiten Tatort, an dem wir wiederum vier Leichen fanden, und darüber hinaus sind die Leichen, die der Verteidigungsminister zeigen ließ, dort von den serbischen Sicherheitsbehörden und von mir und meinen beiden russischen Kollegen abgelegt worden, weil wir sie von den verschiedenen Fundorten oder Tatorten zusammengesammelt hatten.‹

Und Heinz Loquai, General a. D. – OSZE, ergänzt: ›Es war auch ganz klar, dass das kein Massaker an der Zivilbevölkerung war, denn nach den OSZE-Berichten haben Kommandeure der UÇK ja selbst gesagt, es seien Kämpfer für die große Sache der Albaner dort gestorben. Also zu einem Massaker hat es eigentlich der deutsche Verteidigungsminister dann interpretiert.‹«[5]

Lazar hat andererseits Beweise gefunden für die Gräueltaten serbischer Milizen. Was die paramilitärische Gruppe rund um Arkan verbrach, fassten verschiedene in- und ausländische Zeitungen zusammen. »Oslobođenje«, eine Tageszeitung aus Bosnien, schrieb: Arkan sei gestorben, wie er gelebt habe: wie ein Hund. Lazar klopfte das Herz bis zum Hals, als er den Artikel erstmals las. Konnte das wahr sein?

Die Aussagen der Augenzeugen sind widersprüchlich: Ein junger Mann sei in der Lobby des Belgrader Hotels Intercontinental auf den Milizenchef Željko Ražnatović, genannt »Arkan«, zugekommen. Er habe mit einer Schnellfeuerwaffe mehrere Salven abgegeben. Arkan wurde von drei Kugeln am Kopf getroffen und starb auf dem Weg ins Krankenhaus. Wer der junge Mann war, der auf den »Tiger« schoss, ist nach wie vor unbekannt.

---

5 Es begann mit einer Lüge, Film von Jo Angerer und Mathias Werth, WDR. Ausgestrahlt im Ersten Deutschen Fernsehen am 8. Februar 2001.

Nicht lange ließ die Erklärung der amerikanischen Außenministerin Madeleine Albright und ihres britischen Amtskollegen Robin Cook auf sich warten: Man bedauere, dass Arkan nun nicht mehr vor das Haager Kriegsverbrechertribunal gebracht werden könne.

In Bosnien und im Kosovo, wo Arkans Milizen Gräueltaten angerichtet hatten, löste der Tod des »Tigers« offenen Jubel aus. In der Kosovo-Zeitung »Koha Ditore« schrieb man: »Als Kosovo-Albaner hätte ich ihm am liebsten persönlich die Kehle durchgeschnitten. Bedauerlich ist nur, dass der Tod Arkans nicht ebenso schmerzhaft verlaufen ist wie der vieler seiner Opfer.«

Wer war der Mann mit bleichem Babygesicht, der unter dem Namen Arkan unvorstellbares Leid angerichtet hat?

Er wurde in Slowenien als Sohn eines Offiziers geboren. Željko Ražnatovićs Mutter war eine Kosovo-Serbin. Als er ein Teenager war, übersiedelte die Familie nach Belgrad. Dort begann seine Karriere als Kleinkrimineller. Nach einer Haftstrafe lebte er in mehreren europäischen Ländern – Schweden, Italien, Belgien, Deutschland –, wo er aufgrund weiterer schwerer Delikte – Raubüberfall, Mord – neuerlich ins Fadenkreuz der Justiz geriet. Sogar Interpol suchte nach ihm.

In Belgrad benötigte man inzwischen solche Typen. Arkan wurde zum Auftragskiller des serbischen Geheimdienstes. Kosovo-Albaner, Kroaten, Dissidenten wurden Opfer seiner brutalen Vorgangsweise.

Seine Skrupellosigkeit empfahl ihn für »höhere« Ziele. Am 11. Oktober 1990 gründete er eine paramilitärische serbische Freiwilligengarde, die Tiger-Miliz. Ihr Aufgabengebiet: »Ethnische Säuberung«.

Lazar fällt es bis heute schwer, Worte wie Vergewaltigung, Vertreibung, Folter, die er in den ausländischen Zeitungen fand, auch nur zu denken. Er fand die Worte im Zusammenhang mit Orten, die er kannte aus Jugoslawiens Friedenszeiten: Vukovar, Bijeljina, Zvornik, Foča.

In den Zeiten zwischen den Einsätzen nutzte Arkan seine Miliz, um alle, die ihm im kriminellen Milieu Belgrads im Weg standen, zu beseitigen. Als König der Unterwelt übernahm er den gesamten Schmuggel. Auch der Öl-Schwarzmarkt spülte unermesslichen Reichtum in die Kassen des »Tigers«. Er besaß ein Spielkasino und hatte sich einen eigenen Fußballclub gekauft.

Im Kosovo arbeitete seine Miliz direkt mit der Polizei zusammen, zur Liquidierung von Terroristen.

Milošević ermöglichte ihm, als Abgeordneter ins Parlament einzuziehen.

1995 heiratete er in jenem Hotel, in dem er wenige Jahre später erschossen werden sollte, die berühmte Folkloresängerin Ceca. Schnell galten die beiden als serbisches Traumpaar: Der Held und die Schöne.

Am Samstagabend, den 15. Januar 2000 begegnete Arkan in der Lobby des Hotels Intercontinental seinem Mörder. Der Mord wurde professionell ausgeführt. Eine »Hinrichtung«, wie serbische Verbrechersyndikate sie erledigen?

Eine andere Theorie besagt: Er war für das Regime eine zu heiße Aktie geworden.

Die Tatwaffe, eine Maschinenpistole vom Typ »Heckler und Koch«, ist die typische Waffe der serbischen Antiterroreinheiten.

Der amerikanische Fernsehsender NBC berichtete: Arkan habe über seinen Rechtsanwalt ausloten lassen, ob ein Deal mit dem Haager Kriegsverbrechertribunal möglich wäre. Arkan zeigte sich bereit, Informationen über serbische Politiker zu liefern, denen man Kriegsverbrechen anlastete. Eine Bedingung stellte er: Er selbst dürfe vom Tribunal nicht weiter verfolgt werden.

Arkan pokerte hoch mit seinem Wissen als zentrale Figur im Umfeld Miloševićs. Und dieser hätte allen Grund gehabt, ihn zum Schweigen zu bringen.

Und dann gibt es da noch Arkans Ehefrau Ceca. Arkan hielt es nie so genau mit der ehelichen Treue. Aber Mord aus Eifersucht? Ausgerechnet bei dem Mann, von dem man inzwischen weiß, dass er sich oft tagelang im eigenen Keller versteckte, weil er sich fürchtete vor jenen, die ihn als Intimus und Mitwisser betrachteten. So vielen Menschen gab Arkans schrecklicher Lebensinhalt allen Grund dafür, ihn zu richten.

Fest steht, Arkan hat letztlich dasselbe Schicksal ereilt, das er bei anderen wie ein Dämon verursachte.

Es gibt unbeschreibliche Abgründe im Wesen des Menschen, die Lazar nicht begreifen kann und vor denen er Angst hat. Es scheint egal zu sein, welchem Volk, welcher Ideologie, welcher Religion ein Mensch angehört.

Manchmal kam in den letzten Jahren in Lazar der Gedanke auf, besser alles ruhen zu lassen. Man könnte Angst vor sich selbst bekommen, wenn man genau hinsieht, wozu Menschen fähig sind.

Jetzt aber, wo die Erinnerung an Maddalena und ihren Mann geweckt wurde, ist es, als hätte jemand das Leichentuch von jenen schlimmen Zeiten gezogen. Alles liegt offen da, als wäre es gestern geschehen.

Warum ist er damals auf der Brankov-Brücke gestanden?

Die »strategischen Lügen« mancher westlicher Machthaber konnte man 1999 nicht beweisen. Auch die unvorstellbaren Machenschaften Arkans und anderer blieben damals für Lazar verborgen. Er protestierte mit vielen seiner Landsleute gegen die »verbrecherische Aggression des Feindes«. Und er ist auch heute noch davon überzeugt: berechtigt! Die Serben besetzten die Ziele der NATO. So auch in der Nacht des 29. April die Brankov-Brücke, die Brücke über die Save.

Bomben konnten keine Lösung bringen. Egal, von welcher Seite, egal, mit welcher Begründung. Und er liebte die Brücke, die er seit seiner Kindheit kannte und benützte.

Der Verkehr über die Brankova war in jener Nacht zum Erliegen gekommen. Man trug sein Target auf der Brust – eine Zielscheibe, wie man sie beim Übungsschießen mit dem Zimmergewehr verwendet. Lazar und Jovan spielten die serbischen Volkslieder, die jeder Belgrader kennt. Es wurde gesungen, getanzt, gelacht. Das alles erinnerte nicht an Krieg. Out of order, verrücktes Treiben.

Wie Maddalenas Mann es geschafft hatte, ihn hier zu finden, ist Lazar ein Rätsel.

Da stand er plötzlich, und Lazar wusste nicht, wer der Mann war und was er von ihm wollte. Erst als der ihn grob anpackte und er den Alkoholgeruch in dessen Atem wahrnahm, begriff er: Mit diesem Menschen ist nicht zu spaßen. Und dann erkannte Lazar, wen er da vor sich hatte. Jovan setzte der Bedrohung seines Freundes Hiebe entgegen. Die aufgeladene Situation begann die Aufmerksamkeit des Publikums zu erregen. Lazar hielt den Betrunkenen fest und schrie ihm ins Ohr: »Komm mit! Wir reden unter vier Augen!« Er weiß noch, dass er dachte, während er den Mann über die Brücke hinter sich herlockte: – Täusche ich mich? Maddalena Todesco und dieser Mann? – Verängstigt wirkte er trotz der aufgeplusterten Oberfläche. Man konnte Mitleid mit ihm bekommen. Sein erster Eindruck von Christoph Forstner sollte sich in jener Nacht bestätigen. Kein Mann von Welt, ein verschreckter Mensch stand da vor ihm, der sich Mut angesoffen hatte. Kein dummer Mensch, kein Schläger. Schon gar nicht einer, der Frauen Gewalt antut. Ein Verlorener.

Er lockte den Mann am Busbahnhof vorbei, die Karađorđeva hinauf, weg von der Brücke. In Bewegung bleiben, ihn grölen lassen, seinem Geschimpfe Raum geben, den Zorn ausrauchen lassen. Warum er diesen Weg nahm? Vielleicht, weil es ihn intuitiv dorthin zog, wo er sich gut auskannte. Dorthin, wo er wusste, in welchen Bus er springen konnte, um abzuhauen

– sofern in dieser Nacht Busse fahren würden. In der Kneza Miloša, nicht weit vom Generalstabsgebäude, schlug er vor, sich an ein Tischchen bei einem geöffneten Kiosk zu setzen. Er holte eine Flasche Wasser, eine Flasche Schnaps und Plastikbecher. Rund um das erregte Gewirr von Menschen, die versuchten, ihr Ziel schnellstmöglichst zu erreichen, bevor in der Dunkelheit das losschlug, was man inzwischen kannte, eine weitere Bombennacht mitten in ihrer Stadt. Schwer zu beschreiben, wie man sich fühlt, wenn man erlebt, wie das Befürchtete, das Angekündigte, tatsächlich über einem losbricht. Man kann es nicht mehr abschütteln. Sobald es dunkelt, droht Panik aus dem Erinnerten hervorzubrechen. Jeder versucht nach seiner Version mit dem Schrecken der Erwartung fertigzuwerden. Die Bedrohung scheint so unglaublich, wie aus einer anderen Welt. Aber man befindet sich in dieser anderen Welt. Wenn es doch endlich losginge. Oder wenn doch endlich im Osten das Licht zurückkehren würde. Man könnte seinen Kaffee trinken. Den Kaffee, den man sich mit den letzten Dinaren, einem Schein, auf dem eine unvorstellbar hohe Zahl aufgedruckt steht, gekauft hat. Irgendwo, wo es noch Kaffee gab, und man würde lachen, ohne zu wissen, warum.

Als Lazar zurück zum Tisch kam, an dem Forstner saß, sah der ihn erst stumm an und sagte dann: »Den Preis! Sag! Was willst du haben, damit du aus dem Leben meiner Frau verschwindest?«

»Was?« Er hat die Becher vollgeschenkt. Obwohl er sehr genau verstand, worum es ging, ließ er sich nichts anmerken.

»Stell dich nicht dümmer als du bist! Du weißt, wer ich bin, und du weißt, was du ihr angetan hast. Du liebst sie nicht. Lass sie in Ruhe! Du hast die einzigartige Gelegenheit, hier und heute dafür bezahlt zu werden. Ich bringe dich hinter Gitter, solltest du in Österreich auftauchen oder sie hierherlocken.«

Lazar schwieg, hob seinen Becher: »Živeli! Prost!«

Forstner nahm den vollen Becher und leerte ihn in einem Zug. Dann öffnete er seine Jacke und zog aus der Innentasche ein Bündel hervor. Er warf es auf den Tisch. Lazar sah Briefe, erkannte seine Schrift. »Das hat nichts zu bedeuten.«

So schnell, wie man es ihm in seinem Zustand nicht zugetraut hätte, packte Forstner Lazar am Hemdsärmel, zog ihn an sich heran: »Maddalena hat mir alles erzählt. Sie hat die meisten dieser Briefe weggeworfen. Die da hat sie in ihrem Schreibtisch vergessen. Sie will mit dir nichts mehr zu tun haben. Und was ich will, das solltest du schnell begreifen, oder ich lasse dir keine ruhige Minute mehr ...«

Mehr und mehr irreal empfand Lazar die Situation. Forstner fantasierte in seiner Eifersucht von etwas, das nicht existierte. Er war davon überzeugt, Maddalena sei nach wie vor seine Geliebte. Es gab keine weiteren Briefe. Nur die aus den Jahren 1995/96. Und die lagen hier vor ihm.

»Hör zu!«, sagte Lazar. »Die Briefe habe ich vor drei, vier Jahren geschrieben. Es war dumm von mir. Und ich entschuldige mich dafür. Maddalena hat sich nie darauf eingelassen. Sie hat dich zu keinem Zeitpunkt betrogen.«

»Sie will mich verlassen! Und das tut sie nicht wegen ein paar schwülstiger Briefe aus der Vergangenheit! Ich werde dir sagen, was passiert ist. Du hast sie verführt, als ich in dieser verfluchten Stadt Botschafter war. Und du Ratte hast ausgenützt, dass Maddalena allein war. Du hast sie von dir abhängig gemacht. Ich habe es geahnt, aber nicht wahrhaben wollen. Maddalena ist zu leichtgläubig, zu gut. Du hast sie dir gefügig gemacht. Du hast alles zerstört, was mir wichtig ist. Deine Geilheit ist dir mehr wert als das Glück einer Familie.«

Eine ganze Weile ging das so, seine Beschimpfungen wurden immer niederträchtiger und ausfälliger. Und währenddessen schenkte er sich den Becher immer wieder voll und soff ihn aus. Lazar erinnert sich, was er dachte: – Das sind die armen

Schweine, die uns Bomben schicken. – In diesem Moment heulten die Sirenen auf. Wer es je gehört hat, vergisst es sein Leben lang nicht.

Forstner ließ sich durch den markdurchdringenden Ton nicht ablenken: »Da kommt die Strafe für Kriegsverbrecher und ihre Gefolgschaft.« Er konnte sich inzwischen kaum mehr auf den Beinen halten. »Wir dulden keinen Genozid, keine Konzentrationslager, keine serbischen Massaker. Und ich, ich werde es nicht zulassen, dass du noch einmal in die Nähe meiner Frau kommst.«

Lazar wollte weg, diesen Verrückten loswerden. Was hatte er mit ihm zu schaffen? Doch der kam schwankend auf ihn zu und packte ihn mit der übermenschlichen Kraft eines Betrunkenen: »Entweder bist du von Stunde an tot für sie oder du kommst hier nicht lebend weg.« Lazar wollte sich befreien, schaffte es bis auf die Straße. Forstner bekam ihn am Hals zu fassen, packte zu mit Händen wie Schraubstöcken, schnürte ihm die Luft ab. Lazar fand das Messer in der Jackentasche. Das Messer, das er seit Kriegsbeginn immer mit sich trug, ohne zu wissen, was er damit anfangen wollte. Jovan hatte sich seinen Spott daraus gemacht: »Lazar und ein Messer! Pass auf, dass es dir nicht in der Hosentasche aufspringt und deine Männlichkeit beleidigt. Niemand wird sich fürchten vor dir, weil du ein Messer mit dir herumträgst. Weißt du überhaupt, wie man die Klinge herausschnappen lässt?« Jetzt schnappte die Klinge heraus. Er stach zu, bevor ihm schwarz vor den Augen wurde. Das hat er getan?

Er liegt in seinem Bett, und wie immer, wenn er sich an diese Szene erinnert, sieht er einen Mann, der zusticht und der nichts mit ihm zu tun hat. Irreal. Beide fallen. Pfeifen und Surren am Himmel, Lichter ferner Einschläge. Lazar rappelt sich auf, schleppt sich weg, schneller, schneller. Als er zurücksieht, weil das Pfeifen bedrohlich nahe kommt, sieht er im Blitz des Einschlags am Generalstabsgebäude den Körper des Mannes genau darunterliegen. Die Druckwelle schmeißt Lazar nach hinten. Er lässt den Körper Forstners trotzdem nicht aus den Augen. So lange, bis in Sekundenbruchteilen Staub und Schutt herabstürzen, wie es ihm scheint, herab auf den am Boden hockenden Mann, der Christoph Forstner ist. Dann sieht Lazar nichts mehr. Er humpelt aus der Staubwolke.

Irgendwie kam er in die Husinski rudara, Julijana stürzte ihm entgegen: »Die Mutter!« Und dann gab es keine Zeit und keinen Raum mehr, um über Forstners Schicksal nachzudenken. Slavicas Herz hatte während des Sirenengeheuls aufgehört zu schlagen ...

Lazar erwacht mit Schrecken aus den Erinnerungen, sein Puls rast.

Man brachte Slavica mit dem Auto des Nachbarn in die Klinik. Ihr Kopf lag auf seinem Schoß. Er versuchte sie wiederzubeleben, blies ihr seinen Atem in die Lungen. Es half nichts. In der Klinik stellte man Slavicas Tod fest.

Lazar muss weinen, wenn er daran denkt.

Er hört die Geräusche draußen auf der Straße. Jemand singt irgendwo.

Kann es sein, dass Forstner diese Nacht überlebte?

– Der Mann ist tot! – Er hat es mit eigenen Augen gesehen. Warum aber hat man nie davon gehört, dass die Leiche des österreichischen Botschafters vergangener Jahre gefunden worden wäre? Vielleicht hat man ihn nicht gefunden. In den Wirren jener Tage? Und in seinem Heimatland gab es keinen Grund dafür, den Vermissten hier in Belgrad zu vermuten. Nicht einmal Maddalena konnte davon wissen. Ihr hatte Forstner bestimmt nichts von seinem Vorhaben erzählt. Man hat vielleicht nach dem Vermissten gesucht, die Suche aber schließlich aufgegeben. Vom Verschwinden dieses Mannes öffentlichen Interesses wurde wahrscheinlich in den österreichischen Zeitungen geschrieben. Hier in Serbien nicht. Für Maddalena ein schwerer Schicksalsschlag. Denn eines ist für Lazar klar: Maddalena liebte diesen Mann. Diesen Mann? Lazar kann auch heute nur Bedauern für ihn empfinden.

Warum aber sollte Maddalena sich nun, Jahrzehnte später, auf die Suche nach Lazar machen?

Als wäre es gestern gewesen, ist Maddalena in sein Herz eingebrannt. Und jetzt in diesem Augenblick, in dem er in seinem Bett liegt, mitten in der Nacht, spürt er Freude, wenn er sich vorstellt, morgen, vielleicht morgen, oder übermorgen vor Maddalena zu stehen. Nicht wegen Milan. Doch auch deswegen. Aber vor allem wegen dem, was ihn mit dieser Frau verbindet. Immer noch! Forstner hatte recht: Er liebt Maddalena, und das tut er heute noch. Auch wenn er jetzt ein alter Mann ist. Obwohl er doch eigentlich vom Leben nichts mehr zu erwarten hat. Oder ist er gerade dabei, sich in etwas hineinzusteigern? Etwas, das die Realität verpuffen lassen würde? Der Alltag beinhaltet genügend Probleme, er hat keine Lust, sich neue an den Hals zu schaffen.

9

Als ich mit den Kindern aus Venedig zurückkam, stand Christoph, mühsam um Beherrschung ringend, in der Tür. Er bat mich in sein Arbeitszimmer. Wortlos zog er sein Hemd in die Höhe, zeigte eine frische Narbe an seiner Seite und sagte: »Wird mir ein Andenken bleiben an jenen Mann, der für dich deine zweite Möglichkeit ist: Lazar Petrović.«

Ich weiß nicht viel von eurer Begegnung. Christoph bemühte sich ruhig und klar zu bleiben: Du, Lazar, habest versucht, ihn umzubringen. Er habe die Sache klären wollen, in Ruhe. »Friedlich!« Er wisse nicht, ob er glücklich sei, überlebt zu haben. Das käme darauf an, was das Gespräch mit mir ergebe.

Der redegewandte Mann brachte seine Gedanken zu keinem Ende. Die Sätze gerieten ihm aus den Fugen. Jedes Wort vermittelte Angst vor meiner Reaktion.

Zwei Dinge seien sofort zu ändern, wenn wir unsere Ehe nicht für beendet erklären wollten.

Erstens: Er habe »den« Experten auf dem Gebiet Sucht kontaktiert und die Behandlung bereits eingeleitet. Er sei bereit, das schriftlich in einem Mediationspapier festzuhalten. Der Weg aus der Abhängigkeit werde sein Beitrag sein.

Zweitens: Jegliche Form von Kontakt zu Lazar Petrović müsse durch mich beendet werden. Das wolle er im Mediationsdokument, das Rechtsgültigkeit besitze, festgehalten haben.

Punkt zwei, antwortete ich, könne ich auf der Stelle unterschreiben. Lazar Petrović sei nicht der Grund dafür, dass ich erste Schritte der Trennung in die Wege geleitet hätte. Zum Freund vergangener Tage gäbe es seit langer Zeit keinerlei Kontakt.

Was Punkt eins betreffe, müsse sich schon sehr praktisch und sehr rasch Veränderung einstellen, sonst würde mein Anwalt auf schuldhafte Scheidung klagen.

Meine Reise hatte dazu gedient, mit meinen Eltern all das abzusprechen, was mit einer Veränderung des Lebensmittelpunktes Richtung Venedig zusammenhing. Nun geschah, womit ich nicht mehr gerechnet hatte, gegen das sich zunächst alles in mir sträubte. Zu oft hatte ich Versprechen der Läuterung erlebt, die ins Nichts führten. Doch seine Entschlossenheit wirkte echt, und ich konnte die Chance nicht einfach übergehen. In erster Linie dachte ich dabei an meine Kinder.

Ich ließ mir von Christoph die Fakten der Therapie erklären. Es würde für ihn kein leichter Weg werden. Aber die Erfolgsaussichten waren besser, wenn es ein lohnendes Ziel für die Bekämpfung der Sucht gab. Wir vereinbarten ein konkretes Datum, bis zu dem Christoph trocken sein musste.

»Kannst du dich erinnern«, sagte Christoph, »wie es war, als wir uns in Venedig zum ersten Mal sahen? Diese Sicherheit, dieses Glück möchte ich wiederhaben.«

Er bat mich, ihm alles über die »Freundschaft« mit Petrović zu erzählen. Ich erzählte zu seinem Schutz das Nötigste: von unserer Beziehung, die es schon vor meiner Ehe gegeben habe. Die aber nie in einer praktikablen Liebe gemündet habe. Die mit der Heirat von beiden abgebrochen wurde.

Ich schaffte es anscheinend, glaubhaft zu wirken.

Auch in der Zeit in Belgrad habe es keinen Kontakt gegeben. Deine Verliebtheit, die kurz vor dem Ende der Belgrader Zeit aufflammte, sei einem Zufall zuzuschreiben. Du habest mich erkannt, als wir zufällig irgendwo in der Stadt aufeinander getroffen seien. Ich entschuldigte mich dafür, dass ich ihm davon nichts erzählt habe, es sei mir nicht als so wichtig erschienen. Es handle sich aber auch um eine –

für mich – nicht leichte Zeit. Alles habe ein Ende gefunden, bevor noch etwas beginnen konnte. Und seit Jahren habe es keinen Kontakt gegeben zwischen mir und Lazar. Das werde auch so bleiben.

Ich habe gelogen, um meiner Ehe diese letzte Chance zu ermöglichen.

Heute frage ich mich, ob ich ihm und mir die ganze Wahrheit hätte zumuten müssen. Jetzt ist es dafür zu spät.

Tags darauf formulierten wir die zwei Punkte mit einer Mediatorin schriftlich und unterschrieben die Abmachung. Mein Exemplar habe ich irgendwo bei meinen Papieren liegen.

Wie du weißt, habe ich mich an meinen Punkt der Abmachung gehalten. Auch heute noch finde ich es richtig, so entschieden zu haben.

Christoph ist der Schritt aus der Sucht ebenfalls gelungen.

Trotzdem, überlebt hat unsere Ehe nicht. Es war schon zu viel geschehen, das unserer Beziehung ernsthaften Schaden zugefügt hatte. In mir ließ sich keine emotional tragfähige Basis für Christoph retten.

Ich bereue die Zeit mit ihm nicht. Mit Christoph habe ich die schönsten Stunden meines Lebens erlebt.

2001 kam es zur einvernehmlichen Scheidung. Angelo, mit achtzehn Jahren schon volljährig, übersiedelte nach New York, um sich dort an der Columbia University für Cultural Studies, Schwerpunkt Jazz Studies, einzuschreiben. Für Christian, meinen jüngeren Sohn, war die Trennung seiner Eltern, er war fünfzehn Jahre alt, nicht so leicht zu verkraften. Mit einem Schlag wusste er nicht mehr, wo er hingehörte. Er wollte in Österreich bleiben und gleichzeitig auf seine Mutter nicht verzichten. Eine nicht zu lösende Situation. Ich muss Christoph dahingehend meine Hochachtung aussprechen.

Obwohl die finanziellen Mittel inzwischen knapp waren, ermöglichte er es seinem Sohn, bei ihm in Wien zu bleiben. Dort konnte er die Schule abschließen und ganz nach seinem Belieben auch in Venedig sein, im Palazzo seiner Großeltern, wo ich mich vorübergehend einquartierte.

Drei Jahre lebte ich wieder in Venedig, bevor sich mir eine neue Möglichkeit erschloss. Ich zog in das nicht weit entfernte, schöne Bassano del Grappa, beendete den unruhigen Job einer Dolmetscherin. An der Remondini begann ich als Deutschlehrerin zu arbeiten. Nebenbei tat ich das, was bis heute meine Lieblingsbeschäftigung ist: Übersetzungen von Gegenwartsliteratur, Deutsch ins Italienische und umgekehrt. Derzeit arbeite ich an der Übersetzung eines Buches zum Grande Guerra, dem Ersten Weltkrieg. Geschrieben von einem österreichischen Autor. Ich hoffe diese Übersetzung noch abschließen zu können, denn mein körperlicher Zustand macht mir Mühe.

Christian ist in die Fußstapfen seines Vaters getreten. Er hat Jus in Wien studiert und die diplomatische Akademie abgeschlossen. Christoph wollte das verhindern. Mein Sohn sagte mir, sein Vater habe ihm geraten: »Wenn du die Welt verändern willst, dann bietet dir die Politik alle Möglichkeit dafür. Rechne aber damit, dass die Politik gleichzeitig den größten Widerstand für Veränderung hervorbringt. Sie macht dich zum Star und zum Abschaum, sie fordert alles von dir. Vielleicht auch dein Lebensglück.« Besser kann man Christophs Erfahrungen nicht zusammenfassen.

Mein Sohn Christian arbeitete erst in der Jugendorganisation der Partei und drängte ins Rampenlicht, ehrlich und unverbraucht. Er ist seinem Vater und noch mehr mir eine ordentliche Herausforderung geworden. Er wechselte in jene Partei, die sich seiner Ansicht nach mehr um die Themen am rechten Rand kümmerte. Wie kann ein christlicher Politiker – als solcher sieht er sich mehr denn je – sich dagegen wehren, Asylanten ins Boot zu lassen? Ins Boot, das angeblich voll ist?

Was bin ich in Österreich? Ausländerin? Und was in Italien? Mein Sohn, ist er trotz italienischer Mutter Österreicher? Ganz abgesehen davon, dass in der Linie seines Vaters ein Tropfen slowenisches Blut rinnt.

Von Christoph weiß ich, dass er nie wieder den Weg in die Öffentlichkeit gesucht hat. Man hat ihm einen so genannten »Versorgungsposten« verschafft. Bei einer NGO koordiniert er Hilfsprojekte für die wirtschaftlich am Boden liegenden, neu entstandenen Staaten auf dem Balkan. Ich kann mir nicht vorstellen, dass er damit recht glücklich ist. Ab und zu sind wir uns über den Weg gelaufen, meist in familiären Angelegenheiten. Es gelang uns nicht mehr, uns aufeinander einzulassen. Bestimmte Türen sind verschlossen. Ich bin in diesen Tagen dabei, die Schlüssel auch für diese Türen zu finden.

Seit meiner Krebsdiagnose schreibe ich nun an diesem Brief ohne Ende an dich, Lazar. Monate sind vergangen und mein körperlicher Zustand weist darauf hin, es geht bald zu Ende. Wer sagt, es sei einfach zu gehen, der lügt.

Ich habe versucht, meine Zeit zu nützen. Ein letztes Treffen mit Christoph steht mir bevor. Ich habe auch an ihn einen Brief ohne Ende geschrieben, und ich will ihn Christoph persönlich überreichen. Und dann habe ich eine letzte Bitte an ihn. Und an dich. Nachdem du bis hierher gelesen hast, solltest du meinen letzten Wunsch kennen.

Was dich betrifft, Lazar: Einen Teil dieses Notizbuches habe ich in Belgrad geschrieben. Die Spontaneität bleibt mir anscheinend bis zum letzten Augenblick. Nicht lange nach meiner Diagnose habe ich mich auf den Weg gemacht, ich weiß nicht so genau, warum. Ich wollte die Stadt, mit der mich so viel verbindet, ein letztes Mal sehen. Natürlich wollte ich erfahren, wie es dir geht, was aus dir geworden ist. Ich habe mir eine Begegnung mit dir gewünscht.

Du spielst immer noch in der Skadarlija, »Šešir moj«. Aber du bist unaufmerksam geworden, was dein Publikum betrifft. Nein, keine Sorge, ich habe dafür gesorgt, dass du mich nicht wahrnehmen konntest.

Du bist ein alter Mann geworden. Das sagt dir eine lachende alte Frau. Aber verlieben könnte ich mich immer noch in den weißhaarigen Alten mit den Glutaugen und der Camel zwischen den Lippen.

Ich habe dich mit deinem Enkelsohn gesehen, einem stillen, blassen Jungen. Ihr zwei seid in Karaburma die Husinski rudara hinuntergegangen. Die alte, verhüllte Frau auf der Terrasse einer der Spelunken ist euch nicht aufgefallen. Wie du dich um den Jungen kümmerst. Man sieht, dass du ihn magst.

Ich stand sogar vor der Türe deiner Wohnung, als ich mir sicher war, dass du mit dem Bus davongefahren warst. Alles so bekannt und doch fern und fremd.

Ich war nahe daran, eine Begegnung herbeizuführen. Je länger ich dein Leben beobachtete, desto mehr Lust bekam ich darauf.

Dann habe ich dich auf dem Neuen Friedhof beim Urnengrab von Slavica stehen sehen. Ich begriff, was ich dir damit antun würde, ein zweites Mal eine Frau, die dir nahesteht, bis zum Tod begleiten zu müssen. Denn das wusste ich, ich hätte dich nicht wieder losgelassen.

Darum bin ich nach Hause gefahren.

Ich kann vernünftig sein.

Ich möchte dir etwas hinterlassen: meine Wohnung hier in Bassano. Schlüssel und Papiere findest du bei meinen

Freunden und Nachbarn. Ich lege ihre Adresse diesem Büch-
lein bei.

Ich will dir unsere ewige Frage beantworten: Was ist das
zwischen uns? Heute weiß ich es:

Du warst eine der zwei großen Lieben meines Lebens.

Lebe wohl!

Was fühlt der Mann, der, während der Zug in den Bahnhof
Belgrad rollt, das Notizbuch mit der Überschrift »Brief ohne
Ende an Lazar« schließt? Er steckt es in das Kuvert, drückt die
selbstklebende Lasche zu, verpackt beide Bücher in seiner Ledertasche, holt den Hut von der Ablage, zieht den Mantel über.
Er steht als Erster an der Waggontüre. Ohne viel um sich wahrzunehmen, geht er den Bahnsteig hinunter.

Vor dem Bahnhof besteigt er ein Taxi: »Hotel Moskva!«

10

Über das gut Bekannte ist ein Mantel des Fremden gelegt. Jahre hat Christoph in Belgrad verbracht. Wahrscheinlich kennt er es so gut wie nur wenige seiner Landsleute. Und doch, was er durch das schmutzige Fenster des Taxis sieht, ist weit weg von seinen Erinnerungen. Die abgewrackte Frontseite die Savska entlang. Und auch der weitere Weg benötigt einige Fahrminuten, um einen Hauch von Charme zu entwickeln. Acht Minuten hätte die Fahrt dauern sollen. Fünfzehn sind vergangen in den durch den Abendverkehr verstopften Straßen Belgrads. Der Fahrer versucht sein Glück, bekommt trotzdem nur sieben Euro anstatt der verlangten fünfzehn.

»Poznajem Beograd, ja sam Beogradjanin!« Ich kenne Belgrad! Ich bin Belgrader! Der Fahrer nimmt das Geld und lächelt freundlich, bevor er abfährt.

Christoph hat Bilder vom renovierten Hotel Moskva im Internet gesehen. Sie entsprechen der Wirklichkeit. Das Haus hat sich zu einer der Sehenswürdigkeiten der Stadt gemausert. Christoph erinnert sich, einmal mit Dušan, seinem Privatchauffeur und Freund, hier mit Kaffee und Rakija eine feuchtfröhliche Nacht eingeleitet zu haben. Damals wirkte das Haus dunkel und deprimierend. Aber an dieses Ereignis will er sich jetzt nicht erinnern. Er freut sich auf das Wiedersehen mit Dušan. Am Telefon klang es, als würde auch er sich freuen nach all den Jahren.

»Du musst mir helfen!«, hat Christoph ihn gebeten.

»Immer gerne. Aber es darf nicht so enden wie beim letzten Mal! Du hättest krepieren können!«

»Das war mir damals egal. Heute vielleicht auch. Ich will ...«

»Petrović?« Und da Christoph nicht gleich die Worte fand, die er antworten konnte, redete Dušan weiter: »Warum beschäftigst du dich nicht mit den schönen und positiven Dingen unseres Landes?«

»Dušan, du musst mir helfen!«

An der Rezeption begegnet Christoph den schönen »Dingen« Serbiens. Er erinnert sich, als ein Korrespondent, der sich hier niedergelassen hatte, gefragt wurde, warum Belgrad, antwortete er: »Erstens, wegen der schönen Frauen.«

So eine Schönheit steht Christoph jetzt gegenüber und erledigt charmant lächelnd die Formalitäten. Mit großen dunklen Augen sieht sie ihn an.

Immer schon haben ihn südländische Frauenaugen fasziniert. Oder begann das mit Maddalena? Die Empfangsdame reicht ihm den Pass zurück. »Jasna« ist auf ihrem Namensschild zu lesen. Und Jasna hat bemerkt, welchen Eindruck sie bei dem Neuankömmling macht. Der stellt dumme Fragen, um den Aufenthalt an der Rezeption zu verlängern: Wie das Wetter prognostiziert sei?

»Sie haben Glück, Frühling ist angesagt.«

Ob sie den Frühling möge?

»Eigentlich mag ich außer dem Winter alle Jahreszeiten. Aber der Frühling verbreitet Hoffnung. So, als würde alles gut.«

Sei denn für eine junge, hübsche Frau nicht sowieso alles gut, will er fragen. Stattdessen sagt er: »Für alte Männer wie mich ist Frühling die beste Jahreszeit, weil sie den körperlichen Verfall mildert.«

Jasna lächelt zauberhaft, sie hat verstanden: »Lassen Sie sich in unserem Haus verwöhnen mit allem, was dem Körper guttut. Unser SPA- und Wellness-Bereich ist dafür hervorragend geeignet. Und Ihre Premium-Suite bietet entsprechenden Luxus fürs Wohlgefühl. Unser Hotelboy wird Sie aufs Zimmer begleiten.«

Der junge Mann steht bereit. Gepäck gibt es keines. Christoph besteht darauf, die Ledertasche selbst zu tragen.

Ein letzter Satz der Schönen: »Sie werden sehen, unsere Stadt heilt Leiden des Körpers und der Seele.« Und das kann man Jasna glauben, wenn sie einen ansieht und lächelt.

Christoph spürt, er wird sich hier wohlfühlen. Wenn auch, selbst für seine privilegierte wirtschaftliche Lage, dieser Aufenthalt ein kleines Vermögen kostet. Aber, erstens rechnet er in zwei Tagen alles erledigt zu haben. Zweitens, für dieses Vorhaben braucht es einen Rückzugsort, der Ruhe und Energie gibt.

Das Abendessen lässt er sich aufs Zimmer bringen. Nachdem er die Fernsehprogramme durchgezappt hat, wirft er einen Blick in die Minibar. – Okay, lieber nicht! – Er will klaren Kopf behalten. Das Notizbuch, Brief ohne Ende für Lazar, legt er auf das Nachtkästchen. Vor dem Einschlafen will er die entscheidenden Stellen noch einmal studieren. Nichts wird er dem Zufall überlassen. Er hat überlegt, Maddalenas Brief an Lazar durch eigene Anmerkungen zu ergänzen. Wirksamer scheint es ihm, Petrović diese Anmerkungen persönlich zu sagen. Er wird die Fakten ohne Vorlage zum richtigen Zeitpunkt hervorholen. Ein für alle Mal soll abgerechnet werden.

Voller Energie betritt er die Frühstückslounge. Der Morgen ist seine beste Zeit. Der nächtliche Traum kann ihn jetzt nicht bedrängen. Er hat vom Bersten einer Staumauer geträumt. Etwas ließ ihn spüren, er trage Schuld an der Tragödie. Ohne zu wissen, mit welcher Handlung, mit welcher Unterlassung er zur Katastrophe beigetragen hätte, fühlte er sich schuldig. Zuletzt empfand er mehr als er sah, wie eine mächtige Welle alles mit sich riss. Ihn auch …

Espresso! Wunderbarer Walderdbeer-Fruchtaufstrich.

Für neun Uhr hat er sich bei der österreichischen Botschaft angekündigt. Besser den Antrittsbesuch bei seinem Nachfolger zu absolvieren, als sich später zufällig oder notgedrungen konfrontieren zu lassen. Er wird die Sache kurz halten.

Obwohl der Weg zur Botschaft in der Kneza Sime Markoviĉa nicht weiter ist als der zum Bahnhof, nimmt er ein Taxi.

Das Botschaftsgebäude, neu renoviert, vertritt prachtvoll das Habsburgererbe. Das Palais könnte an der Wiener Ringstraße stehen.

Es ist ihm seltsam zumute, nach so vielen Jahren an diesen Ort zurückzukehren, vor allem unter so veränderten Bedingungen. Nach wie vor wirkt der Empfangsraum dunkel. Eine junge Dame begrüßt ihn freundlich, telefoniert, nachdem sie sein Anliegen erfragt hat. Er möge am Tischchen bei der Treppe Platz nehmen, der Herr Botschafter stehe gleich zu seiner Verfügung. Wie gut er dieses Tischchen kennt. Wie viele Menschen haben hier auf ihn gewartet? Dass er warten muss, beweist: Sein Nachfolger hat keine große Freude mit dem Besuch.

– Beruht auf Gegenseitigkeit. –

Die Türe der ebenerdig gelegenen Botschaftskanzlei öffnet sich, und was er zu sehen bekommt, stürzt auf sein Herz zu wie ein Falke auf die Beute. Er erhebt sich: »Marina? Du? Immer noch da?«

Auf den ersten Blick hat er sie wiedererkannt. Und sie? Sie muss seinen Namen auf der Besucherliste gelesen haben: »Christoph! Schön, dich zu sehen!« Meint sie das wirklich? Sie kommt auf ihn zu, reicht ihm die Hand. Küsschen links, rechts, links. Er weiß, drei Küsse, das ist hier Sitte. Sie trägt immer noch dasselbe Parfüm. Und weckt damit Erinnerungen.

»Gut siehst du aus«, sagt sie.

»Lass die Förmlichkeiten. Ich weiß, ich sehe schrecklich aus. Das Alter …«

»… und der Lebenswandel?« Sie lächelt.

»Alles längst vorbei. Und du? Bist älter geworden, aber immer noch die gleiche Schönheit.«

»Schmeichler. Trotzdem, höre ich gerne von dir. Kaffee?«

»Bitte.«

Sie schwingt in ihrem eleganten lindgrünen Kleid zurück zur Kanzlei. – Nicht mehr so mädchenhaft –, sinniert Christoph. – Aber nach wie vor die Apartheit in Person. –

Damals hat sie ihn an die junge Maddalena erinnert. Woran erinnert sie ihn jetzt?

Marina kommt zurück mit gefüllten Tassen. Melange, so wie er den Kaffee immer gemocht hat. – Das hat sie sich gemerkt. – »Und, was machst du so?« Der Blick ihrer leicht gesenkten Augen. Die hängenden Lider, fein geschwungen.

»Ich? Pension! Na ja, Beschäftigung hab ich genug. NGO für mittellose Schwerkranke in den Balkanländern. Ein Buch will ich schon lange schreiben. Keine Zeit! …« Unvermittelt ändert sich sein Tonfall und sein Gesichtsausdruck: »Warum hast du uns damals verraten?«

Der Botschafter hat keinen Termin. Verdrossen sitzt er im Empfangsraum, der Kultur-Attaché ihm gegenüber.

»Hat mir noch gefehlt, dass der hier auftaucht!«

»Sieh es doch als das, was es ist: Etikette. Unbedeutend.«

»Du bist zu jung, um Forstner noch in seiner aktiven Zeit erlebt zu haben: die Lichtgestalt des konservativen Lagers. Lichtgestalt mit tiefem Fall.«

»Was hat ihn vom Himmel geholt?«

»Wie immer, weiß man das nicht wirklich. Viele Gerüchte schwirrten Ende der Neunziger herum. Eines scheint aber sicher: Er hat seine Frau ruiniert.«

»Ruiniert?«

»Maddalena Forstner. Die schönste Frau Italiens. Die wäre eine Sünde wert gewesen. Das haben sich damals viele gedacht. In den ersten Jahren war kein Blatt zwischen die beiden zu bringen. Sie galten als das Traumpaar des öffentlichen Lebens. Und dann berief man ihn hierher nach Belgrad. Mag sein, dass das seine Kontrahenten in der Partei bewirkten. Scheint jedenfalls ein genialer Winkelzug gewesen zu sein. Was dann passiert ist, kann man nicht so genau sagen. Alles deutet darauf hin, dass die Stadt Forstners wahre Konturen freigeschliffen hat. Ich habe im Außenamt Dokumente gesehen, die den Hoffnungsträger der Partei in tiefem Fall zeigen. Man hielt die delikaten Informationen im kleinen Kreis. Nur nicht die Medien darauf aufmerksam machen. Forstners Alkoholkonsum hätte einer ganzen Kompanie zur Ehre gedient. Letztlich muss das zu seiner Abberufung geführt haben. Aber erst als Maddalena Forstner beim Außenminister, ihrem Freund, die Suspendierung des eigenen Mannes verlangte ... Und das ist kein Gerücht. Ich war dabei, als der Minister mit ihr telefonierte. Einige Jahre dauerte das eingespielte Theater dann noch in Österreich. 2001 wurden die Medienleute von der Scheidung des Traumpaares überrascht. Maddalena Todesco, wie sie nach der Trennung wieder hieß, kehrte zurück nach Italien. Sie hat nie in der Öffentlichkeit über ihr Martyrium gesprochen, zog sich komplett aus dem Rampenlicht zurück. Aber wie das so ist, aus ihrem Umkreis sickerten die dreckigen Details durch. Das Mäntelchen des Guten, des Weisen und des Christen legte Dr. Forstner an der Haustüre ab. Als Ehemann und Vater muss er ein Scheusal gewesen sein. Angeblich hat er seine Frau geschlagen. Vergewaltigung scheint mir ein zu heikler Vorwurf, das lässt sich nicht beweisen.«

»Obwohl ich noch nicht lange im Geschäft bin, habe ich mir angewöhnt, vorsichtig zu sein mit dem, was sich juristisch nicht beweisen lässt.«

»Das ist der Grund, warum ich nur von dem spreche, was ich selbst gehört, gelesen oder gesehen habe. Und wenn man der Wissenschaft glauben will, dann ist ein möglicher Grund für Krebserkrankungen: tief reichende Kränkung, erlebte Machtlosigkeit, Traumata, die sich ins Unterbewusstsein eingebrannt haben. Maddalena Todesco ist vor wenigen Monaten ihrer schweren Krankheit erlegen. Wenn man die Frau gekannt hat, blühend wie das Leben, und dann dieses Ende. Wem muss dafür die Rechnung präsentiert werden? Dem alt gedienten Dr. Forstner da draußen! Zum Kotzen finde ich das.«

Marina, die hübsche Marina, die Christoph immer noch an die junge Maddalena erinnert. Jetzt durch einen Tropfen Schmerz in ihrer Schönheit irritiert. Sie ist in den Fauteuil ihm gegenüber gesunken. Eine Weile scheint sie die Bilder in sich selbst mit denen vor sich abzugleichen.

»Ich habe uns nicht verraten.«

Christoph lässt sich nichts anmerken, dass er die Wahrheit kennt.

»Außer uns beiden wusste niemand davon. Und ich habe es Maddalena nicht erzählt.«

Sie zieht ihre Lippen schmollend hoch, er möchte sie küssen.

»Ich auch nicht!«

»Wie kann es dann sein, dass Maddalena in ihrem letzten Brief an mich schreibt, sie habe davon gewusst?« Marina tut, was man hier keinesfalls darf, schon gar nicht als Botschaftssekretärin: Sie zündet sich eine Zigarette an.

»Mit meiner Mutter habe ich darüber gesprochen.« Und als Christoph sie weiter schweigend ansieht: »Du weißt also nicht, wie ich Botschaftssekretärin geworden bin? Wer mir dazu verholfen hat, von dir eingestellt zu werden? Meine Mutter sagt, Maddalena habe die Bewerbungen auf deinem Schreibtisch wie zufällig durchgeblättert. Sie legte dir mein Bild hin und sagte: ›Die solltest du nehmen!‹ Und soll ich dir sagen, von wem meine Mutter das wusste? Von ihrer älteren Schwester Divna. Deine Frau und meine Tante Divna waren Freundinnen. Sie kannten einander Jahrzehnte, bevor du Botschafter wurdest. Tante Divna erzählte, wie sie Maddalena in jungen Jahren Kolo tanzen lehrte.«

Es ist nicht leicht für Christoph zu verschleiern, wie sehr ihn diese Neuigkeit in Aufregung versetzt: »Hast du den Namen Lazar Petrović gehört?«

»Natürlich! Petrović, ein Studienkollege meiner Tante.«

»Weiß Petrović etwas von dir und mir?«

»Glaube ich nicht. Warum sollte Tante Divna ihm das erzählt haben?«

»Wir hatten Stillschweigen vereinbart. Es hätte mich meine politische Karriere kosten können. Vielleicht hat es das sogar …«

»Was hätte ich tun sollen? Zu einem bestimmten Zeitpunkt war klar: Du benutzt mich nur. Ich war verzweifelt. Ich war Ersatz für die große Liebe, die du verspielt hattest.«

»Nein, nein …«

Die Türe oben im ersten Stock öffnet sich. Während er die Treppe herunterkommt, sieht der Kultur-Attaché Marina strafend an. Schnell löscht sie ihre Zigarette auf der Untertasse.

»Der Herr Botschafter lässt bitten!«

Marina begleitet Christoph nach oben. Der Botschafter erhebt sich von seinem Schreibtisch, als die beiden den Raum betreten. Freudig strahlend kommt er Christoph entgegen: »Das ist ja eine große Freude in meinem sonst so nüchternen und tristen Alltag! Seien Sie mir herzlich willkommen, Herr Botschafter.«

Marina lässt die beiden allein.

»Darf man fragen, was der Grund Ihres Belgrad-Besuches ist?«

»Sie wissen, verehrter Kollege, wenn man einmal festhängt, kommt man nicht so leicht wieder los. Ein wenig das Flair der Stadt genießen. Freunde besuchen.«

Die beiden plaudern über die Arbeit und die politischen Entwicklungen: »Serbien sucht den Kontakt zu den wohlgesinnten

EU-Ländern, Österreich an vorderster Front. Wir konzentrieren uns auf die positiven historischen Abschnitte unserer Beziehung. Und wirtschaftlich, auch wenn manche heute noch anders denken, ist auf diesem Markt einiges zu holen. Unser Land befindet sich in privilegierter Warteposition. Sie wissen sicher, welche nach Belgrad die zweitgrößte serbische Stadt ist? ... Nein?«

»Ich nehme an, Novi Sad?«

Jetzt lacht der Botschafter über seinen gelungenen Witz und wirkt dabei erstmals authentisch: »Sie wissen es nicht. Es ist Wien, Beč! Sagt man.« Er lacht herzlich. »Komisch, nicht wahr?«

Christoph bemüht sich um ein echtes Lachen, aber es will ihm nicht gelingen.

»Nein, im Ernst. Viele gut ausgebildete Serbinnen und Serben, wenn Sie erlauben, Ärzte, Krankenschwestern und dergleichen, haben nur eines im Sinn: Schnellstmöglich Englisch oder Deutsch auf hohem Niveau zu beherrschen. Und dann, ab ins Paradies. Nicht wenige davon gehen nach Österreich.«

Der Botschafter besitzt genügend Empathie, um zu merken, dass er nichts Neues erzählt, schwenkt in eine andere Thematik: »Habe gehört von Ihrem tragischen Verlust. Hatte ja die Ehre, Ihre geschiedene Gemahlin damals in besseren Zeiten in Wien kennenzulernen. Sie werden sich nicht erinnern. Das können Sie mir glauben, ich habe Ihre Frau sehr geschätzt. Ein Schock war das. Mein Beileid, Verehrter.«

Christoph ringt um Worte, weiß, was der Beileidsbekundende wirklich denkt. Der jetzt noch hinzufügt: »Leider gibt es ja immer Neider und Gegner, die derartige Katastrophen nützen, um dem politischen Mitbewerber zu schaden. Sie werden nicht glauben, was ich dahingehend alles zu hören bekomme.«

»Man hat sich keine Mühe gemacht, derartige Geschmacklosigkeiten vor mir zu verbergen. Fast scheint es so, als hätte ich meine geschiedene Frau eigenhändig ums Leben gebracht.

Zumindest hören sich die diplomatischen Formulierungen für mich so an. Als einer, der im öffentlichen Leben steht, darf man sich über Diskreditierung nicht beschweren. Man muss der üblen Nachrede den rechten Platz zuweisen. Schach ist ja auch kein Kuschelspiel. Aber geschmerzt hat es.«

Eine Weile plätschert das Gespräch auf seichten Wellen dahin. Schließlich leitet der Botschafter die Abschiedszeremonie ein: »Sie wissen ja, sollten Sie etwas benötigen, ich stehe zu Ihrer Verfügung.«

– Gott bewahre! – denkt Christoph. »Danke, das beruhigt! Man weiß nie, was passieren könnte. Aber ich habe nicht vor, lange zu bleiben. Zwei, drei Tage vielleicht. Besuchen Sie mich doch im Hotel Moskva, dann können wir unser interessantes Gespräch weiterführen.«

»Gerne, aber Sie kennen die Situation aus erster Hand. Meine Zeit ist bis auf Wochen ausgebucht. Vielleicht findet sich eine Lücke. Wäre mir ein großes Vergnügen.«

Freundlich verabschiedet man sich. Am unteren Ende der Treppe wartet Marina. Sobald der Botschafter hinter seiner Türe wieder verschwunden ist, zieht Marina Christoph hinter sich her in ihre Kanzlei.

»Ich kann dir nicht alles erzählen. Damit würde ich dich und mich auch heute noch in Schwierigkeiten bringen. Besser, wenn du nicht alles weißt. Aber deine Frau hat von unserem Verhältnis nicht durch mich erfahren. Tante Divna hätte es, sollte sie es gewusst haben, deiner Frau nie erzählt. Es gab Gründe dafür, es nicht zu tun. Versuche nicht, mehr aus mir herauszubringen, du wirst nichts weiter erfahren.«

Kryptisch klingt das, aber Christoph will sich nicht weiter damit beschäftigen. Nein, er will Marina auch nicht wiedersehen. Das würde zu nichts führen. Er wird seine zwei Vorhaben so schnell wie möglich erledigen und dann aus der verfluchten Stadt verschwinden.

Er ist in Zeitnot, und das mag er nicht. Seit zehn Minuten sollte er im Café des Hotels Moskva sitzen. Obradović wird bereits warten. Christoph nimmt das erstbeste Taxi, obwohl man das in dieser Stadt nicht tun sollte. Er sitzt nicht allein im Wagen. Marina sitzt neben ihm, wenn auch nur in der Wirklichkeit seiner Vorstellung. Nein, vorwerfen muss er sich nichts. Als er damals dem Drängen dieser schönen Frau nachgab, war schon alles verloren. Jetzt nicht in Grübeleien verfallen. – Konzentriere dich darauf, weswegen du hier bist. Alles andere muss warten. – Er erinnert sich an seinen Traum, an die Energie, die sich entlädt, wenn der Druck auf die Mauer zu groß wird.

Dušan bemerkt ihn, als er den Saal betritt. Er springt auf und eilt ihm entgegen. Auf halbem Weg treffen sie aufeinander. Drei serbische Freundschaftsküsse, noch seltsamer für Christoph, wenn Männer das Ritual vollziehen. Aber mit Dušan hat er ganz andere intime Situationen erlebt.

»Wie geht es dir? War die Reise erträglich? Was hältst du von meinem Belgrad, so wie es heute ist? Was haben wir nicht alles gemeinsam angestellt. Dein Außenminister würde heute noch die Hände ringen, wenn er es wüsste.«

Kurz überlegt Christoph, ob er Dušan mit dem konfrontieren soll, was ihm Maddalenas Brief an Lazar verraten hat. Aber jetzt braucht er ihn. Ohne Dušan wäre es schwer, sein Ziel zu erreichen.

Sie setzen sich, Christoph bestellt Kaffee.

»Und du, Dušan? Wie gehen die Geschäfte?«

»Hervorragend! Man sollte nicht glauben, wie viele Menschen bereit sind, großes Geld dafür auszugeben, um sicher Geschäfte erledigen zu können. Wenn es so weitergeht, kann ich im nächsten Jahr neben meinem Freund Goran einen weiteren Mitarbeiter einstellen.«

»Ich möchte dich für mein Anliegen regulär bezahlen. Kein Freundschaftsdienst.«

Dušan protestiert, als möchte er verhindern, Unglück über seine Firma zu bringen. Aber Christoph bleibt dabei: »Wie telefonisch vereinbart, erst unterzeichnen wir den Arbeitsvertrag, dann erzähle ich dir mehr davon, und dann darfst du loslegen. Hast du den Vertrag vorbereitet?«

Ohne das Papier, das Dušan aus der Sakkotasche hervorgekramt hat, genauer zu betrachten, unterschreibt Christoph. Dann nimmt er den Stift doch noch einmal in die Hand, streicht den Tarif, neunzig Euro, durch und ersetzt ihn durch hundert.

»Was hast du herausgefunden über Petrović?«

»Du solltest die Sache vergessen!«

Schweigend sehen sich die beiden an. Dušan sucht nach richtigen Worten: »Ich weiß … Sie ist tot. Und Petrović ist ein alter, zahnloser Idiot. Alles ist lange her. Die Welt ist eine andere geworden. Und wir ebenso.«

»Ich habe mir das nicht ausgesucht. Ginge es nach mir, hätte ich mich nie wieder auf Petrović eingelassen. Aber sie holt mich ein, die Vergangenheit. Es bleibt mir nichts anderes übrig. Maddalena wollte es. Und soll ich einer Toten ihren letzten Wunsch verweigern?«

Er erzählt von den Briefen, dass er den Auftrag der Verstorbenen erfüllen müsse, ob er wolle oder nicht. Er werde die Situation aber nützen, um einen Strich unter die Sache zu machen, Frieden finden wolle er. Keinen faulen Frieden!

»Petrović darf nicht ungeschoren davonkommen. Auch nicht, wenn alles vor langer Zeit passiert ist. Es geht nicht um Rache. Gerechtigkeit! Was würdest du tun, hätte dir jemand das Beste genommen?«

Dušans langfingrige Hand legt sich auf Christophs Unterarm: »Wer außer mir könnte besser verstehen, warum dir die Sache keine Ruhe lässt. Du musst mir aber versprechen, vorsichtig zu sein. Vorsichtiger als beim letzten Mal. Ich werde dich nicht aus den Augen lassen. Keine Alleingänge?«

»Sag schon, was hast du herausgefunden?«

Dušan erzählt von Petrović. Er legt Fotos vor Christoph auf den Tisch. Christoph zögert, sie aufzuheben, studiert dann aber doch jedes Detail: – Ein alter Mann bist du geworden. Aber auch das wird dir nichts nützen. –

An Petrovićs Leben habe sich in all den Jahren nicht viel geändert. Immerhin sei er inzwischen Pensionist, falls man eine Pension von knapp zweihundert Euro so bezeichnen kann. Mit Übersetzungen und Deutschstunden verdient er dazu, Schwarzarbeit. Offiziell sei kein Job für ihn zu finden. Und dann die Musik.

»Er spielt nach wie vor in der Skadarlija. Und er hat einen Enkelsohn, Milan, Sohn seiner Tochter Julijana. Der liegt im Krankenhaus, hat Leukämie. Wenn nicht ein Wunder geschieht, wird Milan sterben. Mutter und Großvater können das Geld für die teuren Behandlungen in einer Privatklinik nicht aufbringen. Und jetzt kommt das interessanteste Detail: Ich habe mit dem Cousin des Freundes von Petrović gesprochen. Gut informierte Quelle, erzählt für eine Flasche Schnaps alles. Petrović erwartet Maddalena in diesen Tagen hier in Belgrad. Er will ihr das Geld für die Behandlung seines Enkels abnötigen ...«

Christoph schafft es, gelassen sitzen zu bleiben: »Wie kommt er darauf, dass Maddalena hierher unterwegs sein könnte?«

»Du warst unvorsichtig, mein Freund. Ich habe dich davor gewarnt. Was habe ich dir gesagt? Lass mich das machen. Deine Versuche, über Petrović Informationen zu sammeln, haben Aufmerksamkeit erregt. Er weiß nur nicht, wer da nach ihm sucht. Ab jetzt überlässt du alles mir, hörst du?«

Christoph hebt ein zweites Mal das Foto auf, betrachtet es eingehend: – Du überraschst mich aufs Neue. Man muss dir erst gar nichts lange beweisen. Du bist dumm genug, deine Bösartigkeit zu zeigen. –

»Petrović ist klug, er wird sich verteidigen. Denk an den Messerstich. Wenn du bereit bist zu tun, was ich dir sage, kannst du ihn heute noch sehen.«

»Was muss ich tun?«

»Er spielt im ›Šešir moj‹ heute Abend. Ich werde verdeckt auf dich aufpassen. Ich sorge dafür, dass er dich nicht erkennen kann.«

»Kannst du mir eine Pistole besorgen?«

Als Dušan Obradović das Büro betritt, sitzt sein Freund und Partner Goran immer noch bei der Arbeit an seinem Schreibtisch.

»Wo warst du?«, fragt Goran.

»In der Vergangenheit.« Dušan öffnet den versperrten Waffenschrank, sucht und findet die Glock.

»In welcher deiner Vergangenheiten?«

Dušan setzt sich an seinen Schreibtisch und überprüft die Waffe: »Gute Frage. Jugoslawischer Staatssicherheitsdienst, serbische Geheimpolizei. In den Neunzigern hat man mich auf den neuen Feind, den österreichischen Botschafter, angesetzt. Ich sollte jedes Detail der Position des Nachbarlandes in Zusammenhang mit dem Zerfall Jugoslawiens und dem Kampf um Souveränität serbischer Hoheitsgebiete melden. War leichter, als ich gedacht habe. Der österreichische Botschafter steckte in einer privaten Krise, und Alkohol und eine junge, hübsche Frau schienen das Heilmittel zu sein. Ich war damals schon nicht mehr restlos überzeugt von der Sinnhaftigkeit meiner Arbeit. Ein Freund Miloševićs war ich nie. Forstner hat mir leidgetan. Und so spionierte ich mehr und mehr einen Freund aus. Wozu das führt, kannst du dir vorstellen. Mit der Zeit habe ich ihn mehr geschützt als verraten mit meinen Meldungen. Ich hasste all die Scheußlichkeiten. Marina, die junge Sekretärin, man verlangte, sie auf ihn anzusetzen. Der Fall Forstner und später, 2003, die Anzeichen dafür, dass Teile der Geheimpolizei in die Ermordung Zoran Đinđićs verwickelt waren, das waren jene zwei Ereignisse, die mich den Dienst für den Staat quittieren ließen.«

»Was hat das mit deinem heutigen Auftrag zu tun?«

»Forstner ist wieder da. Ich habe einiges gutzumachen, wenn ich in den Himmel kommen will. Ich werde ihm helfen, keine Dummheiten zu begehen, denn dafür ist er überaus begabt.«

»Und das soll funktionieren, indem du ihm eine Pistole in die Hand drückst?«

»Eine schussunfähige Pistole. Ich werde ihn beschützen und seinen Auftrag erledigen.«

»Wer soll ermordet werden?«

11

Dušans Bericht bestätigt Christoph, was er bei der Herfahrt gelesen hat. Lazar Petrović war der Lover Maddalenas.

Christoph steht vor dem ausladenden Spiegel im Badezimmer der Suite und kleidet sich an.

In wenigen Minuten wird er Petrović wiedersehen. Er wird versuchen, sich an Dušans Vorgaben zu halten. Was wirklich geschieht, wenn Petrović vor ihm steht, das weiß er nicht. Egal, welche Auswirkungen sein Handeln auf das weitere Leben hat? Nein, aber die Konsequenz daraus, nichts zu tun, erscheint ihm schwerwiegender. – Petrović hat Maddalena benützt wie ein Spielzeug und dann auf die Müllhalde geworfen. – Dieser Gedanke ist für Christoph nur schwer auszuhalten. Wie ein Wurm, den der Regen auf den Asphalt lockte und jetzt in der Sonne brät, fühlt sich dieser Gedanke in ihm an.

Als Dušan vorhin in der Suite vorbeigekommen ist, meinte er, Petrović werde ihn nicht erkennen. Selbst er, Dušan, habe zweimal hinsehen müssen, ob der Mann im Eingang des Cafés Moskva Christoph Forstner sein könne. – Aus dem stattlichen, stolzen Repräsentanten ist ein vom Alter gezeichneter Niemand geworden. – Das oder so etwas Ähnliches hat er wohl gedacht. Gesagt hat er: »Die Brille, die Glatze. Sei das, was du heute bist, dann wird Petrović dich nicht bemerken.«

»Vielen Dank für das Kompliment.«

»Entschuldige! Es geht um deine Sicherheit. Und die Pistole nimmst du keinesfalls mit! Im Getümmel der Skadarlija hilft sie dir nicht, wenn du kein Massaker anrichten willst.«

An diesen Rat wird er sich nicht halten. Er nimmt die Waffe in die Hand, betrachtet sie eingehend, prüft vorsichtig ihre Funktion.

»Sie ist geladen«, sagte Dušan. »Pass auf!«

Christoph steckt sie in die Innentasche des Sakkos. Die Ledertasche nimmt er mit.

Er geht die Balkanska hinunter, und während des Gehens fällt ihm ein, wie man vor einer Ewigkeit versucht hat, ihm das Schießen mit der Pistole beizubringen. Militärdienst, Hesserkaserne, St. Pölten: Sein Gruppenkommandant schrie ihn an wegen seiner Unfähigkeit, die Zielscheibe auch nur einmal zu treffen. Und während er die Terazija entlangmarschiert, ertappt er sich bei dem verrückten Gedanken: – Man muss seinem Ziel nur nahe genug sein, dann kann man es nicht verfehlen. – Er sieht sich den Lauf in den Rücken Petrovićs drücken. Allein bei der Vorstellung beginnt er zu schwitzen.

Den Eingang zur Skadarlija kann man nicht verfehlen. Der Wechsel zu rustikalem Kopfsteinpflaster, die Ansammlung von Touristen aller Herren Länder. Auch die Japaner sind längst da. Musik aus den Lokalen. Eine Atmosphäre wie im Prater, nur mit anderen Rhythmen und Tönen. Alles live. Immer wieder wird er angesprochen, man will ihn in das eine oder andere Lokal locken.

»Molim doći!«

Er erinnert sich, wo das »Šešir moj« zu finden ist, ungefähr am Ende des ersten Drittels der Straße, auf der linken Seite. Plötzlich fallen ihm die leuchtenden Augen Maddalenas ein, als sie neben ihm eintauchte in das lebhafte Treiben der Skadarlija. Sie stieß sich von ihm ab und war nahe daran, sich vom Takt der Musik hinreißen zu lassen. Man weiß nie, auch wenn man privat unterwegs ist, ob man erkannt wird als Repräsentant seines Heimatlandes. Und eine auf der Straße tanzende Botschafterfrau, das geht gar nicht. Er hat Maddalenas Hand genommen und sie mit sich gezogen. Jetzt stellt sich ihm die Frage, ob die Aufregung seiner Frau vielleicht andere Ursachen hatte. Als sie ihm von ihren Besuchen Belgrads erzählte, verschwieg sie, dass es dabei nicht nur um Sehenswürdigkeiten ging, viel mehr um Freunde, genauer gesagt: um einen Mann.

»Šešir moj!« Da ist es. Musik strömt aus dem Inneren des Lokals. Eine blonde Frau mit Brille und Strohhut versucht ihn freundlich ins Lokal zu locken. Einige Augenblicke steht er da, unschlüssig gegen sich selbst kämpfend. Wenn er es jetzt nicht tut, wird er nochmals den Mut aufbringen? Vielleicht ist Petrović gar nicht da. Er muss es herausfinden. Direkt neben der Türe im kleinen Vorhof ist ein Tisch frei. Man kann durch die geöffneten Fenster das ganze Lokal überblicken. Das ist der richtige Platz.

Er bestellt Bier, erinnert sich, dass er sich darauf eingeschworen hatte, in dieser Situation keinen Alkohol zu trinken, entschuldigt sich mit der Erklärung: – Hier keinen Alkohol zu trinken, würde auffallen. – Alle trinken Alkohol rund um ihn.

Der erste Blick ins Lokal, er soll wie zufällig wirken. Ganz hinten stehen die Musiker an einem Tisch. Drei sind es. Ein langer, dürrer Stehbassspieler mit Mondkopf. Ein Rom mit Gitarre. Der Akkordeonspieler kehrt ihm den Rücken zu.

– Ist er das? – Im Dämmerlicht des Lokals muss er seine Augen gehörig anstrengen, um etwas zu erkennen.

Der Kellner nimmt seine Bestellung auf. Und weil er in der Aufregung vergessen hat, die Karte zu lesen, bestellt er Cevapcici. Die bekommt man in jedem Lokal Belgrads. Er hätte vorbeugend die Galganttabletten gegen das Herzrasen nehmen sollen, denn jetzt stolpert der Schlag in seiner Brust besorgniserregend.

– Bleib ruhig! Was hast du gelernt in deinem langen Leben, mitten in der Öffentlichkeit? Auf den Atem konzentrieren. In den Bauch atmen – Er wischt sich über die Stirn. – Unauffällig bleiben! – Wo befand sich der Akupunktur-Entspannungspunkt? Egal, es hilft schon, die ganze Handfläche zu massieren.

Die Musiker wandern zum nächsten Tisch. Wie lange er sich bereits hier befindet, weiß er nicht, lange genug jedenfalls, dass sein Essen inzwischen gebracht wurde. Er möchte gleich bezahlen, was ihm erstaunte Blicke des Kellners einbringt. »Yes! I want to pay!« Auf dem Teller liegen Cevapcici für vier Hungrige. Sein Schlund ist trocken und eingeschnürt. Keinen Bissen brächte er jetzt hinunter.

Dušan steht auf der anderen Straßenseite, unsichtbar für alle Beteiligten. Eigentlich ist er nur gekommen, um beobachten zu können, ob der Freund seinen Empfehlungen Folge leistet. Damals – 1999 – ist alles schiefgelaufen. Er holte Christoph an der Grenze ab, brachte ihn nach Belgrad. Schwer genug, Treibstoff heranzuschaffen in jenen Zeiten. Alles rationiert. Als ausgeschiedener Geheimdienstmitarbeiter wusste er, wie er den Wagen trotzdem tanken konnte. Auf der Fahrt sorgte er dafür, den Freund mit Rakija zu befüllen, er hatte gehofft, ihn dann leichter lenken zu können. Auch damals hatte er ihn ermahnt: »Nur das tun, was ich dir sage.« Wenn einer von der Milošević-Truppe mitbekommen hätte, dass ein offizieller Vertreter des Feindes inoffiziell eingereist ist, hätte man ihn eingesperrt. Er selbst schwebte aufgrund seiner Unterstützung von Forstners Vorhaben direkt zwischen Knast und Folter. Keine leichte Aufgabe. Ein Freundschaftsdienst.

Und dann springt der Mann, nachdem er gehört hat, wo er Petrović finden könne, plötzlich an einer Kreuzung aus dem Wagen und verschwindet. Bevor er noch einen Abstellplatz für das Fahrzeug finden konnte und sich auf schnellstem Weg zur Brankov-Brücke machte, war alles schon passiert, was nicht hätte passieren dürfen. Er sah Forstner in Begleitung Petrovićs die Straße herunterkommen. Dušan verdrückte sich in der Menge, die Sache war zu heiß geworden. Nur keine Aufmerksamkeit erregen. Er entschied sich, aus dem Hintergrund zu agieren, in der Hoffnung, im entscheidenden Augenblick eingreifen zu können.

Als die Trümmer des Generalstabsgebäudes auf Forstner fielen, hat er sich aus dem Staub gemacht. Da war nichts weiter, was er hätte tun können. Er hat von seinem Freund nichts mehr gehört und war überzeugt gewesen, der sei tot. Bis zu dessen erstem Anruf vor wenigen Tagen.

Heute muss die Sache anders verlaufen. Vor allem deswegen, weil er Forstner wirklich mag. Und weil er das Gefühl hat, ihm etwas schuldig zu sein. – Während ich den Botschafter ausspionierte, half er meiner Familie, schlimme Zeiten zu überstehen. Er sorgte dafür, dass meine Kinder eine ordentliche Ausbildung bekamen. Er hat mir nicht wenig Geld zugesteckt.

Wäre die Tragödie rund um Forstners schöne Frau nicht eskaliert, würde ihn heute alle Welt feiern. Man würde ihn gleichsetzen in seiner Bedeutung mit Tito oder einem Kennedy. Seine Abhängigkeit von Maddalena, auf Gedeih und Verderb, hat ihn ruiniert. Ihretwegen der Niedergang ... Was macht er da? –

Christoph rundet den zu zahlenden Betrag auf den nächsten Tausender auf. Wo die Toilette zu finden sei? Der durch die Höhe des Trinkgeldes ins devote Theaterspiel schwenkende Kellner weist ins Innere des Lokals. Das Küchenpersonal wird sich freuen, eine unberührte Portion Cevapcici mit nach Hause nehmen zu können.

Christoph nimmt seine Tasche, die Musiker befinden sich inzwischen bei den Tischen in der Mitte des Lokals. Seine Schritte lenkt Christoph so, dass er im Dämmerlicht bleibt und dem Akkordeonspieler ins Gesicht sehen kann. Graues Haar, lang, bis auf die Schultern fallend, dunkle, große Augen ... – Das ist er! – Dicker als damals und etwas krumm. Falten auf Stirn und Wangen, Dreitagebart – Das ist Petrović! –

Auf der Toilette schöpft sich Christoph kaltes Wasser ins Gesicht. Nein, er wird das Lokal noch nicht verlassen.

– Vielleicht ist das die Gelegenheit. –

Er gibt sich unscheinbar, findet seinen Tisch noch leer und nimmt wieder Platz. Erstaunt kommt der Kellner zurück. Ob er irgendwelche weiteren Wünsche erfüllen könne.

»Pivo!«

Seit Jahren hat er keine zwei Biere getrunken. Jetzt spürt er die Wirkung des ersten. Es macht ihn ruhig und gefasst. Viel sicherer fühlt er sich.

Er beobachtet aus den Augenwinkeln. Die Musiker bewegen sich hin zum Ausgang. Beim Tisch an der Innenseite des geöffneten Fensters sitzen drei Männer, zwei Frauen, fein gekleidet. Geschäftsleute vielleicht. Einer der Männer hat das Kommando übernommen, animiert die anderen, zumindest den Refrain des Liedes mitzusingen. Serben kennen die Texte ihrer Lieder. Man singt lachend die fröhlichen Melodien und mit leidender Miene die wehmütigen. Aller Übermut, alle Trauer, alle Liebessehnsucht drücken sich in den Liedern aus und entblößen die Seele.

Petrović steht Christoph jetzt gegenüber. Der tastet an seine Sakkotasche. Die Musiker bewegen sich weiter, bleiben vor Christophs Tisch stehen …

Lazar blickt auf, sieht in die Augen des Mannes vor ihm, sein Kopf schüttelt sich, als müsse er eine Täuschung verjagen. Das kann nur ein Trugbild sein. Er dreht sich weg, geht den anderen Musikern zu viele Schritte voraus. Überrascht folgen ihm Jovan und Ivo. Die Melodie will nicht mehr so leicht aus dem Akkordeon fließen. Seine Bewegungen des Akkordeonisten haben an Gelassenheit und Sicherheit verloren. Mitten im Stück bricht Lazar das Spiel ab. Ohne sich um Weiteres zu kümmern, verschwindet er durch den Hinterausgang hinaus in den Hof.

Dort steht er und raucht, als Jovan und Ivo nachkommen. Bevor Jovan mit seinem Geschimpfe loslegen kann, sagt Lazar: »Weißt du, wer da draußen sitzt?«

Der kleine Jovan blickt ihm giftig in die Augen. Als schwebe ein Ballon über dem Rom, Ivos kahler Kopf mit offen stehendem Mund.

»Da draußen sitzt der Botschafter!«

»Welches Land? Werden wir jetzt berühmt?« Jovan hebt das Kinn, blickt theatralisch wie ein Song-Contest-Gewinner: »Twelve Points!«

»Kann ich mir jetzt eine eigene Wohnung leisten?«, fragt das Ballongesicht.

»Forstner! Da sitzt Forstner!«

»Du meinst, der gewesene österreichische Botschafter?«

Lazar nickt, saugt an seiner krummen Camel.

»Maddalenas Mann?«

Lazar starrt in die Dunkelheit.

»Der, von dem du behauptet hast, er wäre tot?«

»Ein Gespenst?«, fragt das Ballongesicht.

»Hört auf mit euren Dummheiten. Da draußen sitzt Christoph Forstner!«

»Bist du dir sicher?«

»Ja, aber …«

»Ja oder nein?«

»Ich habe den Mann nur einmal in meinem Leben gesehen, und das ist lange her. Trotzdem, er ist es. Hast du gesehen, wie er mich anstarrte?«

»Ich habe gar nichts gesehen.« Jovan versucht, Herr der Lage zu werden. »Du bist dir keineswegs sicher. Vielleicht hat dir unser Gerede eine Brille aufgesetzt, durch die du jeden fremden Mann für Christoph Forstner hältst.«

»Und was, wenn er es ist? Dann wäre er es gewesen, der nach mir gesucht hat. Nicht Maddalena. Was will er? …«

»Hör zu! Forstner ist tot, und ich werde es dir beweisen!«

Jovan verschwindet hinaus auf die Straße, er sucht seinen Sohn Gojo. Der muss da irgendwo sein in der Skadarlija, zusammen mit seinen Freunden. Gojo fettet das Familienkonto auf, er hat sich zu einem der erfolgreichsten Taschendiebe der Stadt entwickelt. Gegen seine Fingerfertigkeit kommt keiner an.

Das, was sein Vater nun von ihm verlangt, sollte ein Kinderspiel sein.

Lazar steht im Hof und raucht, als Jovan zurückkehrt.

»Hör zu, es ist ganz einfach. Der Mann, den du meinst, hat eine Tasche.« Während Jovan erklärt, was passieren wird, denkt Lazar: – Nichts davon ist einfach! – Trotzdem, er muss es versuchen, komme was wolle.

Er öffnet die Türe des Lokals, nachdem Jovan ihn bekreuzigt und dreimal geküsst hat. Langsam geht er durch den Raum, hin zum Ausgang. Sofort fangen ihn die Blicke des Mannes am Tisch im Vorhof ein. Nicht mehr als einen Meter neben ihm geht Lazar langsamen Schrittes hinaus auf die Straße. Er bemüht sich, nicht hinzusehen und unaufgeregt zu wirken. Und tatsächlich – der Mann am Tisch erhebt sich – zu schnell, um das für unauffällig zu halten. Immer wieder sucht er Lazar auf der Straße. Der bleibt stehen, zündet sich eine Zigarette an. Der andere wirft Geldscheine auf den Tisch, nimmt seine Tasche und folgt Lazar, der jetzt im Gewühl die Skadarlija hinunterspaziert. Lazar biegt in das nächste Gässchen ein, beschleunigt den Schritt. Als Christoph an die Ecke kommt, ist Lazar am Ende des Gässchens angekommen und verschwindet in der Dunkelheit eines Hofes. Christoph beginnt zu laufen. Keinesfalls darf er die Spur verlieren. Die Situation scheint sich genau so zu entwickeln, wie er es sich vorgestellt hat. Hier gibt es keine Passanten, keine Zeugen. Niemand wird sehen, was in den nächsten Minuten passiert.

Christoph ist außer Atem vom ungewohnten Lauf.

Bevor er dort ankommt, wo der Mann in die Dunkelheit verschwunden ist, schießt ein kleiner Körper von der Seite auf ihn zu, laut schreiend: »Help! Please help!« Der Körper springt ihn an, klammert sich an ihn. Ein Knie stößt in Christophs Unterleib. Greller Schmerz. Beide fallen. Im weiten Bogen fliegt die Tasche. Christoph bemerkt den zweiten Schatten, der nimmt die Tasche und verschwindet, löst sich auf. Im selben Augenblick stößt der kleine Körper sich von ihm ab und läuft davon. Bevor Christoph noch begreift, was geschehen ist, liegt er allein mit schmerzendem Arm auf dem warmen Asphalt.

Jemand kommt die Gasse heraufgelaufen. Dušan. Er kniet sich neben ihn: »Bist du verletzt?«

»Alles okay! Meine Tasche!«

»Was?«

»Sie haben meine Tasche.«

Dušan schießt in die Höhe, läuft in die Dunkelheit.

Christoph setzt sich stöhnend auf, betastet seinen Arm. Nichts gebrochen. Vielleicht Prellungen. Die Pistole steckt nach wie vor in der Innentasche des Sakkos.

– Was war das? –

Dušan kommt zurück: »Alle weg! Wie viele waren es?«

»Weiß ich nicht, zwei oder drei?«

»Und Petrović?«

»Weg.«

»Die haben dich hierhergelockt. Die wissen, wer du bist. Ich habe dir gesagt, du musst vorsichtig sein. Zu spät! Was war in der Tasche? Geld? Pass?«

»Ein wenig Geld. Nicht viel. Sonst, was man eben so mit sich trägt: Taschentücher, Pastillen, Sonnenbrille, Stift, Wasserflasche ...«

»Keine Wertgegenstände?«

»... doch!«

»Was?«

»Ein Notizbuch.«

Dušan sieht Christoph ungläubig an. Er hilft ihm aufzustehen, untersucht ihn von allen Seiten.

»Maddalenas Brief an mich. Ich muss ihn wiederhaben.«

Dušan lässt sich das genau erklären.

»Wir machen Folgendes. Dich bringe ich zu einem Taxi. Du fährst ins Hotel und bleibst da. Ich werde sehen, ob ich dir das Notizbuch wiederbeschaffen kann.«

Nachdem Dušan Christoph im Taxi hat abfahren sehen, geht er zurück in die Skadarlija. Er setzt sich in eines der unscheinbareren Lokale, bestellt Kaffee und bittet, den Chef sprechen zu können.

»Hör zu«, sagt er, nachdem der wenig später an seinem Tisch Platz nimmt. »Jemand hat die Tasche meines Freundes. Mein Freund ist ein großzügiger Mann. Er will nur das Notizbuch, das in der Tasche steckt. Es stammt von seiner verstorbenen Gemahlin und ist für ihn sehr wertvoll. Für jeden anderen ist es wertlos. Mein Freund ist bereit, das …« Dušan legt hundert Euro auf den Tisch, »gegen das Buch einzutauschen. Und dir gebe ich zwanzig Euro Trinkgeld für den Kaffee, wenn du erfolgreich bist.«

Der Wirt erhebt sich, sagt ein Wort: »Warte!«

Eine Stunde wartet Dušan bereits, als der Wirt wieder an seinen Tisch kommt.

»Keine Möglichkeit!«

»Hast du das Notizbuch gefunden?«

»Lässt sich nichts machen. Es geht nicht um Geld.«

Dušan gibt ihm die zwanzig Euro für seine Bemühungen. Er verlässt das Lokal und ruft Christoph an.

»Bist du gut im Hotel angekommen? Ich muss dich sprechen. Bleib, wo du bist, ich komme zu dir. Rühr dich nicht vom Fleck.«

Auch nachts verläuft das Leben in den Straßen der Stadt ungebremst. Immer noch ist es schwer, einen Sitzplatz in den Bussen zu ergattern. Jovan schiebt Lazar in den hinteren Teil des Busses.

»Was will er hier?«, sagt Lazar und muss dabei seinen Mund nahe Jovans Ohr bringen, damit nur er ihn versteht.

»Wir wissen noch nicht, ob er es wirklich ist. Gojo wartet in der Kellerwohnung mit seiner Beute auf uns.«

»Und was soll nun mit Milan werden?«

»Warte doch ab, wer weiß, was sich in der Tasche findet. Eine Kreditkarte, und wir sind auf schnellem Weg um einige tausend Euro reicher.«

»Deine schäbigen Tricks helfen uns hier nicht weiter. Was soll dein Heiliger Đorđe dazu sagen?«

»Der will, dass Milan lebt. Wer hat, dem wird genommen. Wer nicht hat, dem wird gegeben. So steht es im Heiligen Buch.«

»Ich habe die Vermutung, du legst dir das, was in deinem Heiligen Buch steht, so zurecht, wie es dir passt. Diebstahl bleibt Diebstahl.«

Jovan will nicht streiten.

Eine halbe Stunde später gehen die beiden die Husinski rudara hinunter. In der Kellerwohnung brennt Licht. Gojo sitzt in Jovans Fernsehsessel und sieht RTL2. Er versteht kein Wort, aber die zukünftigen Gesangstars Deutschlands gefallen ihm.

Jovan küsst Gojo auf den Mittelscheitel: »Hast du gut gemacht, mein Sohn. Bin stolz auf dich.«

Die feine Ledertasche steht auf dem Tisch.

»Dann wollen wir doch einmal sehen.« Jovan öffnet die Schnallen. Er untersucht alle Fächer.

»Was haben wir denn da?« Er zieht eine Geldbörse hervor, öffnet sie, findet Kleingeld, Cent-Münzen und abgegriffene Dinar-Scheine. Keine Kreditkarte, kein Ausweis. Alles Kleinzeug aus der Tasche schmeißt er vor sich auf den Tisch. Nichts, was wertvoll wäre. Nichts, was auf den Besitzer der Tasche schließen lassen würde.

»Fehlanzeige.« Jovan wendet sich von der Tasche ab, holt die Schnapsflasche und schenkt zwei Gläser voll.

Vorsichtig nimmt Lazar die Tasche auf den Schoß. Da ist noch etwas. Er zieht ein prall gefülltes Kuvert hervor. In schöner Schrift steht darauf geschrieben: »Für Christoph.« Im Kuvert findet sich ein Moleskine-Notizbuch. Lazar schlägt es auf: »Brief ohne Ende an Christoph.« Und auf der letzten Seite steht: »Maddalena Todesco.«

Jetzt nimmt er das Glas und leert den Rakija in einem Zug.

»Er ist es: Christoph Forstner.«

Lazar blättert die erste Seite auf:

12. April 2014

Dieser Tag, der zwölfte April des Jahres zweitausendvierzehn, gab den Anstoß, endlich zu tun, wozu es mich schon einige Zeit drängt.

Die Diagnose, die mir heute gestellt wurde, ist so gesehen für etwas gut. Sie öffnet die Archive meines Herzens ...

12

Für Lazar ist die Welt versunken. Oder ist er der Versunkene in einer Welt?

Jovan nimmt die Flasche Rakija in die Hand, er füllt die Gläser, hält Lazar das eine vor die Nase.

Lazar blättert, liest, blättert im Brief ohne Ende, der nicht für ihn geschrieben wurde. Brief ohne Ende an Christoph.

»Živeli!« Jovan steckt Lazar das volle Glas in die Hand.

»Živeli!« Und während Lazar trinkt, liest er gierig weiter.

Viele Jahre kennt Jovan seinen Freund. Jetzt sieht er eine verkrampfte Anspannung, wie er sie an Lazar noch nie gesehen hat.

»Möchtest du nicht morgen lesen? Es ist spät, wir sollten schlafen.«

»Nein, nein! Keinesfalls!«

Es bleibt Jovan nichts anderes übrig, als sich seinem Freund in der kleinen Einzimmerwohnung gegenüberzusetzen und geschehen zu lassen, was geschieht.

Was geschieht? So klar ist sich Jovan darüber nicht.

Der Freund liest, blättert vor, liest, blättert zurück. Trinkt. Schüttet sich das Glas voll, liest, blättert. Manchmal sieht sein Gesicht aus, als wäre er um Jahrzehnte gealtert: grau, eingefallen, blutleeres Fleisch, wasserlose Haut. Die Stunden verrinnen, als hätte eine unbekannte Art von Zeit die Kellerwohnung geflutet.

Es ist zwei Uhr, und die Flasche ist halb leer, die zweite Packung Camel angerissen, als Jovan, der Rom, nicht mehr weiter weiß.

Er hat ertragen, Lazar jammern zu hören wie ein Weib. Er hat ihn das Glas an die Wand werfen sehen. Jetzt flennt er wie ein Kind. Was stellen Frauen mit stolzen Männern an? Umgekehrt ist es richtiger für Jovan: Was stellen stolze Männer mit Frauen an?

Es verunsichert Jovan, einem weinenden Mann gegenüberzusitzen. Und wenn dieser Mann der beste Freund ist, mischt sich Peinlichkeit mit Hilflosigkeit. Jovan flüchtet vor die Türe. Er telefoniert: »Ivo? Du musst herkommen ... Ich weiß, es ist spät ... Lazar, er ist dabei, durchzudrehen. Warum wohl? Hast es doch selbst gesehen. Rede nicht, komm! Wer von uns beiden hat Psychologie studiert?«

Als er die Kellerwohnung wieder betritt, liegt Lazar mit dem Gesicht auf seinen verschränkten Armen am Tisch. Der Kerl ist unansprechbar.

Die Türglocke. Ivo steht da mit großen Augen und kahlem Kopf. Er muss sich bücken, um sich nicht zu stoßen.

»Was soll ich tun?«, flüstert er Jovan ins Ohr, nachdem der erste Blick auf seinen Freund Lazar seine Ratlosigkeit verstärkt hat.

»Tu was, ich weiß nicht, was!«

»Der ist volltrunken, du hast ihn abgefüllt.«

»Blödsinn! Die Leserei in dem Scheiß-Tagebuch hat ihn fertiggemacht.«

Ivo setzt sich zum Tisch, trinkt das Glas leer, das Jovan ihm hinstellt.

»Wenn du reden willst ...«, beginnt Ivo vorsichtig. Nein, der Satz ist nicht gut, bemerkt er schon, während er ihn anfängt.

»Wenn du nicht reden willst, bleiben wir, bis es dir besser geht.«

Keine Veränderung.

»Der Mann von heute Abend – gestern abends – war Maddalenas Gatte? Christoph Forstner? Der, der 1999 – das hast du gesagt – vom Schutt der NATO-Bomben erschlagen wurde?«

Keine Reaktion.

Ivo versucht es erneut.

»Und was ist mit Maddalena? Der Frau des Botschafters? Von der du gesagt hast, sie sei die schönste Frau Italiens?«

Lazar stöhnt, sein Kopf hebt sich, er verbirgt das Gesicht in den Händen. Nach einiger Zeit der Stille Worte: »Ich bin schuld! Man sollte mich erschlagen.«

Und wieder nach einer Pause: »Hätte ich Idiot nur einmal, ein einziges Mal einen ernst zu nehmenden Antrag geschafft.«

»Was?«

Und wieder nach einer Zeit des Schweigens: »Ich war zu blöd – 1981 –, um zu begreifen, was sie zu mir führt. Meine Antwort hätte sein müssen: Ja! Ja, wir werden es miteinander versuchen. 1994, gedemütigt und geschlagen, hätte ich sie retten können. Ich hätte sie retten müssen.«

Lazars Kopf fällt zurück auf die Tischplatte.

Ivos Hinterteil ruckelt hin und her. Vorsichtig, wie ein Chirurg, der ins Herz eines Menschen schneidet, fragt er: »Was ist geschehen?«

Als hätte das Messer irrtümlich die Hauptschlagader geöffnet, quillt es hervor. Keiner hat Lazar je so lange und ununterbrochen reden gehört: Nachdem er Maddalena 1981 damit konfrontiert habe, dass es Slavica gibt und Slavica schwanger sei, habe Maddalena versucht, Forstner für Venetien zu begeistern. Sie habe ihm die Schönheit des Landes und der Städte gezeigt. Mit Kunst und Kultur konfrontierte sie ihn. Die Menschen, die sie mochte, von denen sie gemocht wurde, stellte sie Forstner vor.

Im Palazzo des Stadtteils Cannaregio zeigte sich schnell, dass Christoph Forstner und Luciano Todesco nie Freunde werden würden. Für Christoph war fiktive Literatur gelinde gesagt: nicht notwendiger Luxus. Luciano schlug vor, Christoph mit den führenden Verantwortlichen der Alpen-Adria-Gemeinschaft – die 1978 gegründet worden war – bekannt zu machen. Man sei auf der Suche nach einer Integrationsfigur, die alle vertretenen Länder und Provinzen vereinigen könne. Er, Christoph Forstner, wäre aufgrund seines diplomatischen Geschicks genau der Richtige. Lucianos Angebot quittierte Forstner mit einem Satz: »Ich habe nicht die österreichische Provinz verlassen, um in der italienischen Provinz zu landen.« Maddalena versuchte zu verstehen und intensivierte ihre Anstrengungen, Christoph für Italien zu begeistern. Sie führte ihn in ihre Lieblingsstadt Venetiens: Bassano del Grappa.

Nein, diese Stadt kannte Christoph nicht. Doch, Bassano sei wunderschön. Eine Mischung aus Alpenluft, wie er sie möge, und mediterraner Strömung, wie er sie liebe. Christoph habe sich eingehend mit dem Alpini-Museum an der Alten Brücke beschäftigt. Danach seien die beiden auf dem Balkon des Cafés über dem Brenta gesessen, dicht neben der Alten Brücke. Christoph habe nach der weißen Kuppe des Monte Grappa gesucht. Ja, er könne sich vorstellen, hier den Urlaub zu verbringen. Doch das sei nicht gewesen, warum Maddalena versuchte, ihm die Stadt schmackhaft zu machen.

»Stell dir vor«, hat sie gesagt, »hier in der Altstadt eine kleine Wohnung, vielleicht mit Blick auf einen der drei Plätze.« Am meisten liebe sie die Piazza Garibaldi. »Du kommst von der Arbeit, die Kinder erwarten dich. Ich habe Spargela alla Bassano gekocht, mit Ei und Weißbrot, wie man ihn hier zubereitet. Vielleicht würde ich in einem der Gymnasien Deutsch unterrichten. Das Dolmetschen und die Übersetzungen würde ich minimieren oder aufgeben. Dann hätte ich die nötige Zeit, um dich zu verwöhnen.«

Maddalena hat alles versucht, um Christoph nach Venetien zu locken. Erfolglos.

»Warum bist du so vernarrt in Bassano?«, fragte Forstner und bekam zur Antwort: »Meine Großeltern leben hier, und ich habe einen großen Teil meiner Kindheit hier verbracht.«

Umgekehrt, in Wieselburg bei Christophs Eltern, habe sich gezeigt, dass der Vater – Bezirksvertreter der rechtslastigen FPÖ – mit einer Italienerin als Schwiegertochter wenig anzufangen wusste. »Muss es denn unbedingt eine Ausländerin sein?«, hat er unter vier Augen seinen Sohn gefragt. Maddalena habe sich bei den Eltern Christophs nie wohlgefühlt. Sie sei immer als »nicht dazugehörend« behandelt worden von den spießigen Geschäftsleuten. Christoph bezog Stellung für seine Liebste: Er fühle sich da genauso wenig wohl. Darin sei der Grund zu finden, warum er nach Wien gegangen sei. Man werde nicht oft mit den Schwiegereltern zu tun haben. Wohnen werde man im eine Stunde entfernten Wien. Dort erschlössen sich ihm vielversprechende Möglichkeiten. Er sei bereit, das Gesicht der Partei und damit des Landes zu verändern. Moderner und wertbeständiger müsse die Gesellschaft entwickelt werden.

Oft schien es so, als würde sich Christoph seiner Eltern schämen. Er signalisierte Maddalena, sie werde der Mittelpunkt seiner Welt sein.

All das habe dazu geführt, dass sich Maddalena schließlich entschied, ihr Leben aufzugeben und in Christophs Welt ihren Platz zu suchen.

»Sie hätte das nicht tun sollen.«

Wenn Ivo sich auf eine Sache konzentriert, dann scheinen seine runden Augen aus dem Kopf zu schwellen. So sieht er auch aus, wenn er seinem Kontrabass Töne entlockt.

»Sie wird ihre Gründe gehabt haben.«

Jovan bringt eine neue Flasche Schnaps, öffnet sie, schenkt ein.

»Ich weiß, was sie zu dieser Entscheidung gebracht hat: meine ungerührte Ablehnung. Sie redete sich ein, Forstner zu lieben. Er will Kinder, aber gleichzeitig seine Karriere damit nicht gefährden. Er schwärmt von Familie, von der Heiligkeit der Ehe, entzieht sich ihr aber durch ›unumgängliche‹ Berge von Arbeit. Er macht Karriere, sie gibt ihr Leben auf. Übersetzungen, Freunde, Reisen, alles Vergangenheit. Sahra aus Wien beschwert sich: Obwohl sie doch jetzt in derselben Stadt wohnten,

Maddalena sei unerreichbar für sie. ›Zieh doch zurück nach Venedig‹, schreibt sie, ›dann sehen wir uns wenigstens ab und zu. Lass doch diesen affektierten Kerl, merkst du nicht, wie er dich manipuliert?‹ Und Maddalena antwortet: ›Du bist nur eifersüchtig.‹ Luciano Todesco sagt zu Maddalena: ›Eine der schwersten Prüfungen des Lebens ist es, seinen Kindern ihren freien Willen zu lassen. Glaub mir, es fällt mir nicht leicht, aber tu, was du tun musst.‹ Selbst die Söhne, Angelo und Christian, vernachlässigt Maddalena ihrem Mann zuliebe. Und sie schreibt, wie sehr sie das heute bereue. Als sie endlich nach Jahren wahrnimmt, was geschieht, redet sie: ›Wenn wir so weitermachen, habe ich nicht nur mein Leben, sondern auch mich selbst verloren.‹ Da kommt Forstner, wie er meint, mit einem genialen Schachzug. Ein Geschenk für Maddalena. Ein Geschenk, das seine Karriere fördert und gleichzeitig den Eindruck bei seiner Frau erwecken muss, es gehe ihm um ihr Glück: ›Ich möchte, dass du wählst, Brüssel oder Belgrad?‹ Wie lange habe ich in der gleichen Stadt wie Maddalena gewohnt, ohne ihr eine Hilfe zu sein? Ich bin nie auf die Idee gekommen, mich zu fragen, was denn mit ihr sein könnte. Ich habe sie aus meinem Leben gestrichen. Maddalena schreibt über Divna, die tat, was ich verabsäumte. Als Maddalenas Mutter stirbt, ist Divna in Venedig an ihrer Seite. Forstner nicht. Ihn hielten dringende Geschäfte ab. In Wirklichkeit trieb er sich mit seinem neuen Freund Obradović in der Stadt herum.«

Sahra und Divna begleiteten Luciano und Maddalena hinter dem Sarg zum Grab auf San Michele.

Umgekehrt half Maddalena Divna in allen Belangen, wo immer möglich. Marina, die Tochter von Divnas Schwester, fand nach dem Studium keinen Job. Divna erzählte Maddalena davon. Maddalena sorgte dafür, dass ihr Mann die Bewerbung Marinas bevorzugte.

»Divna hat getan, was ich verabsäumte«, sagt Lazar.

»Aber du hattest doch keine Chance dafür!«, antwortet Ivo.

»Doch, ich hatte eine Chance. Eine! Als Forstner Maddalena gedemütigt und geschlagen hatte, stand sie vor mir. Erinnerst du dich an die drei Tage, in denen ich verschwunden war und ihr euch Sorgen machtet um mein Wohlergehen? Sie ist zu mir gekommen. Ich hätte sie retten können. Ich habe es nicht getan.«

Maddalena schreibt, sie habe plötzlich wieder gewusst, was sie tun müsse. Sie habe dafür gesorgt, dass Forstner zurück nach Wien beordert wurde.

»Und weißt du, was daraus und aus all dem davor entstand? Die Scheidung wenige Jahre später. Ihr Rückzug nach Venetien. Ihr Versuch, in Bassano del Grappa das zu beleben, was sie verloren hatte: ein Leben nach ihren Vorstellungen. Sie aktivierte die Wohnung ihrer Großeltern. Sie hielt Deutschstunden im Remondini und begann aufs Neue, österreichische Gegenwartsliteratur ins Italienische zu übersetzen. Und sie schaffte sich einen Hund an. Äußerlich schien sich alles zu beruhigen. Die Diagnose Bauchspeicheldrüsenkrebs im fortgeschrittenen Stadium zeigte auf schreckliche Weise: Nichts hatte sich beruhigt. Ihre Erkenntnis: Flucht genügt nicht. Sie müsse Frieden finden mit sich, sich versöhnen mit zwei zerbrochenen Lieben. Und eine davon bin ich! Sie schreibt: ›Es gibt Menschen, die bis zum Ende bei mir aushalten. Divna kommt immer wieder zu mir nach Bassano. Sie hilft, wo sie kann. Leid ist Bestandteil des Lebens. Darin nicht allein zu sein, ist die wichtigste Erfahrung meines Aufenthalts in dieser Welt.‹ Ich habe sie im Stich gelassen. Divna ist bis zum Schluss bei ihr geblieben. Und Forstner hat sie umgebracht. Sie ist tot. Verstehst du? Maddalena lebt nicht mehr!«

Ivo weiß nicht weiter. Er flüstert in Jovans Ohr: »Du musst sie herholen!«

»Wen?«

»Bring Divna her.«

Jovan weiß nicht, was das ändern soll und wo Divna jetzt lebt, aber er wird tun, was Ivo anordnet. Und tatsächlich taucht er wenig später in Begleitung Divnas wieder auf. Es war nicht schwer, sie zu finden. Sie lebt nicht weit weg, beim Alten Friedhof.

Sie betritt den Raum, immer noch so schön, trotz fortgeschrittenem Alter. Sie weiß Bescheid, fragt nicht lange, beginnt dort, wo die Beziehung vor Jahren abbrach und schließt Lazar in die Arme. Der lässt das nicht nur geschehen, er hält die Frau fest, als wäre er nicht bereit, sie wieder loszulassen. Jovan kann nicht hinsehen, er wird sich wohl damit abfinden müssen, dass sein bester Freund sich niemals zu einem hartgesottenen Balkanmann entwickeln wird. Der Rom beschäftigt sich damit, den Hund zu füttern, der mit ihm und Divna in die Wohnung geschlüpft ist.

»Maddalena hat gesagt: Gerne würde ich ihm jetzt gegenübersitzen und alles klären. Er würde mich verstehen. Und mit ›ihm‹ hat sie dich gemeint«, sagt Divna. Und sie beginnt zu erzählen, was sie weiß. Von einer Frau, die trotz aller Schicksalsschläge von einem schönen Leben sprach. Die bis zur letzten Stunde festhielt an der Hoffnung. Sie habe gelitten am Zerbrochenen, das sie zurücklassen müsse. Und niemanden habe sie beschuldigt. Lazar hört zu. Er hört, was seine Filter durchdringt. Zum Beispiel von Marinas Unglück:

»Es dauerte nicht lange, bis Obradović meine Nichte Marina bedrängte: Der Staatssicherheitsdienst benötige sie. Sie müsse zum Botschafter ein ›Nahverhältnis‹ aufbauen und alles Wichtige schriftlich an ihn weiterleiten. Und wichtig seien kleinste Details. Das sei nicht seine Idee, er handle nur auf Befehl von oben. ›Mit deinem Aussehen und Forstners Eheproblemen dürfte es nicht schwer sein, den Botschafter zu unvorsichtiger Offenheit zu bewegen.‹ Marina hatte keine Wahl. Sie versuchte ihren Auftrag zu erfüllen, und gleichzeitig das Naheverhältnis zum Botschafter unverbindlich zu gestalten. Forstner begann sie mehr und mehr zu bedrängen. Sie erinnere ihn an eine junge Frau, die er in Venedig bei einem seiner Auftritte kennengelernt habe. Er überhäufte sie mit Geschenken und nützte die erste Gelegenheit, das junge Mädchen in sein Bett zu bringen. Marina weinte sich bei ihrer Mutter aus. Diese erzählte mir, was geschehen war. Ich zögerte nicht und weihte meine Freundin Maddalena ein. Ich erzähle das, weil du gelesen hast, was nicht für dich bestimmt war. Dein verzerrtes Bild, glaubst du, sei dadurch bewiesen. Maddalena hat zwei Briefe ohne Ende geschrieben. Du solltest dich auf die Suche nach dem Brief machen, den sie an dich schrieb. Und dabei wird dir der Weg zu Forstner nicht erspart bleiben.«

Der Morgen graut.

Jovan ist, wie es scheint, der Nüchternste der drei Freunde: »Da wäre vor allem zu klären, was Forstner von dir will! Warum ist er hier? Warum schleicht er dir nach?«

Lazar ist betrunken: »Weiß nicht. Interessiert mich nicht. Der will zu Ende bringen, was ihm 1999 nicht gelungen ist. Ich weiß, was ich will: Ich werde ihn zur Rechenschaft ziehen.«

Jetzt ist Jovan ganz bei der Sache: »Und ich weiß, wie!«

Lazars Kopf liegt in Divnas Schoß. Sie sagt: »Wann hört ihr Dummköpfe auf, die falschen Entscheidungen zu treffen?«

13

»Warum hast du das getan?«

Obradović sitzt Christoph im Frühstücksraum des Hotels Moskva gegenüber. Draußen vor den großen Fenstern mediterraner Frühling, der in Österreich problemlos als Vorsommer durchgehen würde.

»Was meinst du?« Christoph schlägt das weich gekochte Ei auf.

»Warum verfolgst du Petrović, der dich offensichtlich in eine menschenleere Gasse lockt?«

Ungerührt kostet Christoph den kernweichen Dotter seines Frühstückseis.

»Willst du dich umbringen? Wolltest du ihn umbringen?«

Christoph blickt auf, kaut genüsslich an Schinken und Brot.

»Nicht mit einer Pistole, die man auf mich zurückführen kann. Ich möchte nicht dabei sein, wenn man dich einbuchtet in eines der berüchtigten Gefängnisse der serbischen Justiz. Wenn du dein Leben ruinieren willst, okay. Ich bin nicht bereit, mein Leben kaputtmachen zu lassen. Was glaubst du, passiert, wenn ein Ausländer einen Serben in der Skadarlija erschießt?«

»Hör auf mit deinen Übertreibungen. Ich mache dir auch keine Vorwürfe für dein doppelbödiges Verhalten, als ich noch Botschafter war.«

Obradović stutzt, ist sich nicht klar, ob Christoph von seiner Vergangenheit wissen könnte: »Wie?«

»Egal! Die Pistole verwende ich im Notfall. Ein zweites Mal lasse ich mich nicht wehrlos attackieren ... Mir ist da heute Nacht eine geniale Idee eingefallen. Und das wird mir auch mein Tagebuch zurückbringen.«

Dušan entspannt sich: – Er kann nichts wissen von meiner Arbeit beim Geheimdienst. –

»Ich werde Gutes tun und Petrović dabei das antun, was er mir angetan hat: Ich werde ihm nehmen, was er liebt. Du sagtest: Petrovićs Enkelsohn liegt mit Leukämie im Krankenhaus? Ohne Hilfe von außen wird er sterben?«

»Was hast du vor?«

Doch als Christoph beginnt, detailliert zu erzählen, unterbricht Dušan ihn: »Vielleicht ist es besser, wenn ich nicht so genau weiß, was du gedenkst zu tun. Versprich mir, dass du dich nicht wieder eigenmächtig in Gefahr begibst. Ich müsste sonst meinen Auftrag zurücklegen. Das sage ich dir als Geschäftsmann und Freund.«

»Okay, versprochen. Falscher Freund!«

Dušan wird beim zuständigen Doktor den Besuch eines Vertreters der NGO »Direct Assistance« ankündigen, vereinbaren die beiden, und ein Treffen arrangieren. Dušan macht sich auf den Weg. Während Christoph noch damit beschäftigt ist, die im Café des Hotels aufliegende Ausgabe des »Daily Telegraph« auf Neuigkeiten abzusuchen, meldet sich Dušan am Telefon. Doktor Milan Mihalović hat entweder jetzt gleich oder erst wieder morgen Zeit für ein Treffen.

»Hol mich ab! Je schneller ich weiß, ob die Sache funktioniert, desto besser.«

Eine Viertelstunde später sitzt er neben Dušan im Wagen. Die Sonne heizt den Innenraum des Fahrzeugs auf. Christoph öffnet seinen Mantel. Er hätte die dünne Jacke mitnehmen sollen. Aber wer denkt denn mitten im österreichischen Spätwinter an Frühsommer, und außerdem wollte er so wenig Gepäck wie möglich mitnehmen. Vielleicht reist er ja morgen schon zurück, vorausgesetzt, alles verläuft wie erhofft.

Er hört Dušan nicht mit voller Aufmerksamkeit zu. Dušan versucht ihm die Fakten zu erklären: welches Stockwerk, welche Abteilung, die wichtigsten Daten zu Doktor Mihalović: jung, bemüht, überarbeitet, ledig. »Idealist! Aber das muss man sein, wenn man hier im staatlichen Gesundheitswesen arbeitet. Die meisten guten Ärzte bekommen keine Anstellung. Und wenn, dann schlecht bezahlt. Kommen sie aus dem Studium, bietet man ihnen so etwas wie ein Praktikum an, unbezahlt, über Jahre ... vorausgesetzt, man hat keine Förderer in höchsten Kreisen der Politik. Kein Wunder, die meisten von ihnen lernen Deutsch oder Englisch bis zur Perfektion, um auf schnellstem Weg ins Ausland abwandern zu können. Deutschland muss Serbien dankbar sein für die geschenkte, gut ausgebildete Elite. In Serbien fehlen Ärzte, Krankenschwestern, Wissenschaftler, all jene Kräfte, die einen Staat vorwärts bringen.«

Als der Wagen wenig später vor der Klinik hält, sagt Christoph: »Du wartest hier.«

Christoph hat ein Bild von seinem Gesprächspartner, als er mit dem nicht gerade Vertrauen erweckenden Aufzug hinauf in den dritten Stock fährt. Alles hier wirkt abgenutzt, nichts ist auf neuestem Stand.

Doktor Milan Mihalović erwartet ihn im Arztzimmer. Er trägt einen gepflegten, dunklen Vollbart. Sein Haar wirkt etwas wirr. Das rechte Augenlid hängt um eine Nuance tiefer über der dunklen Pupille. Der Doktor könnte im ersten Eindruck überheblich und uninteressiert wirken. Lässt man sich jedoch davon nicht beeindrucken, sieht man eine sonderbare Mischung von Sentimentalität und Beharrlichkeit.

»Guten Morgen, Herr Doktor Forstner. Ich habe schon viel von Ihnen und dem Wirken von ›Direct Assistance‹ gehört. Hier in Belgrad sind Sie ein Begriff, wenn ich auch den Eindruck habe, Ihr Schwerpunkt ist mehr im Kosovo und in Bosnien angesiedelt?«

Christoph zeigt seine empathische Seite, erklärt, »Direct Assistance« versuche neutral die Hotspots medizinischer Notsituationen zu finden. Nun sei man – nein, eigentlich sei er – auf die Idee gekommen, hier in Belgrad entsprechende Fälle zu suchen.

Als Ex-Botschafter Österreichs würden ihm auch aus Serbien immer wieder dramatische Geschichten herangetragen. Wenn seine Organisation auch nicht jedem helfen könne, so bemühe er sich, jene Fälle aus den vielen herauszupicken, wo die Not am größten sei, wo nur mit ausländischen Geldern und Ressourcen Veränderung erreicht werden könne. Es müsse auch darum gehen, die Öffentlichkeit in der EU für die Notsituation auf dem Balkan zu sensibilisieren.

»Und da bietet sich die Unheilsgeschichte eines Kindes besonders an. So etwas kann medial gut und ehrlich aufbereitet werden. Ein einziger Fall kann dann eine Welle an humanitärer Hilfe auslösen, von der viele profitieren.«

Vielleicht könne der Doktor seine Kartei nach folgenden Kriterien durchforsten: Kind, schwere Krankheit, ohne Behandlung letal, keine Hoffnung auf rechtzeitige Behandlung im staatlichen Gesundheitssystem, keinerlei finanzieller Rückhalt der Angehörigen.

Doktor Mihalović sitzt auf Kohlen. Es fällt ihm schwer, seinen Gesprächspartner nicht zu unterbrechen. Und jetzt kommt es schnell und spontan aus ihm hervor: »Da muss ich meine Kartei nicht durchsuchen. All das passt zu einem Fall auf einer meiner Stationen, der alle Vorgaben erfüllt: Milan Petrović, zwölf Jahre alt, Leukämie, behandelbar. Die Therapie ist kostenintensiv, für Staat und Angehörige – alleinerziehende Mutter – nicht schnell genug aufzubringen. Und die Zeit drängt. Milan wird sterben, wenn wir nicht innerhalb der nächsten Tage mit der Behandlung beginnen können.«

Christoph Forstner zeigt sich reserviert. Man müsse den Sachverhalt verschiedener Fälle prüfen. Das sei der Grund für sein Kommen: Beweismaterial auswerten. Alles muss bis ins letzte Detail beweisbar sein. Er sei den Geldgebern verpflichtet und müsse jederzeit auch rechtlich seine Entscheidungen belegen können.

Doktor Milan Mihalović durchsucht den Karteikasten, holt verschiedene Dokumente hervor.

»Sehen Sie selbst!« Er legt vor Christoph den Krankenakt von Milan Petrović hin.

– Er hat den Haken geschluckt, der arme Doktor –, denkt Christoph, und zieht am Faden: »Bestehen persönliche Verbindungen mit diesem Fall? Warum ist Ihnen ausgerechnet dieses Kind so wichtig?«

Doktor Mihalović will Doktor Forstner überzeugen: Er versuche die Entscheidung zeitlich und arbeitsmäßig abzukürzen. Gerne könne man auch andere Krankengeschichten ausheben, aber man werde zu demselben Ergebnis kommen, das er vorschlage, als Arzt all dieser Patienten. Er sei auch bereit, sich dem Urteil anderer Experten zu stellen, wenn das hilfreich sein sollte und die Sache nicht zu lange hinauszögere. Denn dann könne es für den kleinen Milan schon zu spät sein.

»Wissen Sie was, Sie gefallen mir. Nicht zögerlich, klar in der Sache. Ich halte Sie für kompetent und glaubwürdig. Ich brauche Kopien aller Dokumente im Zusammenhang mit Milan Petrović. Und dann würde ich gerne den Patienten persönlich kennenlernen. Es ist hoffentlich auch machbar, den nächsten Angehörigen zu sprechen?«

»Zwei Möglichkeiten: Mutter oder Großvater?«

»Ich würde die Mutter bevorzugen. Unser Eingreifen wird Folgewirkungen auf ihren Alltag haben.«

Der Doktor zögert nicht, er nimmt das Handy und ruft Julijana an. Christoph versteht zwar nicht jedes Wort, aber er kann sich zusammenreimen, was der Doktor mit Julijana Petrović beredet: Ein Wunder sei geschehen, er müsse heute noch hinüber in den St.-Sava-Dom pilgern und allen Heiligen danken. Nein, er sei nicht etwas durchgedreht. Und dann erklärt er, was geschehen ist. Er überzeugt Julijana, dass sie sofort herkommen müsse. Die Chance für Milan sei jetzt das Wichtigste.

Julijana wird alles stehen und liegen lassen und sich auf den Weg machen.

Als die Stimme der Frau verklungen ist, drückt Milan Mihalović das Handy einige Herzschläge lang an seine Wange. Christoph entgeht nicht, warum er das tut: Doktor Mihalović ist verliebt.

»Solange das Kind nicht von unseren Fachkräften untersucht wurde, kann ich nur meine persönliche Unterstützung zusagen. Vielleicht muss Milan, falls es der Zustand des Patienten möglich macht, nach Wien geflogen werden. Und jetzt will ich mich selbst vom Zustand des Patienten überzeugen.«

In Begleitung von Doktor Mihalović und der zuständigen Krankenschwester betritt Christoph Forstner das Krankenzimmer mit der Nummer dreihundertzwölf.

Was Christoph sieht, rührt ihn. Rund um den kleinen, ausgezehrten Körper wirkt alles wuchtig: das Bett, das Nachtkästchen, der Kasten, das Zimmer, die Besucher. Der kleine Milan müht sich, die Augen offen halten zu können. Jemand muss ihm gesagt haben, das sei jetzt sehr wichtig. Das Zimmer ist sauber und die Bettdecke glattgestrichen.

Milans schwarzbraunes Haar und die dunklen Augen kontrastieren mit der totenbleichen Haut. Kein Weiß, nur trübe Farblosigkeit. Als der kleine Milan Doktor Mihalović wahrnimmt, huscht ein Lächeln über die schmalen Lippen. Der Doktor nimmt die schlaffe Hand des Jungen zwischen die seinen.

»Wie geht es dir heute?« Soweit versteht Christoph die serbisch gesprochenen Worte des Doktors. Das blasse Gesichtchen nickt, die Mundwinkel aber lassen wissen: nicht gut!

»Du wirst vielleicht bald gesund sein! Ich bringe dir da jemand, der dich dabei unterstützen möchte.«

Mit wenigen Worten stellt Doktor Mihalović Doktor Forstner vor. Er erzählt kindgerecht über »Direct Assistance« und was diese NGO tut oder tun kann.

Und dann übersetzt Mihalović Forstners englisch gesprochene Sätze: »Ich freue mich, dich kennenlernen zu dürfen. Ich werde alles in meiner Macht Stehende tun, um dich gesund werden zu lassen. Es gibt da in meinem Land Behandlungen, die deine Krankheit besiegen werden. Vielleicht kommst du eine Zeit lang zu uns nach Österreich. Damit wir dich möglichst gut betreuen können.«

»Sag Dankeschön, Herr Botschafter«, flüstert Mihalović dem Jungen zu. Und Milan bemüht sich, seinen Worten Stimme zu geben: »Thank you, Sir!« Und tatsächlich, da ist ein neuer Funke in den schwarzen erloschenen Augen.

»Ich komme gleich zu dir zurück und erkläre dir alles.« Mihalović tätschelt die kleine kraftlose Hand. Die Mundwinkel des weißen Gesichtes ziehen vorsichtig nach oben, so als koste es Mühe.

Doktor Mihalović lässt Kaffee servieren, erzählt von seinem Alltag. Forstner hört scheinbar interessiert zu, obwohl er die Misere des serbischen Gesundheitssystems kennt. Viele hätten keine Versicherung mehr. Und die, die eine haben, müssen auf Behandlungen zu lange warten oder bekommen sie erst gar nicht. Es ist kein Geld in den Kassen. Abrupt unterbricht Forstner den Doktor: »Kann ich hier irgendwo ungestört telefonieren?«

»Oh, entschuldigen Sie! Natürlich!« Mihalović verlässt den Raum.

Christoph wählt die Nummer seines Freundes und Vorsitzenden von »Direct Assistence«: »Hallo, mein Lieber! Ich habe da etwas, wofür ich sofort deine Freigabe benötige … Du kannst mir vertrauen. Wir machen das ja auch nicht das erste Mal so.«

Er beschreibt die Situation. »Kümmere dich darum, dass wir im St. Anna Kinderspital für den Jungen einen Platz bekommen. Möglichst sofort. Jeder Tag zählt in diesem Fall. Ich danke dir. Ich werde die freudige Botschaft auch in deinem Namen weitergeben.«

Zufriedenheit ist in Christophs Gesicht geschrieben.

Die Türe öffnet sich, Doktor Mihalović steht da mit einer jungen, sehr ansehnlichen Frau.

– Das ist also Petrovićs Tochter. Allein wegen der Frauen könnte man sich hier wieder niederlassen –, denkt Christoph und verwirft den Gedanken sofort wieder.

»Guten Tag! Christoph Forstner! Sie sind, so nehme ich an, die Mutter des kleinen Milan?«

Julijana spricht perfekt Englisch, und ein wenig Deutsch hat sie sich von ihrem Vater abgeschaut: »Ich bitte Sie, uns nicht allzu sehr auf die Folter zu spannen. Nichts wäre unerträglicher als eine neue zerstörte Hoffnung.«

Charmant, mit seinem ganzen diplomatischen Geschick, erklärt Christoph der Mutter Milans die Situation.

Er habe eben telefoniert und dürfe eine feste Zusage geben, unter bestimmten Voraussetzungen, die zu besprechen wären.

»Warum mein Milan und nicht einer der unendlich vielen anderen Fälle in diesem Land?«

»Das haben Sie Doktor Mihalović zu verdanken. Er hat die Auswahl getroffen.«

»Und wie sehen die Voraussetzungen aus, von denen Sie sprachen?«

»Vielleicht sollten wir den Doktor nicht länger von seiner Arbeit aufhalten. Trinken Sie ein Glas Wein mit mir?«

Man setzt sich in die Cafeteria des Krankenhauses.

Christoph weiß, jetzt geht es um den heikelsten Teil seines Plans. Er erzählt vom St. Anna Kinderspital in Wien, einem der renommiertesten Institute Europas für Krebserkrankungen bei Kindern. Man müsse sich auf eine längere Behandlungsdauer einstellen, erst stationär, später dann in der Ambulanz beziehungsweise in der Tagesklinik. Es gebe aber gute Aussichten, Milans Krankheit zu besiegen. Österreich befinde sich weltweit gesehen an der Spitze der medizinischen Möglichkeiten.

»Sie sollten zur Unterstützung des Kleinen Ihren Lebensmittelpunkt nach Österreich verlegen.«

»Wenn es Milan hilft, bin ich bereit, alles zu tun.«

»Wirklich? Das würde die Sache enorm erleichtern. Denn da wäre der schwierigste Punkt: rechtliche Grundlagen. Sie wissen wahrscheinlich, Österreich hat sich aufgrund der Flüchtlingswelle im Zusammenhang mit dem Krieg in Syrien besser abschotten müssen. Was so viel heißt wie: Es ist ein nicht einfacher Rechtsweg zu beschreiten, der die notwendige Eile in Milans Fall zunichtemachen könnte.«

Für Julijana klingt das, als würden sich ihre Befürchtungen bestätigen: Kaum öffnet sich ein Fenster, erweist es sich auch schon wieder als verschlossen.

»Nein, nein! Keine Sorge!«, sagt Christoph, als er Julijanas aufkeimende Verzweiflung wahrnimmt. »Sie sagten doch, Sie wären zu allem bereit. Es gibt einen Weg, der zwar nicht ganz legal ist, aber unweigerlich zum Ziel führt, trotz aller neuen Zäune, Schranken und Mauern. Sie sind nicht verheiratet? Erschrecken Sie nicht über das, was ich Ihnen vorschlage. Es ist eine Formsache ohne weitere Konsequenzen. Ich dürfte Ihnen diesen Weg als offizieller Vertreter einer NGO nicht nahebringen. Aber die Realität zeigt, eine große Zahl ausländischer Hilfesuchender beschreitet ihn, wenn auch ohne Unterstützung – Sie verstehen, was ich meine – mit fraglichem Erfolg. Ich könnte Ihnen behilflich sein, eine in der Durchführung theoretische, vor dem Gesetz aber legal existierende Ehe mit einem Österreicher einzugehen.«

Julijana stellt abrupt das Weinglas auf den Tisch. Fast wäre es ihr aus der Hand gefallen.

»Sie würden eine Aufenthaltsgenehmigung erhalten – ich habe da so meine Kontakte, mit denen ich allerdings niemals in Verbindung gebracht werden darf. Und Sie könnten Milan bei seinem Kampf entscheidend durch Mutterliebe und Geborgenheit, einem Hort der Sicherheit, unterstützen. Soweit zu meinen Möglichkeiten. Die Entscheidung liegt bei Ihnen.«

Das kann Julijana sich nicht vorstellen. Ihre Intuition sagt ihr, der Mann erzählt ihr nicht die ganze Wahrheit. Irgendetwas ist faul an der Sache. Welche Motive stehen dahinter?

»Ich möchte nur in Erinnerung rufen, es ist eine rasche Entscheidung notwendig. Es würde mir leidtun, einem anderen Kind diese einzigartige Chance geben zu müssen. Der kleine Milan hat mein Herz gewonnen. Eine Scheinehe – nennen wir es einmal so –, die, wie gesagt, nie vollzogen wird, könnte alle gesetzlichen Widrigkeiten überwinden.«

Julijana verspricht, sich so schnell wie möglich zu entscheiden. Christoph steckt ihr seine Karte zu.

»Ein, zwei Tage werde ich noch hier in Belgrad sein. Rufen Sie mich an, wann immer Sie sich entschieden haben.«

Die beiden verabschieden sich freundlich und distanziert.

Christoph sucht nach Dušans Auto draußen am Parkplatz. Julijana folgt ihm heimlich. Sie sieht den Botschafter in den alten, schäbigen Wagen steigen, springt in das nächste Taxi, das vor dem Krankenhaus steht, und verlangt, dem Wagen zu folgen.

Vor Dušans Büro in der Resavska bleibt der Wagen stehen. Julijana beobachtet, wie Doktor Forstner und der Lenker des Wagens das Büro betreten, an dessen Türe geschrieben steht: »Dušan Obradović, Personenschutz, Überwachung, Detektei, international«.

– Was hat der Doktor mit einem Detektivbüro zu tun? – Julijana lässt sich zurück zum Krankenhaus bringen. Sie sucht nach Doktor Mihalović. Nein, der hat eigentlich nicht Zeit, aber er nimmt sie sich. Sie erzählt, was sie gesehen hat und was der Botschafter vorgeschlagen habe. »Eigentlich macht er die Behandlung Milans davon abhängig.«

Mihalović schüttelt den Kopf: »Eine Scheinehe?« Das hätte er nicht erwartet. Und um Julijana Petrović macht er sich Sorgen, als er das Wort Scheinehe hört. Oder sorgt er sich vielmehr um die Möglichkeit, weiter in der Nähe der schönen Frau sein zu können?

»Da ist etwas faul an der Sache! Er ist bei einem Privatdetektiv ins Auto gestiegen. Warum?«, sagt Julijana. »Weißt du was, Doktor«, unvermittelt hat die schöne Frau zum Du gewechselt, »ich werde den gleichen Detektiv beauftragen, alles über Forstner herauszufinden.«

»Bist du verrückt?«

»Ganz im Gegenteil, wer sollte mehr über den Botschafter wissen als er?«

»Und woher willst du das Geld nehmen?« Julijana denkt nach. »Okay, ich bezahle!«, sagt Doktor Mihalović. Und er beeilt sich zu ergänzen: »Wegen Milan.«

»Wegen Milan.« Sie lächelt, überrascht ihn mit einem Kuss auf seine Wange und geht. Dem Doktor ist es heiß geworden unter seinem weißen Mantel.

– Ein Kuss, anstelle von drei. Das mag was bedeuten! –

Dušan und Christoph sitzen auf dem Kunstlederfauteuil. Sie trinken. Slibowitz. Der Doktor hat seinen Bericht beendet. Dušan ist mit der Handlungsweise seines Freundes nicht zufrieden, aber er lässt sich nichts anmerken. Keine Frage, das ist besser, als Petrović zu liquidieren. Wenn Obradović etwas von seiner Geheimdienst-Vergangenheit gelernt hat, dann das: Bestrafst du einen Schuldigen, triffst du damit ein Dutzend Unschuldige.

»Ich sehe Petrović die Schlagzeile in der Boulevardpresse lesen: Doktor Christoph Forstner rettet serbischem Jungen das Leben. Er wird heulen vor Wut, weil ihm elegant und nobel gestohlen wurde, was er liebt.«

14

Julijana steht ein zweites Mal an diesem Tag vor Obradovićs
Büro. Als sie es betritt, kommt ihr der große, hagere Mann entgegen:»Kann ich Ihnen helfen?«

Der Mann bittet Julijana, auf dem Kunstlederfauteuil Platz
zu nehmen.

Nachdem Obradović sich ihr gegenübergesetzt hat, spricht
sie die zwei Sätze aus, an denen sie während der Herfahrt im
Bus gefeilt hat:»Ich habe einen Auftrag für Sie. Finden Sie alles
heraus über Doktor Christoph Forstner.«

Obradović kann seine Überraschung nicht verbergen. Und
Julijana spricht weiter, so wie es ihr gerade einfällt:»Warum er
in Belgrad ist, warum er Milan Petrović eine rettende Behandlung in Österreich ermöglicht? Und vor allem: Warum er Julijana Petrović, der Mutter Milans – das bin ich –, eine Scheinehe
empfiehlt.«

Dušan ringt um Fassung. Diese junge Frau durchlöchert
seine berufliche Abgebrühtheit und erreicht die innere Verletz-
lichkeit. Das war einer der Gründe, warum er damals den Geheimdienst verlassen hat: Er braucht klare Grenzen zwischen
Privatleben und Arbeit. Er kann es nicht ertragen, jemanden in
Schwierigkeiten zu sehen, den er mag.

»Warum wollen Sie das wissen?«

Julijana entgeht nicht, wie sehr ihr Gegenüber versucht, ein
gekonntes Schauspiel zu liefern.

»Mein Sohn stirbt an einer Krankheit, die jene Militärmacht
ausgelöst hat, der Christoph Forstners Land zumindest nahe-
stand. Ich gestehe gerne ein, er war das unbedeutende Rädchen
eines unbedeutenden Landes. Warum aber kommt er heute
hierher, spielt den Wohltäter unter der Voraussetzung eines Ge-
setzesbruchs? Was verbirgt er vor mir? Und warum tut er das?«

Dušan hat keine Lust, sich den Monolog weiter anzuhören: »Sie sind bei mir falsch. Fragen Sie doch Doktor Forstner selbst!«

»Er sagt mir nicht die Wahrheit, aus welchen Gründen auch immer. Darum werde ich Sie bezahlen, um die Wahrheit zu erfahren.«

Das schmale Frauenpersönchen ist entschlossen, das Büro keinesfalls ohne Ergebnis zu verlassen. In solchen Situationen empfiehlt es sich, die Energie ins Leere laufen zu lassen. – Chinesische Kampfkunst! – Dušan lässt Julijana reden. Er steht auf, bringt die Espressomaschine in Schwung: »Milch? Zucker?«

Er fragt nach der Krankengeschichte des kleinen Milan, die er bereits bis ins Detail kennt. Als er den Kaffee vor Julijana auf den Tisch stellt, hält sie ihn am Arm fest. Ihre Augen direkt vor seinem Gesicht: »Welchen Auftrag erledigen Sie für Forstner?«

Dušan entzieht sich, geht zwei, drei Schritte in den Raum, dreht sich um und sagt: »Sie werden von mir nicht erwarten, dass ich über Aufträge anderer Klienten rede?«

»Also ist Forstner Ihr Klient?«

Ihr überraschender Vorstoß hat ihn zu einer unüberlegten Antwort verleitet. Dušan streckt sich, nimmt einen Schluck Espresso: »Bemühen Sie sich nicht. Sie werden von mir nichts hören, was Sie interessiert.«

»Bemühen Sie sich, Sie werden mich nicht los, bevor Sie mir nicht zumindest den Beginn des Fadens in die Hand gelegt haben. Für mich geht es um Leben oder Tod meines Sohnes.«

Wogegen Dušan sich wehren wollte, passiert spontan, ohne dass er später sagen könnte, warum: »Doktor Forstner kennt Ihren Vater! … Das haben Sie nicht von mir. Und jetzt gehen Sie. Ich nehme Ihren Auftrag nicht an.«

Julijana, überrascht von Dušans Aussage, holt einen Zettel aus der Tasche, schreibt ihre Nummer darauf: »Wenn Sie mir mehr sagen wollen. Aber Sie können sich darauf verlassen, sollten Sie sich nicht melden, ich finde Sie.«

Sie reicht ihm den Zettel, steht auf und geht.

Dušan bleibt eine Weile wie angewurzelt stehen, dann legt er den Zettel auf einen der Papierstapel auf seinem Schreibtisch.

Im Bus Richtung Hotel Moskva begreift Julijana, was sie erfahren hat: Doktor Christoph Forstner kennt Lazar Petrović.

Was bedeutet das? Kann das ein Zufall sein? Sie muss herausfinden, was dahintersteckt. Vater hebt am Festnetz nicht ab.

Vielleicht hat der Botschafter ihren Vater während seiner Amtszeit in Belgrad kennengelernt? Möglicherweise eine banale Geschichte, die ihre Zweifel zerstreut? Vielleicht ist eine Scheinehe tatsächlich die effektivste Lösung, um Milan zu retten? Sie würde es tun, wenn damit alles gut wird. Julijana versucht positiv zu denken, und doch bleibt ein Rest intuitives Misstrauen.

– Typisch! Da gibt etwas dem alltäglichen Wahnsinn eine Wende zum Guten, und du suchst die Weltverschwörung darin. –

Julijana hat Angst, zu oft musste sie erleben, dass Hoffnung in Hoffnungslosigkeit mündet.

Über die Rezeption hat sie ihren Besuch bei Doktor Forstner anmelden lassen. Und noch während der Fahrt kommt die Bestätigung. Forstner freue sich, sie zu empfangen.

Inzwischen ist der halbe Tag vergangen, sie sollte längst wieder bei der Arbeit sein. Nur gut, dass ihr der Chef gewogen ist. Was wird er sagen, wenn sie ihm mitteilt, sie werde wegen Milan ins Ausland gehen? Kein Problem, auf einen frei werdenden Arbeitsplatz warten Hunderte. Und jetzt, wo der Regierungschef verlauten ließ, die wirtschaftlich schwierigen Zeiten würden weitere fünf Jahre andauern, neue schmerzliche Einschnitte seien nötig … Jetzt wird die Schar der Arbeitssuchenden noch größer werden.

Vielleicht aber vermittelt ihr der Chef – der doch ständig vorgibt, sie zu mögen – einen Job in der österreichischen Dependance der Firma?

– Träum weiter! –

Forstner werde sie in seiner Suite empfangen, sagt die Rezeptionistin und sieht sie herablassend an. Julijana folgt dem Boy, während die Frau an der Rezeption laut denkt: »Wieder eine, die sich das Paradies jenseits der Landesgrenzen erhofft und doch nur ein erotisches Spielzeug bleiben wird.«

Der Boy klopft. Forstner steht in der Türe: »Ich hätte eine so rasche Entscheidung nicht erwartet. Mein Vorschlag verlangt doch gravierende Lebensveränderungen. Seien Sie mir willkommen. Kommen Sie herein.«

So etwas hat Julijana noch nicht mit eigenen Augen gesehen. Dezent abgestimmte Beigetöne in allen Stoffen der Vorhänge, der Sitzgarnitur, Decken und Tischtücher. Farblich passend der Teppich. Dunkelbraune Echtholz-Möbelstücke, alten Vorbildern nachgebaut. Die Suite besteht aus mehreren Räumen. Forstner bittet Julijana, im Wohnzimmer Platz zu nehmen. Während er der Minibar eine Mineralwasserflasche entnimmt, sieht Julijana durch das Fenster im Erker hinunter auf den Terazije-Brunnen.

– Kann das dieselbe Stadt sein, in der ich ohne Mietvertrag, in einer karg eingerichteten Kleinstwohnung eines krakenartigen Wohnsilos lebe? – Und dafür beneiden sie ihre Bekannten und Freunde. Ihr fester Arbeitsplatz bei einem ausländischen Internetanbieter ermöglicht bescheidene Normalität. Nur Milans Krankheit gefährdet das bisschen Sicherheit. Ab und zu steckt Vater ihr ein wenig Geld zu, wenn er bei seinen Auftritten mehr verdient, als er für sein armseliges Leben braucht. Den einzigen Luxus, den Lazar sich leistet, sind Zigaretten. Und die schenkt ihm sein Freund Jovan, wenn er nicht bezahlen kann. Nicht auszudenken, was wäre, würde Vater ernsthaft erkranken. Und das ist mit seinen rundum sechzig Lebensjahren keine Fantasterei. Was dann? Er oder Julijana müsste die Wohnung aufgeben. – Milan müsste zu ihr ins Schlafzimmer ziehen.

Vater auf der Couch im Wohnzimmer … Jetzt geht es darum, Milans Heilung zu ermöglichen. –

»Möchten Sie?« Doktor Forstner steht neben ihr und hält ihr ein Glas gekühltes Mineralwasser hin.

»Ja, danke.«

Forstner holt zwei Sessel, ein Abstelltisch steht im Erker.

»Bitte nehmen Sie doch Platz. Kann ich sonst etwas für Sie tun?«

Julijana sieht weiter auf den Terazije-Brunnen hinunter.

»Warum haben Sie verschwiegen, dass Sie meinen Vater kennen?«

Ein Ruck geht durch den Mann, fast unsichtbar für die gute Beobachtungsgabe Julijanas.

»Wie kommen Sie darauf?«

Julijana sieht, wie sich feine Schweißtröpfchen auf der Stirn des Botschafters bilden.

»Sie wissen von meiner Vorgeschichte in dieser Stadt?«

Er hat sich schnell wieder im Griff.

»Als Botschafter begegnet man vielen Menschen. Das sollte ja auch Sinn und Zweck dieser Aufgabe sein: Grenzen überwinden …«

Christoph redet und redet, in der Hoffnung, während des Redens den glaubhaften Ausweg zu finden.

»… Diplomatie ist das geeignetste Mittel zwischen Völkern, Brücken zu bauen. Sie würden nicht glauben, mit wie vielen Menschen – ganz einfachen Bürgern – ich, in meiner Zeit hier in Belgrad, in Kontakt gekommen bin. Wo es möglich war, habe ich mich ins Tagesgeschehen der Belgrader eingemischt. Und natürlich auch ins Nachtgeschehen.« Er lacht und sieht genau hin, welche Wirkung seine Worte erzielen.

»Und was bietet sich in dieser Stadt mehr an, als die Skadarlija zu besuchen? Wo doch meine Frau so großen Gefallen gefunden hatte am Kolo und den anderen wunderbaren serbi-

schen Liedern. Sie müssen entschuldigen, ich bin da etwas un-
begabter, als es meine verstorbene Frau war. Ihr Vater ist kein
Unbekannter. Man erzählt sich in Diplomatenkreisen von ihm.
Wer ihn spielen gehört hat, der empfiehlt ihn weiter. Mir war
sofort klar, trotz meiner musikalischen Stümperhaftigkeit, als
ich ihn zufällig das erste Mal zu hören bekam, das ist Lazar
Petrović, der, von dem alle schwärmen. Und so sind wir ins
Gespräch gekommen. Als Doktor Mihalović die Krankenakte
vom kleinen Milan auf den Tisch legte, erinnerte ich mich: Petrović! Aber ich weiß schon, es gibt in dieser Stadt wahrscheinlich Hunderte Petrovićs. Je mehr Mihalović aus dem Leben des
Kleinen berichtete, desto klarer war: Das ist der Enkelsohn von
Lazar Petrović, des berühmten Akkordeonisten der Skadarlija. Ein Grund mehr, um sich um den kleinen Milan zu bemühen. Und wenn Sie wissen wollen, warum ich ganz gegen die
Gewohnheit von ›Direct Assistance‹ hier in dieser Stadt helfen
will? Ganz einfach. Damals, als Botschafter eines Landes, das
versuchte, im zerfallenden Jugoslawien eine möglichst unter-
stützende Rolle für den kleinen, einfachen Bürger aller Repu-
bliken zu spielen, sah ich viel Leid und erlebte katastrophale
Zustände. Ich bin es mir schuldig, heute, unter anderen Voraussetzungen, noch einmal zu versuchen, etwas von dem gutzumachen, was damals nicht gutzumachen war. Die Rettung
eines Kindes mag ein Tropfen auf den heißen Stein sein, ja, aber
es ist ein Tropfen.«

Julijana hat während des Monologs des Botschafters weiter
auf den Terazije-Platz unter dem Fenster gesehen.

»Weiß mein Vater, dass Sie Milan die Behandlung ermöglichen?«

»Um Gottes willen! Nein! Sie wissen doch selbst, wie es einem serbischen Mann ergeht, der eingestehen muss, dass er
seine eigene Familie nicht schützen kann. Und Ihr Vater ist
ein stolzer Mann. Ich rate Ihnen eindringlichst, Ihren Vater

erst einzuweihen, wenn die Behandlung des Kleinen schon begonnen wurde und nichts mehr rückgängig zu machen ist. Ihr Vater kann Geschenke nicht annehmen. Und das verstehe ich, sehr gut sogar. Wenn es dann so weit ist, werden wir ihn nach Wien einladen, damit er sich davon überzeugen kann, welchen Segen der Zufall über seine Familie gebracht hat. Also, Schritt für Schritt. Haben Sie sich für die Begleitung Milans entschieden? Sind Sie bereit, den legalen kleinen Rechtsbruch zum Wohle Ihres Sohnes geschehen zu lassen?«

Julijana sieht Forstner an: »Ich bin froh, dass Sie mir die Wahrheit gesagt haben. Vielleicht verstehen Sie meine Vorsicht. Was Sie anbieten, ist ein zu großes Geschenk, um es für wahr halten zu können. Alles, was Milan unterstützt bei seinem Kampf um ein normales Leben, werde ich tun. Auch die nur vor dem Gesetz bestehende Eheschließung mit einem Österreicher. Wie soll es weitergehen?«

»Machen Sie sich keine Sorgen, in den nächsten Stunden wird Sie jemand anrufen und alles mit Ihnen bis ins Detail klären. Einzige Bedingung: Ich darf mit der Sache nicht in Verbindung gebracht werden. Sonst ist das mein letzter Fall, bei dem ich meine Hilfe anbieten kann.«

Julijans ist beruhigt. Sie ist zu vorsichtig geworden in all den Jahren der Lebenskatastrophen.

Als sie unten über den Platz geht, sucht sie das Fenster und tatsächlich, dort steht Doktor Forstner. Sie winkt und er hebt die Hand.

– Die junge Frau hat davon keinen Nachteil –, denkt Christoph. – Im Gegenteil! Ich schenke ihr ein neues Leben. Und als Draufgabe das Leben des kleinen Milan. –

Er verspürt Hunger. Wann hat er das letzte Mal gegessen? Per Haustelefon erkundigt er sich, wo man um dreizehn Uhr in der Gegend gut essen könne. Nein, er wolle nicht im Hotel essen, nur ein wenig die Stadt erkunden.

Er zieht sich an. Blickt in den Spiegel. – Eigentlich kannst du zufrieden sein. Du tust Gutes. – Glaubt er wirklich daran?

Mit dem Aufzug geht es hinunter. An der Rezeption steht jetzt eine andere junge Frau. – Schade, der fehlt das gewisse Etwas. –

Auf der weißen Treppe vor dem Haus, auf der ein roter Teppich liegt, bleibt er stehen, das Sonnenlicht blendet ihn. Langsam steigt er hinunter. Seine Augen gewöhnen sich an die Helligkeit. Er geht auf den Brunnen zu. Auf den Stufen vor dem Brunnen sitzt eine einsame, kleine Gestalt. Christoph kommt näher. Der Junge hält etwas an seiner rechten Seite fest. Sechs Schritte noch. Eine Tasche hält der Junge fest. Eine Ledertasche. Vier Schritte.

– Meine Ledertasche! –

Der Junge sieht erschrocken aus, erhebt sich und geht davon, blickt sich dabei immer wieder nach Christoph um. Der folgt ihm, noch ist er sich nicht sicher, ob es seine Tasche ist.

– Das kann nicht sein. –

Der Junge sieht sich ängstlich nach dem Verfolger um, er beschleunigt den Schritt, läuft auf die abgewirtschaftete Einkaufspassage zu, über der mit roter Schrift geschrieben steht: »Beograd«. Er verschwindet im Dämmerlicht.

– Kein Zweifel, das ist meine Tasche. So eine gibt es nur einmal. –

Christoph wusste gar nicht, wie schnell er sich noch bewegen kann. Er sieht den Jungen gerade noch hinter einem Bauzaun vor einem der stillgelegten Geschäfte verschwinden. Christoph schlüpft durch den engen Spalt. Es ist finster. Irgendwo von oben her fällt ein Strahl Licht.

»He! Wo bist du? Where are you? Stay! Let us talk about!«

Er geht weiter in die Dämmerung hinein, durch eine Öffnung in einen nächsten Raum.

»Where are you? I will pay for my bag!«

»Guten Tag, Herr Botschafter.«

Die Stimme eines Mannes, gebrochenes Deutsch.

Jovan steht hinter ihm in der Öffnung, die Christoph eben durchschritten hat. Und vor ihm zwei weitere Gestalten, die sich aus der Dunkelheit lösen. Eine große, hagere. Davor eine mit schulterlangem, weißem Haar, etwas gebückt, füllig.

»Was suchst du hier, Botschafter?«

Christoph erkennt die zweite Stimme, es ist Petrović.

Kurz überlegte Julijana, Doktor Mihalović ein weiteres Mal zu besuchen. Aber zu große Hoffnungen sollte sie sich wegen seiner nicht machen. Darum ruft sie ihn an. Er hebt auch sofort ab.

»Entwarnung.«

»Keine Scheinehe?«

»Das Wesen einer Scheinehe liegt in ihrer emotionalen Nichtexistenz. Keine Bindung der Gefühle, nur eine rechtliche, die nach Milans Gesundung gekappt wird.«

»Scheiße!«, entfährt es Doktor Milan Mihalović.

»Soll ich den Botschafter bitten, auch Milans Arzt einen Platz in Wien zu beschaffen? Dem Kleinen würde das gefallen.«

Einen Augenblick lang bleibt es still in der Leitung. Dann sagt Doktor Mihalović etwas, das Julijana überrascht und doch Schauer über den Rücken treibt: »Wenn du wegen des kleinen Milan nach Wien gehst, wird dir der große Milan gerne folgen.«

Christoph Forstner sitzt in der Falle. In Windeseile hat er die Lage sondiert. Es gibt keinen Ausweg. Und er steht allein zumindest drei Gegnern gegenüber.

»Was ich suche? Ich will meine Tasche haben.«

Der Mann hinter Christoph antwortet in gebrochenem Deutsch: »Wir haben keine Tasche gesehen.«

»Was wollt ihr von mir?«

Lazar schweigt, Jovan antwortet: »Manchmal bezahlt man für seine Sünden schon hier auf Erden. Ich muss dir nicht erklären, um welche deiner Sünden es sich handelt. Du hast es im Brief deiner Frau an dich gelesen.«

»Seid ihr wahnsinnig? Da vor mir steht derjenige, der Maddalena nicht wieder gutzumachenden Schaden zugefügt hat.«

»Red nicht! Zieh dein Sakko aus und wirf es mir herüber.«

Christoph ist klar, die drei werden ihn nur tot hier herauskommen lassen. Zumindest die Identität von Petrović könnte er lebend bei den Behörden bezeugen.

Langsam schlüpft er aus dem rechten Ärmel. Und während er den linken Arm aus dem Sakko zieht, hält er plötzlich die Pistole in der Hand, zielt auf den Mann hinter sich, der den einzig möglichen Ausweg versperrt. Er spannt den Hahn. Alles verläuft unüberlegt schnell. Er sieht die in Todesangst weit aufgerissenen Augen des kleinen Mannes.

– Lauf doch einfach davon! –

Dann spürt er einen grellen Schmerz im Rücken. Er sinkt zu Boden, kann sich nicht mehr aufrichten. Es wird schwarz vor seinen Augen …

Kurz bleibt die Zeit stehen.

Ivo schnellt aus dem Dunkel hervor. Er holt sein Stofftaschentuch aus der Hosentasche, nimmt Lazar das bluttriefende Messer aus der Hand, schlägt es in das Tuch ein. Jovan steht da wie ein abgeschalteter Roboter.

»Jovan! Nimm das Messer und vergrab es irgendwo, niemand darf es finden. Und hol die Rettung!« Ivo dreht den Botschafter in Seitenlage. Die Wunde am Rücken in Herzhöhe blutet erstaunlich wenig. Ivo reißt einen Ärmel vom Hemd des Botschafters, legt einen notdürftigen Druckverband an.

»Lazar! Du musst weg!«

Jovan kommt zurück gehetzt: »Die Polizei! Irgendjemand muss uns gesehen haben.« Er verschwindet in der dunkelsten

Ecke des Gebäudes. Mit bloßen Händen vergräbt er das Bündel. Lazar steht da, bewegungslos. Jovan zieht ihn mit sich. Er kennt alle Schlupflöcher des Hauses. Eine Stiege hinauf, durch ein Fenster gesprungen. Den Balkon entlang und durch die Türe in einen Gang. Man hat versucht, ein Loch in die Mauer zu stemmen, groß genug, um durchzuschlüpfen. Jovan hält Lazar an beiden Schultern fest, sie stehen im Hof des Gebäudes, in einer verwilderten, überwucherten Ecke.

»Du musst weg! Irgendwohin, wo man dich nicht findet. Ein paar Tage vielleicht. Bis sich die Lage beruhigt hat. Dann sehen wir weiter. Ich kann dich hier in Belgrad im Untergrund verstecken, oder wir gehen über die Grenze. Bulgarien vielleicht. Du wirst sehen, wir finden einen Weg. Ich muss zurück und Ivo helfen.«

Er küsst den apathischen Freund dreimal auf die Wangen, zeichnet ihm ein Kreuz auf die Stirn.

Lazar nickt, wankt davon. Erst im Bus bemerkt er das verkrustete Blut auf seinem Handrücken. Möglichst unauffällig spuckt er in sein Taschentuch und wischt es weg. Ein kleiner Junge beobachtet ihn interessiert. Alle anderen bleiben gleichgültig, mit ihren eigenen Problemen beschäftigt.

Als Jovan zurück zum Ort des Geschehens kommt, ist Ivo umringt von Polizisten. Sofort stürzen sich einige von ihnen auf Jovan. Den Botschafter hat man weggebracht. Das Blaulicht des Rettungswagens leuchtet gespenstisch in die Dunkelheit.

Ivo trägt Handschellen. Und Jovan versucht sich dagegen zu wehren: »Was macht ihr, wir haben ihn hier gefunden. Jemand schrie laut und da sind wir den Schreien nachgegangen.«

Dušan steht in der Türe. Er sieht sich Ivo an und dann Jovan: »Die zwei habe ich gesehen. Aber einer fehlt.«

»Wo ist eurer Kumpane?«, fragt einer der Polizisten.

»Da seht ihr's!« Jovan findet sich mit hoffnungslosen Situationen nicht ab. »Wir sind zwei. Ihr sucht aber drei. Glaubt ihr wirklich, dass diejenigen, die die Rettung rufen, gleichzeitig die Mörder sein können? So ist das in diesem Land, man hilft und wird eingesperrt.«

Auch Jovan werden mit Gewalt Handschellen angelegt. Während er hinausgeführt wird, redet er weiter: »Wie geht es dem Verletzten? Mein Freund war es, der ihn verbunden hat, sonst würde er vielleicht nicht mehr leben. Lebt er?« – Hoffentlich nicht! Sonst bringt er uns für den Rest des Lebens in den Knast. –

Einer der Polizisten lässt sich dazu herab und antwortet: »Wir wissen es nicht. Der Rettungsarzt sagte, der hat keine Chance.«

15

Lazar wagt nicht, die Haupttreppe oder den Lift zu nehmen. Vielleicht sucht man auch hier nach ihm. Er findet auf der Hinterseite des Gebäudes eine Türe: »Kein Besuchereingang!«

Niemand begegnet ihm, während er in den dritten Stock hinaufsteigt. Jederzeit zur Flucht bereit, geht er den Gang entlang, an Krankenschwestern und Besuchern vorbei.

Möglichst unauffällig betritt er Zimmer Nummer dreihundertzwölf. Drei kleine Patienten. Milan ganz vorne. Er schläft. Lazar zieht einen Sessel heran, legt dem kleinen Milan seine grobe Hand an die Wange. Nur mit Mühe verbirgt er seine Traurigkeit.

Milan öffnet die Augen: »Deko.« Er flüstert das Wort. Und er müht sich, seine Hand fast nicht spürbar auf Lazars Hand zu legen.

»Geht es dir gut, mein Kleiner?«

Milan schüttelt den Kopf.

»Ich muss dir etwas sagen. Deko wird dich jetzt eine Weile nicht besuchen können.« – Werde ich dich überhaupt wiedersehen? – Der Gedanke geistert durch seine Worte. »Aber in meinem Herzen bist du immer bei mir.«

»Warum? Warum kannst du mich nicht besuchen?«

»Das hat nichts mit dir zu tun. Ich muss wegfahren. Aber ich verspreche dir, ich komme so schnell wie möglich zurück. Bevor ich fahre, wollte ich dir sagen: Du bist mein Sonnenschein! Nicht lange, dann werden wir zwei wieder gemeinsam in Karaburma die Straßen unsicher machen.«

»Das wünsche ich mir!«

»Jetzt wird der Doktor dich erst einmal gesund machen. Deine Mama passt auf dich auf, solange ich weg bin.«

Er umarmt den Kleinen, drückt ihn fest, sodass es schmerzt.

Zuletzt zeichnet er ihm ein Kreuz auf die Stirn, obwohl er sich nicht vorstellen kann, dass das irgendetwas verändern kann. Warum er es dennoch macht? Weil er sich hilflos fühlt.

Während er aus dem Zimmer geht, fallen Milan die Augen zu.

Lazar fragt nach Doktor Mihalović und findet ihn in seinem Zimmer.

»Wie steht es mit Milan? Ich frage, weil ich die nächsten Tage nicht herkommen kann.«

Doktor Mihalović lächelt: »Hat Ihre Tochter es Ihnen nicht erzählt?«

»Ich habe sie heute noch nicht gesehen.«

»Sie kann es selbst noch nicht glauben. Milans Behandlung ist gesichert!«

Lazar weiß nicht, wie ihm geschieht.

»Doktor Christoph Forstner, österreichischer Ex-Botschafter, hat die Finanzierung der Behandlung bei der NGO ›Direct Assistance‹ durchgesetzt. Milan wird die beste Behandlung der Welt bekommen.«

Es ist, als würde Lazar in diesem Augenblick von der Kugel aus Forstners Pistole getroffen.

Eine Zeit dauert es, bis er sich gefangen hat.

»Soll ich Ihnen ein Glas Wasser holen?«, fragt der Doktor besorgt.

»Das wird er nicht tun können!«

»Wer wird was nicht tun können?«

»Forstner. Forstner ist tot.«

Ohne ein weiteres Wort dreht Lazar sich um und geht. Auf dem Weg, den er gekommen ist, verlässt er die Klinik.

Milan Mihalović beunruhigt Lazars Besuch, kann sich dessen Verhalten nicht erklären. Er ruft Julijana an: »Weißt du, was mit deinem Vater geschehen ist?« Gerafft erzählt er vom seltsamen Erscheinen Lazars.

»Er hat sich von euch zwei Milans verabschiedet? Was ist das für eine Marotte? Und Forstner, Doktor Christoph Forstner, habe ich vor zwei Stunden gesprochen. Er war wohlauf und keineswegs bereit, die Welt so eilig zu verlassen. Stimmt in Vaters Kopf irgendetwas nicht? Du bist der Fachmann: Gibt es Demenz, die überfallsartig eintritt?«

Nein, das gebe es nicht. Er habe nicht den Eindruck, ein medizinisches Problem sei die Ursache für Lazars seltsames Verhalten. »Auf mich wirkte er wie im Schockzustand. Psychotraumen können solche Zustände verursachen. Du solltest ihn suchen und eine Weile bei ihm bleiben. Vielleicht ist alles nur ein Irrtum. Betrunken war er jedenfalls nicht, das hätte ich gerochen.«

Bisher hat Lazar sich geweigert, ein Handy zu verwenden. Am Festnetz hebt er nicht ab. Julijana versucht Jovans Nummer. Auch der ist unerreichbar. Ebenso Ivo.

Was tun?

Julijanas Chef ist ihr gewogen und erlaubt, den Arbeitstag endgültig zu beenden, vorausgesetzt sie nimmt sich dafür Urlaub.

Während sie im Bus hinaus nach Karaburma fährt, läutet ihr Handy.

»Dušan Obradović. Haben Sie Ihren Vater heute schon gesehen?«

»Warum fragen Sie?«

»Ich muss Sie dringend sprechen. Es ist etwas geschehen.«

Julijana wechselt den Bus, fährt zum Büro Dušans in die Resavska. Dušan erwartet sie am Eingang, er wirkt verunsichert im Vergleich zum Vormittag. Jetzt ist er kein emotional kalter Ermittler, sondern ein über die Maßen besorgter Freund.

»Was ich am Vormittag gesagt habe ... Es war nur die halbe Wahrheit. Aber ich hatte keine Wahl. Ich hätte Ihnen auch die halbe Wahrheit zu diesem Zeitpunkt nicht sagen dürfen. Jetzt aber ... Wir müssen reden.«

»Ich bin auf der Suche nach meinem Vater, wissen Sie, wo er sein könnte? Es geht ihm anscheinend schlecht. Also reden Sie.«

»Das wollte ich Ihnen erklären: Wir müssen ihn finden, bevor die Polizei ihn findet. Für alle Beteiligten wäre das die bessere Lösung. Für mich auch. Ich Idiot habe Forstner meine Pistole in die Hand gedrückt. Und jetzt ist nicht sicher, ob er überlebt, was geschehen ist.«

»Ich verstehe kein Wort. Was ist geschehen?«

Eigentlich hat Julijana sich erhofft, Obradović werde ihre Sorgen um den Vater zerstreuen. Was er jetzt erzählt, kann sie nicht begreifen. Es ist ihr, als würde sie mitten in einem Psychothriller erwachen.

»Das ist nicht möglich! Vater würde nie ...«

»Zufällig bin ich dazugekommen. Ich wollte Forstner sprechen. Ich sah, wie er dem Jungen hinein in die Passage folgte. Als ich dazukam, war es schon zu spät.«

Es dauert, bis Julijana die Gedanken sortieren kann, die sich in ihrem Kopf im Kreis drehen.

»Vater hat nie einer Fliege etwas zuleide tun können. Mit einem Messer auf einen Menschen einstechen? ... Das muss ein Irrtum sein. Oder eine Lüge! Was wollen Sie von mir? Hören Sie auf, Schauergeschichten zu erzählen.«

»Er hat 1999 schon einmal zugestochen. Allerdings ohne größere Folgen. Das ließ sich vertuschen. Und heute? Hätte Forstner die Gelegenheit gehabt, hätte er Ihren Vater umgebracht. Anscheinend ist er ihm zuvorgekommen. Das ist Krieg. Glauben Sie mir, ich weiß, wovon ich rede. Und warum? Aus demselben Grund, warum alle Gewalttaten geschehen, egal, ob zwischen Völkern oder zwischen einzelnen Personen. Um lieben zu können, oder um geliebt zu werden.«

»Liebe?«

»Maddalena Todesco.«

»Wer ist Maddalena Todesco?«

195

»Die verstorbene Frau des Botschafters. Was ich Ihnen am Vormittag nicht sagen konnte: Es gibt keine Verbindung zwischen Petrović und Forstner. Es gibt, besser gesagt, es gab eine Verbindung Lazar Petrovićs zu Maddalena Todesco, der Frau Forstners ...«

Weiter kommt Dušan nicht. Die Polizei stürmt den Raum.

»Dušan Obradović?«

Dušan nickt.

»Sie sind festgenommen.«

»Warum?«

»Das wird Ihnen der zuständige Ermittler erklären.«

»Geht es um die Pistole?«

»Reden Sie nicht, kommen Sie!«

Julijana begreift nach wie vor nicht, was passiert. Sie setzt sich in das nächste Lokal, trinkt Kaffee und versucht Ordnung in ihre Gedanken zu bringen.

– Vater und eine Geliebte? Undenkbar! Wegen der er mit einem Messer zusticht? – Das ist nicht Lazar Petrović, so wie sie ihn seit ihrer Kindheit kennt.

Sie muss sich Klarheit verschaffen. Julijana wechselt das Lokal, sucht nach einem Internetzugang. Sie gibt in die Suchmaschine einen Namen ein: Maddalena Forstner.

Einen Botschafter hat man hier noch nie gesehen. Genau genommen sind es zwei: einer drinnen im OP und einer hier im Arztzimmer, der Erkundigungen einziehen möchte.

Die Operation sei jeden Moment abgeschlossen, der operierende Oberarzt werde anschließend mit ihm sprechen.

Wenige Minuten später ist es so weit.

»Wie geht es meinem Landsmann?«

Der Arzt wirkt müde und hält sich mit Förmlichkeiten erst gar nicht auf. »Noch kann man nicht sagen, ob er überlebt. Wir haben alles getan, um seine Chancen zu vergrößern. Das Rückgrat ist unverletzt, die Klinge schrammte am Herz vorbei, soweit zu den positiven Dingen. Aber die linke Lunge ist verletzt, die Einblutung stark. Der Patient war, als er eingeliefert wurde, im hämorrhagischen Schock.«

»Kann ich mit ihm sprechen?«

Den erschöpften Arzt kostet diese Frage ein mildes Lächeln.

»Wir wissen nicht, wann er ansprechbar sein wird. Und die Polizei beharrt auf das Vorrecht der ersten Befragung.«

Der Botschafter lässt sich zur zuständigen Polizeidienststelle bringen. Er weiß schon, wie in anderen gleich gearteten Fällen, wird er nur eingeschränkte Informationen erhalten. Man muss es zumindest versuchen.

Man sei dem Täter auf der Spur.

»Die zwei Festgenommenen belasten Ihren Landsmann schwer, Herr Botschafter.«

»Regierungsrat Doktor Forstner ist doch offensichtlich das Opfer dieses brutalen Verbrechens. In Wien ist man entsetzt und erhofft sich restlose Aufklärung des Falls. Im Übrigen werden wir den Schwerverletzten so rasch wie möglich nach Österreich ausfliegen.«

»Das wird nicht so schnell möglich sein.«

Forstner habe mit einer Pistole einen der drei Männer bedroht. Laut Besitzer der Waffe sei diese zwar schussunfähig gewesen, aber Forstner habe das nicht gewusst. Auch die Bedrohten hätten davon nichts gewusst. Man könne die Reaktion Lazar Petrovićs also möglicherweise als Abwehrhandlung einstufen.

Der Pass Doktor Forstners sei eingezogen worden.

»So bald wie möglich werden wir ihn vernehmen.«

»Sie wissen aber schon, dass der von Forstner für seinen Personenschutz engagierte Detektiv zu Protokoll gibt, Forstner sei am Vortag von besagten drei Männern in der Skadarlija bestohlen, genau gesagt ausgeraubt worden?«

»Eine Tasche, wie beschrieben, wurde im Besitz der drei nicht gefunden. Wir werten das als Entlastungsversuch.«

»Den Haupttäter können Sie damit nicht entlasten. Die Tasche könnte sich im Besitz des Flüchtigen befinden.«

»Glauben Sie mir, wir haben großes Interesse, den Fall aufzuklären. Warten wir ab, was der dritte Beteiligte aussagt, sobald wir ihn geschnappt haben. Und das werden wir bald.«

Siehe da, sogar Wikipedia spuckt Daten aus. Immer im Zusammenhang mit Christoph Forstner, dem Politiker, dem Botschafter, dem Vortragenden, dem High-Society-Mann. Und als Julijana weiters Maddalena Todesco sucht, findet sie einige wenige Einträge, die relativ jung sind: Bassano del Grappa, Remondini, Deutschprofessorin. Luciano Todesco, Schriftsteller, Venedig, Stadtteil Cannaregio. Auch eine Telefonnummer in Venedig findet sich. Ohne lange zu überlegen, wählt Julijana die Nummer. Es wird abgehoben.

»Pronto?«

Julijana versucht es mit Englisch und die tiefe, rollende Männerstimme antwortet in lupenreinem Englisch.

»Ich würde gerne den Vater Maddalena Todescos sprechen.«

»Ist am Apparat.«

Julijana weiß nicht, was sie eigentlich mit diesem Anruf erreichen will. Sie redet herum. Stellt Fragen, die sie gar nicht stellen wollte. Schließlich wird sie unterbrochen: »Darf ich wissen, mit wem ich spreche?«

»Entschuldigen Sie. Julijana Petrović, aus Belgrad.«

Stille am anderen Ende der Leitung.

»Aus Belgrad. Ich bin auf der Suche nach meinem Vater. Und so wie es aussieht, können Sie mir vielleicht helfen. Der Name meines Vaters ist Lazar, Lazar Petrović.«

»Lazar Petrović? Ich dachte mir so etwas schon, und trotzdem haben Sie mich damit mehr als überrascht. Wie kommen

Sie darauf, dass ich Ihnen helfen könnte, Ihren Vater zu finden?«

»Das ist keine kurze Geschichte. Darf ich sie Ihnen dennoch erzählen? Es geht um sehr viel. Vielleicht darum, meinen Vater lebend wiederzufinden. Genau genommen muss ich aus demselben Grund alles über Christoph Forstner wissen. Forstner wird derzeit notoperiert. Die Ärzte sagen, er könnte es möglicherweise nicht schaffen.«

»Dann ist geschehen, was Maddalena zu verhindern suchte. Diese sturen Böcke! Ich habe Ihren Vater als jungen Mann kennengelernt. Ein prachtvoller Mensch. Er war die erste Liebe meiner Tochter. Und ich meine: ihre große Liebe. Etwas, das ein Leben lang halten kann. Ich wäre einverstanden und glücklich gewesen ... Aber wissen Sie was, setzen Sie sich doch in einen Flieger und besuchen Sie mich. Ich habe Ihnen viel zu erzählen. Und ich glaube, ich kann helfen, Ihren Vater zu finden.«

Julijana überlegt nicht lange. Ein schneller Anruf bei Doktor Milan Mihalović.

Kurzer Zwischenstopp zu Hause. Sie steckt den Pass in die Handtasche. Unschlüssig, was sonst zu brauchen sein könnte, stopft sie ein paar Kleidungsstücke und Toilettenartikel in ihre Umhängetasche. Und los! Sie denkt nicht darüber nach, ob klug ist, was sie dabei ist zu tun.

Sie nimmt ein Taxi: »Zum Flughafen!«

16

»Haben Sie eine Mailanschrift, an die ich Ihnen die Bestätigung des Elektronischen Flugtickets schicken kann?« So die SMS jenes Mannes, von dessen Existenz Julijana vor wenigen Stunden noch nichts ahnte: Luciano Todesco.

Zwei Beweggründe hatte sie, die Einladung ohne zu zögern anzunehmen: das Verschwinden ihres Vaters und die sich in Auflösung befindende Hoffnung auf Heilung ihres Sohnes.

Erst während das Flugzeug die Wolkendecke durchsticht, um darüber in das milde Licht der tief stehenden Sonne einzutauchen, erfasst Julijana, wie unüberlegt sie sich für diesen ersten Flug ihres Lebens entschieden hat.

Alles wirkt surreal, es will sich gar nicht fassen lassen.

Vor wenigen Stunden hätte sie gelacht, hätte jemand gesagt, sie werde an diesem Tag fliegen.

Julijana gefällt es. Sie fühlt sich über alles hinausgehoben. Hier oben erreicht sie nichts von dem, was ihr das Leben schwer macht. Man könnte immer so weiter schweben, als gäbe es keine Probleme und als wäre der Kampf gegen das Vergehen Schimäre.

Etwas mehr als eine Stunde dauert der paradiesische Zustand. Dann erreicht das Flugzeug die Zwischenstation: Wien.

Julijana ist noch nie im Ausland gewesen. Wien ist ein Wort in ihren Ohren, das eine ferne Heilswelt verspricht. Und dabei bleibt es auch, denn sie muss den Anschlussflug finden. Traumtänzerisch, als bewege sie sich wie ein Kleinkind durch erfundene Welten, wechselt sie zum Abfluggate.

Venedig! Ein Wort, das die Irrealität weiter befeuert. Venedig! Nein, essen kann sie jetzt nicht. Und trinken? Ein Glas Rotwein vielleicht? Aus dem Burgenland? Sie will nur kosten, hat keine Ahnung, wo dieses Burgenland zu finden sein könnte.

Auf der Flasche der rubinroten Köstlichkeit steht: Zweigelt. Sie hat sich die Flasche zeigen lassen. Zuhause wird sie Doktor Mihalović fragen, ob er schon Zweigelt getrunken habe.

Der Himmel blendet den Tag langsam aus. Im Osten liegt die dunkelblaue Samtdecke der Nacht. Unten am Boden blitzen Lichter auf. Und Julijana spürt, wie der Flieger an Höhe verliert. Die Lichter schweben heran, zeitlupenartig, unausweichlich. Als die Räder den Boden berühren, blinken die Sterne bewegungslos, so fern, als wäre die Reise der Menschen nicht mehr als der Sprung eines Flohs gewesen. Es ist eine schwere Kraft, die Julijana zurück in ihre Wirklichkeit drückt. Ein wehmütiger Moment, als der Flieger zum Stillstand kommt.

»Marco Polo, Venice«, liest sie in Leuchtbuchstaben, während der Bus sie und die wenigen Mitreisenden um 21 Uhr 30 zum Flughafengebäude bringt.

Sie muss auf keinen Koffer warten. »Packen Sie nichts ein, im Palazzo ist alles zu finden, was Sie brauchen.« So sagte Luciano am Telefon. Jetzt ist sie eine der Ersten, die die Empfangshalle betreten. Es ist leicht, Luciano Todesco zu finden. Ein alter Mann, wahrscheinlich weit über achtzig Jahre, weißes Haar, weiße Leinenhose, weiße Jacke, braune Haut. Er lacht, so als hätte er sich auf diesen Augenblick unendlich gefreut.

Julijana reicht die Hand, aber Luciano zieht die junge Frau an sich, küsst ihre Wange und drückt sie, als würde er sie seit ewig kennen.

»Wie war der Flug? – Ich darf doch Du zu Ihnen sagen?«

»Ich weiß nicht, was ich sagen soll. So schön abgehoben.«

»Für mich ist jeder Flug wie Sterben. Nur dass mir die versprochene Himmelstür dabei nie untergekommen ist.«

Auf seinen schwarzen Ebenholzstock gestützt, humpelt Luciano gemächlich durch die Halle dem Ausgang zu.

»Jetzt wirst du die Fortbewegungsart erleben, die ich schätze. Das Linienboot der Alilaguna bringt uns hinüber über die

Lagune zum Anlegeplatz Madonna dell'Orto. Und dann sind es acht Minuten Fußweg zum Palazzo. Na, sagen wir zwölf Minuten, in der Geschwindigkeit, die ich derzeit bewältige.«

Er fragt nach Lazar. Und Julijana erzählt: »Gestern war er noch mein verschlafener Teddybär und Milans große Liebe. Und heute verstehe ich meinen Vater, oder sagen wir die Welt, nicht mehr.«

»Meiner Tochter Maddalena ist es wohl mit mir oft genauso ergangen.«

»Aber mein Vater soll plötzlich ein Mörder sein, der meine Mutter mit einer Geliebten über Jahrzehnte betrog. Ich ärgere mich über ihn. Ich sorge mich um ihn. Alles ist irgendwie unlösbar verwirrt in mir. Er ist verschwunden. Keiner weiß, wohin. Nicht einmal die Polizei kann ihn finden. Ich weiß nicht, ob er noch lebt. Und das ist nur ein Teil des Schreckens. Es wäre Sorge genug. Aber da ist auch Milan, todkrank. Da kommt einer und verspricht, ihn zu retten. Und plötzlich wird behauptet, Vater habe diesen Mann niedergestochen, lebensgefährlich verletzt. Wer soll das verstehen? Wie soll es jetzt mit Milan weitergehen?«

Luciano bleibt am Kai stehen, nimmt Julijana bei der Hand und hält sie fest: »Ich kann verstehen, wie es dir geht. Aber wenn du mir etwas Zeit gibst, kann ich dir vielleicht die eine oder andere Frage beantworten. Vielleicht bringen wir zusammen Ordnung in das Chaos und finden Lösungen.«

Vorsichtig besteigt er das Boot. Julijana stützt ihn. Erst wenige Minuten kennt sie den Mann und es ist ihr, als würde sie ihren Großvater besuchen.

Es geht hinaus auf die Lagune. Weit vor dem Bug Lichter, die auf dem Wasser zu schwimmen scheinen. Die Luft ist angenehm kühl. Herb, der Duft des Meeres und seiner Bewohner. Es ist, als wäre ein sanfter Frieden über die Welt gebreitet.

Julijana nimmt neben Luciano Platz. Der alte Mann greift nach ihrer Hand: »Zwischen mir und Lazar ist der Kontakt nie abgerissen. Aus irgendeinem Grund mögen wir einander. Ich kann dir nicht genau sagen, warum. Da gibt es gleiche Interessen. Die Kultur, die Musik, die Sprache. Auch wenn er manchmal nicht den Eindruck erweckt, dein Vater ist ein gebildeter Mann. Ob du es glaubst oder nicht, ich habe viel von ihm gelernt. Mein Roman Nummer …, ich glaube siebenundzwanzig, hätte niemals ein derart genaues und klares Bild von Fluch und Segen des Kommunismus zeichnen können, hätte mich Lazar nicht korrigiert. Ohne die Erzählungen deines Vaters wäre es höchstens eine Abrechnung mit dem Kommunismus geworden. Natürlich ist auch das ein eingeschränktes Bild aus seinen Erinnerungen an Kindheit, Jugend und Jungerwachsenenalter zu Titos Zeiten. Heute bin ich davon überzeugt, wenn man alle Glorifizierung ferner Erinnerung mit einbezieht, der Marschall hat eine Form der politischen Realität gefunden, die einem großen Teil seines Volkes eine gelungene Lebensgestaltung erlaubte …«

Luciano lässt Julijanas Hand los. »Entschuldige, ich erzähle von Dingen, die dir jetzt nicht wichtig sein können. Das ist meine Begabung und mein Laster: viele Worte! Dein Vater ist da anders. Er braucht lange, bis er spricht, doch wenn er es tut, sollte man ihm zuhören. Wir haben immer wieder miteinander telefoniert. Auch noch, als Maddalenas Kontakt mit ihm endgültig gebrochen war. Natürlich wollte er von mir erfahren, was im Leben meiner Tochter so vorging. Ich musste mit ihm vereinbaren, nicht über Maddalena zu sprechen. Ich fand, das wäre für ihn und für sie nicht gut gewesen. Und er hat dann auch nur einmal, 2002, die Vereinbarung gebrochen. Seit der Scheidung, ab 2001, lebte Maddalena in Bassano del Grappa. Und ein Jahr darauf stand Lazar plötzlich vor meiner Türe. Ich habe mich über den überraschenden Besuch gefreut, dachte mir nichts dabei.«

Schweigend sieht der alte Mann eine Weile auf die sanft vorbeigleitenden Meereswellen, bevor er weiterredet.

»Er wollte wissen, ob es Maddalena gut gehe, er habe so das Gefühl, sie befinde sich in Schwierigkeiten. So, als habe er ihr Unglück gerochen. Ich wollte und konnte Maddalenas Gesundung an der Seele nicht stören. Und in Lazar durfte ich keine Hoffnungen wecken, die sich nicht erfüllen konnten. Ich habe, geschickt, wie ich bin in der Rhetorik, das Gespräch mehr und mehr auf sein Leben hingelenkt. Er erzählte von den aktuellen politischen Ereignissen in Belgrad. Der Ministerpräsident Zoran Đinđić sei dabei, das zu verraten, was an altem kommunistischem Selbstverständnis noch vorhanden sei in Serbien. ›Er steckt den Kommunismus mit den Nationalisten in einen Sack und wirft ihn auf die Deponie der Geschichte.‹ Ich widersprach. Ich hielt von Đinđić sehr viel. Er schien mir mit seiner westlichen Bildung der einzige Garant für den Weg Serbiens zur Demokratie. Đinđić war der Erste, der gegen Korruption und das organisierte Verbrechen wirksam ankämpfte. Er war es, der Milošević an das Haager Kriegsverbrechertribunal auslieferte. ›Serbien sollte sich mehr in Richtung Russland orientieren und nicht den Fehler begehen, Marktwirtschaft und Neoliberalismus einzuführen.‹ Da konnte dein Vater richtig ärgerlich werden. ›Du wirst sehen, nicht lange, und eure Fantasien von selbstbestimmten Märkten hinterlassen Elend, Armut und Verrohung.‹«

Dass die Ereignisse in der Welt inzwischen alle Befürchtungen Lazars bestätigten, darüber hätte Luciano gerne ausführlich gesprochen. Es gelingt ihm, sich zu zügeln.

»Ich habe ihm erzählt, dass ich deswegen befugt wäre, über Đinđić ein wahrheitsgemäßes Urteil abgeben zu können, weil er, in der Zeit Maddalenas in Belgrad, einer ihrer Freunde gewesen sei. Und ich kam gar nicht auf die Idee, dass ich mit dieser Erläuterung Lazars Absicht erfüllte. Geschickt fragte dein Vater nach, bis ich die Geschichte erzählte. Maddalena übersetzte ab 1991 Đinđićs Reden und Texte ins Italienische. Auf diesem Weg waren sie einander begegnet. Maddalena liebte das Ehepaar Đinđić. Er war Parteivorsitzender der Demokratischen Partei, die er mitbegründet hatte, und er saß im serbischen Parlament. 1992 brachte Maddalena die beiden während eines inoffiziellen Besuchs Italiens hierher zu mir nach Venedig. In dem Zimmer, in dem du heute Nacht schlafen wirst, haben damals die Đinđićs übernachtet. Die beiden haben auch mir sehr gefallen. Seine energiegeladene, freundliche Art. Keineswegs abgehoben, außergewöhnlich klug, eine Ausnahmeerscheinung. Christoph und er waren einander zu ähnlich, mein Schwiegersohn fühlte sich in Zorans Gegenwart in den Schatten gestellt. Darum kam er auch nicht mit nach Venedig. Das erzählte ich deinem Vater damals, inzwischen kennst du mich ja ein wenig, zumindest weißt du, wie gerne ich erzähle. Dein Vater hat wahrscheinlich nichts davon gehört, was ich über die Đinđićs erzählte, aber jedes Wort, das Maddalena betraf. Er musste mich nur reden lassen und erfuhr, was er wissen wollte. Schließlich fragte er wieder: ›Wie geht es Maddalena?‹«

Das Boot landet am Kai. Es kommt Bewegung in die Fahrgäste.

Der Stadtteil Cannaregio ist vom Nachtlicht verzaubert. Man sollte sich hinsetzen und staunen. Das würde Julijana auch gerne tun. Sich um nichts kümmern, alles sein lassen. Sitzen. Schauen. Spüren.

Die beiden bleiben stehen, bis das Boot in der Dunkelheit verschwunden ist.

Manchmal will Julijana Luciano in seinem Redefluss unterbrechen. Aber Lazar hat das richtige Rezept gefunden, das auch ihr jetzt am erfolgversprechendsten erscheint: Reden lassen, mit dem Schleppnetz der Aufmerksamkeit das herausfischen, was wichtig ist. Das tut Julijana, während die beiden das enge Gässchen zwischen den Häusern Richtung Süden entlanggehen. Und Luciano erzählt: »Ich habe die Frage deines Vaters mit einem Wort beantwortet: Gut. Und dann habe ich das Thema gewechselt. Dabei erfuhr ich das Neueste von dir, Julijana, und von Lazars geliebtem Enkel Milan.«

Am Fondamenta di San Girolamo, nahe dem Ghetto, öffnet Luciano das Tor seines Palazzos.

»Sei willkommen und fühle dich wie zu Hause. Seit meine Frau und meine Tochter verstorben sind, bin ich viel zu oft allein in dem für mich zu großen Haus. Darum freue ich mich umso mehr über deinen Besuch.«

»Ich kann nicht lange bleiben, sollte morgen wieder zurück.«

»Vielleicht kann ich deine Probleme lösen und es gibt keine Notwendigkeit, schnell heimzureisen. In welchem Krankenhaus liegt dein Milan? Und wie ist der Name des behandelnden Arztes?«

Der Palazzo wirkt etwas morbid und unaufgeräumt. Für Julijana ein Palast der Träume. Hier könnte sie liebend gerne ihr Leben verbringen.

Die Entschuldigung für den Zustand der Räume versteht Julijana nicht. Bestimmt hat Luciano noch keinen Fuß in eine Wohnung in Belgrad gesetzt. Sonst gäbe es keinen Grund zur Entschuldigung. Der Unterschied der Wohnqualität ist nicht zu beschreiben. Hier scheinen Strom, Wasser, Elektrizität reibungslos zu funktionieren. Hier besteht Raum für Kunst und Luxus. Und Luciano könnte jeden Tag in einem anderen Zimmer verbringen und hätte innerhalb einer Woche noch nicht alle Räume bewohnt.

Der alte Mann begleitet sie zu ihrem Zimmer. Die Putzfrau habe gelüftet und alles vorbereitet. Das wäre einmal vor langer Zeit Maddalenas Mädchenzimmer gewesen. Alles Nötige sei in den Kästen zu finden. Wäsche und alles andere müsse vorhanden sein. Sie solle Türen öffnen und nach Brauchbarem suchen.

Das Zimmer verfügt über ein eigenes Bad.

Essen habe er vom Lokal nebenan bestellt, wie er es sonst auch oft tue. Sie solle sich aber erst einmal in aller Ruhe frisch machen.

Im Esszimmer duftet es nach Antipasti und italienischem Wein. Eine Kerze brennt. Luciano dämpft seine Pfeife aus.

»Komm!« Er schiebt den Stuhl vom Tisch.

»Dein erstes Problem habe ich inzwischen einer Lösung zugeführt. Ein wenig auch aus Eigeninteresse. Ich möchte, dass du mir in Ruhe zuhören kannst. Und ich möchte, dass du nicht morgen abends schon wieder abreist. Doktor Mihalović scheint ein netter Kerl zu sein. Irgendwie kommt es mir so vor, als hätte er es auf dich abgesehen? Jedenfalls ist alles in die Wege geleitet. Milan wird die beste Behandlung in Belgrad bekommen. Alle dafür nötigen Mittel werde ich morgen überweisen. Doktor Milan Mihalović ist begeistert und sagt, die Verlegung in eine Privatklinik werde so schnell wie möglich durchgeführt. Und er lässt dir ausrichten, du sollst dir nicht zu viele Sorgen machen. Ich glaube, er wollte noch etwas sagen, hat es sich dann aber verkniffen. Einen Gruß darf ich dir aber ausrichten.«

Julijana begreift erst nach und nach, was Luciano sagt. Dann aber schießt sie hoch von ihrem Sitz, stürmt um den Tisch herum und schließt den gebrechlichen alten Mann in ihre Arme. Der lacht still vor sich hin, genießt die Freude der jungen Frau.

Während des Essens nimmt Luciano den Erzählfaden wieder auf. Und tatsächlich, Julijana kann ihm nun ruhiger und gelassener zuhören.

»2003 war ich in Belgrad. Dein Vater hat mir keine Ruhe gelassen. Drei Tage sollten es werden, vom 10. bis zum 12. März. Dir bin ich leider nicht begegnet, aber dem kleinen Milan, ein zauberhafter Junge mit deinen großen, schwarzen Augen. Dunkles, struppiges Haar. Fröhlich und gesund sah er damals aus. In Lazars Wohnung gab es zu wenig Platz, ich glaube, du wohntest damals noch in der Husinski rudara. Es gab die Kellerwohnung, die Lazar hatte renovieren lassen. Da verbrachte ich die zwei Nächte. Wenn ich ehrlich sein soll, wohlgefühlt habe ich mich nicht, aber für zwei Nächte war es auszuhalten. Ich weiß, Lazar hat dann einige Jahre in dem finsteren Loch gewohnt. Entschuldige meine drastische Ausdrucksweise.«

»Es war für Lazar kein Problem. Sein wichtigstes Anliegen erfüllte die Wohnung: In der Nähe Milans sein zu können. Und alles andere, glaub mir, sind wir Belgrader gewohnt. Wir machen uns nichts daraus. Die Wohnung wurde während eines Sommergewitters überschwemmt. Das Wasser stand zehn Zentimeter hoch. Und weißt du, was Papa gemacht hat? Er ist im Bett geblieben und hat die Nacht durchgeschlafen, wie er behauptete.«

Luciano lacht. Nein, das würde er – Luciano – nicht aushalten. »Wir sind eben doch ein wenig sensibel und verweichlicht. Aber Lazar? Das ist typisch für ihn. Nichts kann ihn aus der Ruhe bringen.«

»Darum kann ich erst recht nicht glauben, dass er auf Forstner eingestochen hat. Das passt nicht zu Papa. So kenne ich ihn nicht. Aber ich bin mir nicht mehr so sicher, ob ich die Menschen in meiner Nähe richtig einschätzen kann.«

»Wir werden uns von ihm erzählen lassen, was passiert ist. Damals, als ich in Belgrad war, führten mich Lazar, Jovan und Ivo durch die Stadt. Zu den wichtigsten Sehenswürdigkeiten, wie Jovan mir immer wieder versicherte. Ich muss heute noch schmunzeln, wenn ich daran denke. Jovan hielt mich für eine große Berühmtheit und meinte sich entsprechend verhalten zu müssen. Er wuchs über sich hinaus, zu weit über sich hinaus. Als wäre er der einzige, der alleinige, ›der‹ Fremdenführer Belgrads. Lazar hatte mich vorgewarnt. Vielleicht hätte ich sonst Jovans Darbietung als gelungenes Kabarettprogramm verstanden. Da standen wir in der beeindruckenden Burganlage des

Kalemegdan, am Zusammenfluss von Save und Donau. Wo sonst kann man das Ringen der Kulturen so deutlich begreifen? Wie oft meinten die Türken oder die Habsburger im ewigen Besitz der bekannten Welt zu sein? Wie oft zogen geschlagene Heere davon? Die Einzigen, die blieben, waren und sind die Serben. Jovan überschlug sich in seinen Abhandlungen über das Ringen der Mächte. Kurzerhand vertraute er uns eines der großen Geheimnisse der Geschichte an, das in Vergessenheit geraten sei und mich als Italiener besonders interessieren werde. ›Der große Garibaldi, Nationalheld der Italiener, ist mit seinen Truppen per Schiff hier in Belgrad gelandet.‹ Und als Ivo vorsichtig einwarf: ›Spinnst du? Wie sollten Garibaldis Schiffe hierhergekommen sein?‹, meinte Jovan verschwörerisch: ›Garibaldi hat den Seeweg über die Donaumündung bis hierher genommen.‹ – ›Ein waghalsiger Plan! Da musste er ja direkt durch das Reich des türkischen Sultans fahren? Außerdem müsste er über zweihundert Jahre alt geworden sein, denn erst im neunzehnten Jahrhundert half er, Italien zu einigen.‹ – ›Da kann man wieder einmal merken, dass du, um Geschichte zu verstehen, zu dumm bist. In den offiziellen Berichten sind die Daten gefälscht. Die Habsburger und die Türken hatten kein Interesse daran, Garibaldi die Rettung der Serben zuzugestehen.‹«

Luciano lächelt über das kauzige Verhalten Jovans, das da aus seinen Erinnerungen hochsteigt.

»Ich hielt mich aus der heftigen Debatte amüsiert heraus. Jovan erwies sich als legendärer Nachfolger der orientalischen Geschichtenerzähler. Ivos Kopf schaukelte hin und her, seine Augen schienen jeden Augenblick platzen zu wollen. Aber gegen Jovans rhetorische Kampfmaßnahmen kam er nicht an. Lazar stand daneben und rauchte. Manchmal sah er mich an, als wollte er sagen: Habe ich es dir nicht prophezeit? Ja, das hatte er: ›Du musst nicht alles auf die Goldwaage legen, was Jovan sagt. Wenn man ihn kennt, findet man die essbaren

Pflanzen im wuchernden Unkraut seines Ackers.‹ Je länger die Sightseeingtour durch Belgrad ging, desto mehr kamen Jovan und Ivo sich in die Haare. Beim Dom des Heiligen Sava angelangt … ich hatte mir erbeten, alle Wege zu Fuß zurückzulegen. Das machte ich damals gerne, wenn sich mir neue Schauplätze erschließen sollten. In der gemächlichen Annäherung, die dem Tempo der menschlichen Sinne entspricht, erschließt sich mir der Geist, das Flair eines Ortes …«

Luciano gießt Wasser aus der Karaffe in Julijanas Glas. »Wir standen vor dem Dom Hram svetog Save, und dieser Anblick muss einen beeindrucken. Ich kenne die Kathedralen der Welt, Italien besitzt einige der schönsten davon. Doch dieser Bau fasziniert in seiner schlichten Schönheit. Das Plateau des Vračar überragt die Stadt, man kann die Kuppel des Heiligen Sava von vielen Plätzen aus sehen. Angeblich ist es jener Ort, an dem der türkische Großwesir Sinan Pascha die sterblichen Überreste des serbischen Nationalhelden Sava verbrennen ließ. Eine Machtdemonstration, die nicht ohne Folgen bleiben sollte. Sinan Paschas Leben nahm eine tragische Wende. Er fiel in Ungnade und wurde verbannt. Nicht wenige waren der Meinung, der Gott der orthodoxen Christen habe die Tat des Ungläubigen bestraft. Jovans Worte? Wir stünden hier vor dem weltgrößten Gotteshaus, dessen Bau zur Vereinigung der in verschiedenen Ländern lebenden Serben geführt habe. Von Anfang an seien in dieser Kirche Wunderdinge geschehen. Kranke seien gesundet, Tote zum Leben erweckt worden. Und Ivo fragte: ›Bist du Kommunist und Atheist oder Christ?‹ Es dauerte eine Weile, bis Jovan zu einer endgültigen Antwort fand: ›Man kann Kommunist und gleichzeitig orthodoxer Christ sein. Diese beiden Einstellungen sind wie Brüder mit gleichen Genen und kleinen, unbedeutenden Charakterunterschieden.‹ Da ist was dran. Wir gingen die Nemanjina hinunter. Jovan wollte mir den Alten Palast der Karađorđević zeigen und anschließend noch das Hotel

Moskva am Terazije-Platz. Es war der 12. März 2003. An der Ecke zur Kneza Miloša angekommen ... Wir haben die Schüsse nicht gehört, wir standen auf der anderen Seite des Regierungsgebäudes. Aber plötzlich wirkte die Szenerie gespenstisch.«

Als ob er in die Erinnerung hineinhören müsste, hält Luciano einige Augenblicke still. »Eine seltsame Aufregung lag in der Luft. Leute liefen in alle Richtungen. Folgetonhörner von Polizei und Rettung. Ein vorbeihetzender Passant antwortete auf Jovans Frage: ›Sie haben den Premier erschossen!‹ Nicht gleich begriff ich, wovon wir Zeugen wurden. Nach und nach verarbeitete mein Gehirn das schreckliche Ereignis: Zoran Đinđić! Ministerpräsident Đinđić war Opfer eines Attentats geworden. Jener Mann, den ich wenige Jahre zuvor in meinem Haus begrüßt hatte. Wenig später stoppte man uns mit vorgehaltenem Sturmgewehr. Die Lage kippte ins Surreale, ein chaotischer Albtraum.«

Julijana kann sehen, wie sehr die Erinnerung Luciano immer noch bewegt. Er steht auf und öffnet das Fenster.

»Der Mörder hatte sich in einem leer stehenden Gebäude in gut zweihundert Meter Entfernung von der Zufahrt zum Regierungsgebäude positioniert. Als Đinđić dem gepanzerten Wagen entstieg, fielen Schüsse. Der erste Schuss zerfetzte die rechte Herzkammer, der zweite drang in den Bauch ein. Als man den Premier ins Krankenhaus einlieferte, war kein Puls mehr feststellbar. Der Ausnahmezustand wurde verhängt, der Verkehr im Zentrum der Stadt gestoppt, Autos, Busse und Passanten durchsucht. Die Polizei verhaftete siebentausend Personen. Wir waren vier davon. Sämtliche Bus-, Zug- und Flugverbindungen wurden unterbrochen. Trotzdem gelang es dem Haupttäter, Zvezdan Jovanović, voererst zu entkommen. Mich, Lazar und Ivo entließ man nach zwei Stunden aus der Haft. Ich kann mich über die Haftbedingungen nicht beschweren. Das Schicksal Đinđićs setzte mir zu. Wenn man dem Bösen direkt ins Auge blickt, kann es einen tief erschrecken. Hätte Đinđić seine Vision zum Ziel bringen können, wäre dein Land längst Mitglied der Europäischen Union. Wobei ich inzwischen nicht mehr so sicher bin, ob das dem Land geholfen oder geschadet hätte. Ich hätte es dem ersten demokratisch gewählten Ministerpräsidenten Serbiens aber zugetraut, im richtigen Augenblick die richtigen Entscheidungen zu treffen. Er war Garant dafür, ohne Korruption und ohne Nationalismus das Leben der Serben in eine bessere Zukunft zu führen. Man hat mir gesagt, dass Jovan erst zwei Tage später das Gefängnis verlassen durfte. Ob das eine rassistisch einzuschätzende Maßnahme war oder ob es Gründe gab, Jovan länger in Gewahrsam zu halten, kann ich schwer beurteilen. Ich musste meine Rückreise um einen Tag verschieben und bat Maddalena, meine Angelegenheiten in Venedig zu regeln. Im Roman Nummer neunundzwanzig habe ich diese Ereignisse verarbeitet. Als ich nach Hause kam, erzählte ich meiner Tochter, wovon ich Zeuge geworden war. Sie wusste längst von der Katastrophe, hatte versucht, Ružica Đinđić zu erreichen, was aber nicht möglich war. Und zuletzt fragte Maddalena: ›Hast du Lazar gesehen?‹ Ich wich aus, erkundigte mich nach meinen Enkelkindern. Maddalena hat sich wohl die Frage selbst beantwortet.«

Es ist bereits nach Mitternacht, als Julijana fragt: »Was war das zwischen meinem Vater und deiner Tochter? Ich habe nie etwas von einer Geliebten bemerkt. Kein Wort hat er darüber verlautbart. Auch nicht nach dem frühen Tod meiner Mutter. Und jetzt soll er ihretwegen einem Menschen das Leben genommen haben?«

»Maddalena war nicht Lazars Geliebte.«

Es dauert eine weitere Stunde, in der Luciano Julijana erzählt, was er über die Verbindung Maddalenas und Lazars weiß.

Er beendet das Thema mit den Sätzen: »Dein Vater wäre mir ein lieber Schwiegersohn gewesen. Aber meine Tochter hat sich entschieden, Christoph zu heiraten. Und ich kann mit Überzeugung sagen, diese Entscheidung war die richtige, weil es unbeeinflusst ihre Entscheidung war. Geliebt hat sie beide Männer. Lazar und Christoph sind gestern in Belgrad aufeinander getroffen. Es könnte also sein, dass mein Schwiegersohn versucht hat, den Letzten Willen meiner Tochter zu erfüllen. Und das ist ihm nicht leichtgefallen. Lazar hat den Endlosbrief Maddalenas erhalten. Leider hat die Begegnung der beiden nicht zu dem geführt, was Maddalena sich gewünscht hatte.«

»Endlosbrief?«

»Ja, heute nur so viel. In diesem Brief kann der Adressat lesen: Maddalena hat ihm ihre Wohnung in Bassano del Grappa vermacht. Und es sollte mich nicht wundern, wenn wir ihn morgen dort antreffen. Womit dein zweites Problem gelöst wäre.«

17

Wieder hat sich Julijanas Welt innerhalb weniger Stunden gewandelt.

Jetzt liegt sie in dem riesigen Bett aus wuchtigem, dunkelbraunem Holz. Sie fühlt sich in der feuchtwarmen Nachtluft schwebend. Durch das offene Fenster strömen die Gerüche der Lagune und der Stadt am Wasser. Die Geräusche der venezianischen Nacht umschmeicheln Julijanas Aufmerksamkeit.

Nein, Belgrad und Venedig sind keineswegs entfernte Verwandte, wie Maddalena gesagt haben soll. Eine wohlige Fremde umgibt sie.

Lucianos tiefe Bassstimme klingt in ihr nach. Doch aus der Innenwelt will sich das bedrohliche Gefühl nicht vertreiben lassen.

Gestern war ihr Vater derjenige gewesen, der ihre zu früh verstorbene Mutter Slavica auch im Nachruf verehrte und liebte. Und nun? Eine andere Frau? Undenkbar, und doch scheint es so gewesen zu sein.

Aus dem manchmal anstrengenden, aber meist liebenswerten Vater ist ein Psychopath geworden. Einer, der die Ehe bricht und mit Messern zusticht. Einer, vor dem man sich fürchten muss? Julijana ist froh über die Wohltat der fremden Umgebung.

Der Morgen leuchtet auf dem glatten Wasser. Die junge Frau lehnt am Fenster und schaut.

Es klopft an der Türe. Lucianos Gesicht im Türspalt: »Es wird Zeit!«

»Weißt du was«, sagt Julijana, »ich bin mir nicht sicher, ob ich heute meinem Vater begegnen will. Am liebsten würde ich hierbleiben und mich um nichts mehr kümmern.«

Luciano setzt einen Fuß ins Zimmer: »Was Lazar mir von dir erzählte, entspricht dem, was ich vor mir sehe. Ihr liebt einander. Ich bin mir sicher, derzeit fürchtet er die Begegnung mit dir genauso wie du. Er will dich nicht verlieren. Glaub mir, die Verwirrung wird sich klären, wenn wir heute mittags gemeinsam an einem Tisch des Bella-Capri in der Altstadt Bassanos sitzen und er erzählen kann, was geschehen ist. Wer weiß, was wir nicht wissen, was er weiß.«

»Davor fürchte ich mich. Vielleicht existiert der Vater, den es bis gestern gab, morgen nicht mehr?«

Es ist kein weiter Weg durch den Stadtteil Cannaregio zum Bahnhof Santa Lucia. Julijana kann sich nicht sattsehen an der morbiden Schönheit, die ihr an jeder Ecke begegnet.

Pünktlich um 9 Uhr 26 fährt der Zug ab.

»Wie kannst du dir so sicher sein, dass wir Vater in Bassano finden?«

»Sicher bin ich mir nicht. Aber ich kenne Lazar. Und es wäre logisch. Wer sollte ihn in Bassano suchen? Niemand weiß von seinem Erbe. Er selbst hat erst vor wenigen Stunden davon erfahren. Den Schlüssel kann er sich jederzeit bei den Nachbarn abholen.«

Für Julijana ist das eine befremdliche Vorstellung. Ihr Vater, behäbig und unbeweglich, wie er ist, setzt sich ins Ausland ab? Er besitzt doch nicht einmal einen Pass? Aber in den letzten Stunden haben sich so viele Unwahrscheinlichkeiten in Realität verwandelt.

»In den zehn Jahren, die Maddalena hier in Bassano lebte, entschloss sie sich mehrmals, den Kontakt zu deinem Vater wieder aufzunehmen. Jedes Mal aber gab es irgendeinen Grund, es doch nicht zu tun. Sie fürchtete sich davor, misstraute ihrer Spontaneität. Hätte sie zu Lebzeiten zu deinem Vater gesagt: ›Komm!‹, er hätte es getan.«

Das flache Land zieht vor Julijanas Augen vorbei. Gemütlich bewegt sich der Zug, bindet das Bewusstsein in sanften Pastellfarben.

»Niemals hätte er mich und Milan in Belgrad allein zurückgelassen!«

»Dann wärest du vielleicht jetzt eine Italienerin.«

»Hat Maddalena in Bassano ein glückliches Leben gefunden?«

Luciano erzählt von Maddalenas Apathie nach der Scheidung. Sie habe die Wohnung der schon seit einigen Jahren verstorbenen Großeltern übernommen. In ihrer Kindheit hat sie regelmäßig Zeit mit den Großeltern in Bassano verbracht. Aufgrund der literarischen Arbeit seien die Eltern oft unterwegs gewesen. Das Mädchen Maddalena hat die Stunden, Tage, Wochen mit Opa und Oma genossen, sie zählten zu seinen schönsten Kindheitserinnerungen. Und als es die Wohnung der Großeltern übernahm, suchte es die Ruhe, die Geborgenheit, die es hier erlebt hatte. Maddalena renovierte die alten Möbelstücke, strich die Wände in den hellen Farben ihrer Erinnerungen.

Ihr jüngerer Sohn, Christian, blieb bei seinem Vater. Der Ältere, Angelo, verlegte achtzehnjährig den Hauptwohnsitz zu ihr nach Bassano. Angelo verbrachte die Ferien und viele verlängerte Wochenenden bei seiner Mutter. Er studierte in New York, was der besonderen Beziehung zwischen Maddalena und ihrem Sohn nichts anhaben konnte. Im zweiten Jahr kam er mit seiner ersten großen Liebe, einem kanadischen Studienkollegen, nach Bassano.

Nach einiger Zeit nahm Maddalena ihr Leben jedoch wieder in die Hand und tat das, was sie für Christoph aufgegeben hatte. Sie hielt Deutschstunden im »Istituto d'istruzione superiore G. A. Remondini« und konzentrierte sich auf die Übersetzung österreichischer Gegenwartsliteratur. Der Kontakt zu Sahra aus Wien setzte sich dort fort, wo er vor Christoph aufgehört hatte. Immer wieder reisten die beiden Freundinnen durch Europa. Manchmal besuchten sie jene Orte, an denen

Angelo Todesco, inzwischen ein hochgelobter Jazzsänger und Komponist, auftrat. Er unterrichtet an der Hochschule, an der er auch studierte.

Der Kontakt zum jüngeren Sohn Christian blieb schwierig. Christian nahm den Weg seines Vaters. Er war fasziniert von den Möglichkeiten des politischen Arbeitens. Allerdings wechselte er bald in eine andere Partei. Das System der etablierten Großparteien hielt er für machtversessen und korrupt. Den Stillstand der Entwicklung des Landes schrieb er in erster Linie Rot und Schwarz zu. Er war davon überzeugt, dass christliche Werte in Vaters Partei schon lange nicht mehr vertreten wurden. Heuchlerisch fand er das Wort christlich im Parteinamen der Konservativen. Also wechselte er an den rechten Rand des politischen Spektrums, zur FPÖ, die sich inzwischen von ihren liberalen Strömungen »befreit« hatte.

Auch Christian ließ sich ab und zu in Bassano sehen. Allzu oft verwickelten sich Mutter und Sohn in hitzige Debatten bezüglich ihrer konträren Ansichten über Christoph. Christian idealisierte seinen Vater. Maddalena konnte das so nicht stehen lassen.

Noch jemand tauchte ab und zu in Bassano auf: Divna. In Belgrad waren Maddalena und Divna gute Freundinnen geworden. Die sprachbegabte Belgraderin begann Italienisch zu lernen. Von Besuch zu Besuch konnte man sich mit ihr immer besser auch auf Italienisch unterhalten. Divna besuchte mit Maddalena Angelos Konzert in einem kleinen römischen Jazzclub in der Nähe der Spanischen Treppe. Die beiden Frauen saßen auf dem Sofa in der ersten Reihe.

Niemand hatte damit gerechnet, aber in einer großen italienischen Zeitung erschien ein lobender Artikel: Die amerikanische Stimme Italiens! Der Journalist musste sich an dem Abend gut unterhalten haben. Dieser Bericht ermöglichte Angelo weitere Auftritte in Italien. Neapel zuerst, Mailand, Bologna und Florenz folgten. In der letzten Pause um Mitternacht während des Konzerts in Palermo meinte Angelo zu seiner Mutter: »Ich glaube, jetzt bin ich zu dem geworden, was ich im Unterbewusstsein immer schon war: Italiener.« Und noch etwas erzählte Maddalena jedem, der ihr zuhörte: Während des Spaziergangs durch die Altstadt Palermos zurück zum Hotel hat Angelo seine Mutter in die Arme genommen und gesagt: »Du bist die einzige Frau auf der Welt, die ich lieben kann.«

Ein Video machte Angelo über die Welt des Jazz hinaus bekannt. Der Clip wurde in der Kapuzinergruft Palermos gedreht. Angelo singt inmitten der ein wenig verwesten, ihrer Zeit entsprechend bekleideten Mumien zwei, drei Jazzballaden. Gruselig, anrüchig. Wenn Maddalena ihrem Vater auch gestand, Angelo habe nicht wirklich singen dürfen, alles Playback. Und kein Licht für die Kamera, was den morbiden Charakter des Films nur steigerte. Und keine entwürdigenden Texte. Und nur eine halbe Stunde Drehzeit unter Aufsicht der verantwortlichen Wissenschaftler.

Der kleine Bruder meldete sich aus Österreich per Telefon und schimpfte los: Was Angelo sich einbilde. Wie könne er nur so etwas Perverses produzieren, ob ihm der Ruf der Familie egal sei?

Aber da hatte das Video längst seinen Flug um den halben Erdball angetreten. Es gab hitzige Debatten in den Medien über den Jazzer Angelo Todesco. Man lud ihn zu Talkshows. Eine amerikanische Freikirche erklärte ihn vom Teufel besessen. Die Balladen kamen rund um den Globus ins Senderepertoire. Ein Jahr lang folgte ein Konzert auf das andere. Angelo hätte sich mit den Einnahmen dieses einen Projekts zur Ruhe setzen können. Aber er selbst sagte: »Es wäre besser gewesen, es nicht zu tun. Nicht einmal mein Bruder verstand, was ich damit sagen wollte: Die Austreibung aus der Gebärmutter ist dem Baby der Tod. Steht am Ende des Lebens somit eine Geburt?«

Er hat den Großteil der Einnahmen dafür zur Verfügung gestellt, die wunderbare Mumie eines kleinen Mädchens in der Kapuzinergruft Palermos vor dem Verfall zu retten.

Der Zug hält, Bassano del Grappa.

Julijana staunt über die hoch aufragenden Gebirgsstöcke am Rande der Stadt.

Lucianos langsamer Gang erlaubt Julijana, die Szenerie auf sich wirken zu lassen. Venedig ist Venedig, Bassano ist Italien. Nur das Meer fehlt. Wenn man aber den Fluss erreicht, in seiner Vereinigung mit der Stadt, vergisst man die Adria.

Luciano nimmt auf der Piazza Garibaldi an einem der Tische des Caffè Orientale Platz: »Lass uns einen Espresso trinken, bevor wir Lazar besuchen.«

Julijana ist froh über die Verschiebung. Sie weiß nicht, ob sie sich mehr fürchtet oder freut. Das wird sich erst in der Konfrontation mit ihrem Vater zeigen.

»Und wie soll das weitergehen? Er hat vielleicht einen Menschen umgebracht. Und sich hier zu verstecken, nützt nichts, er kann nicht für den Rest seines Lebens untertauchen.«

Luciano befeuert ein Stück einer Zigarre, das er in seiner Sakkotasche gefunden hat.

»Was würdest du ihm raten zu tun?«

»Zuallererst muss er mir erklären, was passiert ist. Ich hoffe, seine Darstellung unterscheidet sich grundlegend von jener der Polizei. Noch glaube ich der serbischen Polizei weniger als meinem Vater. Man hat den von Forstner für Personenschutz engagierten Mann vor meinen Augen verhaftet. Seine Pistole muss eine entscheidende Rolle gespielt haben. Vielleicht gibt es eine Erklärung, die andere Tatsachen zum Vorschein bringt. Dann würde ich ihm raten, sich den Behörden zu stellen. Vielleicht lässt sich die Wahrheit beweisen. Ich traue Doktor Christoph Forstner nicht.«

Luciano pafft eine große Wolke in den blauen Himmel: »Ich glaube, der Mensch ist zur Gewalt verurteilt, auch Lazar, auch Christoph. Schau in jegliche Epoche, wo immer du willst, du wirst Gewalt finden. Sie wird gerechtfertigt und gesegnet. Gewalt sichert die Ressourcen, Revier und Nahrung. Was man selbst nicht hat, aber gerne hätte, einem anderen das wegzunehmen, gehört zur Natur des Menschen. Im Kollektiv genauso wie im Individuellen. Wer uns Böses tut, dem wünschen wir nichts Gutes. Erlittener Schaden wird vergolten, wir fühlen uns berechtigt, dem anderen ähnliches Leid zuzufügen. Wir sind davon überzeugt, wir haben die einzig richtige Anschauung der Welt und fühlen uns legitimiert, die Wahrheit mit allen zur Verfügung stehenden Mitteln zu verteidigen. Wer die Wahrheit besitzt, darf foltern, hängen, erschießen, niederstechen und wer weiß, was sonst. Ich glaube nicht, dass es möglich ist, einen der beiden, Lazar, Christoph, in die Kategorien Gut oder Böse einzuordnen. Ich befürchte«, setzt Luciano fort, »der Literat und Geschichtenerzähler Luciano Todesco versucht dir gerade eines seiner Schreibmotive nahezubringen.«

Julijana legt ihre Hand unter die Hand des alten Mannes: »Gibt es Lösungsvorschläge nach der Analyse?«

»Macht Mäuler und Seelen satt!«

»Und wie stellst du dir das konkret bei Christoph Forstner und Lazar Petrović vor?«

»Als Maddalena 2014 von ihrer unheilbaren Krankheit erfuhr, platzte in ihr ein mit negativen Gefühlen vollgestopfter Seelenraum. Ich dachte, gut, endlich, denn nichts ist vergeben, alles ist nur verborgen. Es gibt kein sicheres ›Endlager‹ für Hass, Zorn, Traurigkeit. Das Gift frisst sich durch die isolierenden Schichten. Maddalena ließ sich von ihrem Therapeuten dazu bewegen, die Gefühle auszugraben, um sie in geschütztem Rahmen aufzulösen, nur so könnten Körper und Seele gesunden. Maddalena fuhr im Januar 2014 zum Neujahrstreffen der FPÖ in Vösendorf bei Wien. Sie wollte sich mit ihrem Sohn Christian treffen. Der hatte inzwischen mit einem gewissen Norbert Hofer in den Jahren 2010, 2011 das neue Parteiprogramm der FPÖ geschrieben und galt seit dem als Personalreserve der Partei. Christoph und Maddalena hatten bei der Scheidung vereinbart, ihre Söhne aus Streit und Kampf herauszuhalten. Angelo und Christian erfuhren nur das Nötigste von den Ursachen des Endes der Beziehung ihrer Eltern. Angelo hatte sich von seinem Vater abgewandt, was in erster Linie mit dem unterschiedlichen Männerbild der beiden zu tun hatte. Ein schwuler Mann und ein Mann mit christlichen Werten, das konnte nicht gut gehen. Christian hingegen vergötterte seinen Vater. Er sah dessen Leistungen im öffentlichen Leben. Er war davon überzeugt, dass der unablässige Kraftakt seines Engagements ihn nahe an den Absturz durch die Droge Alkohol gebracht hatte. Mit einer ganze Reihe an Argumenten entschuldigte er seinen Vater, wusste er doch aus eigener Erfahrung, wie herausfordernd politisches Arbeiten sein konnte. Maddalena setzte sich mit ihrem Sohn am Rande des Neujahrstreffens zusammen und ließ ihren ausgegrabenen Emotionen freien Lauf. Sie erzählte ihm von der Geliebten seines Vaters und davon, dass Christoph sie geschlagen habe. Christian unterbrach Maddalena und sagte, er werde ihre ›Geschichten‹ überprüfen und gegebenenfalls den Vater damit konfrontieren. Sollten sie sich als wahr herausstellen, werde er seinen Vater zur Rechenschaft ziehen. Sollte alles erlogen und erfunden sein, wolle er mit ihr, Maddalena, nie wieder etwas zu tun haben. Innerhalb weniger Wochen hatte Christian die Fakten auf dem Tisch. Er besaß gute Kontakte zum bürgerlichen Lager. Die nützte er, um seinen Vater zu stürzen. Man schickte ihn mit sechzig Jahren in Politpension. Und das zu einem Zeitpunkt, wo es schien, dass der ›Alte‹ die Sucht überwunden habe. Hinter vorgehaltener Hand hatte man in den Gremien der Partei davon gesprochen, Forstner ins Alltagsgeschehen der Politik wieder einzubauen. Christians Drohung, mit den Fakten in die Medien zu gehen, reichte, dass die Parteifreunde Forstner fallen ließen.«

Etwas atemlos hielt Luciano inne, das Erzählte forderte seinen alten Körper heraus. »Wenn du glauben solltest, Maddalena fühlte sich nun wohler, dann irrst du. Ganz im Gegenteil. Sie wusste, was sie mit ihrer Rache angerichtet hatte. Du darfst nicht den gleichen Fehler wie Christian und Maddalena machen! Hörst du, Julijana? Als ich Maddalenas Selbstbeschuldigungen nicht mehr aushielt, fuhr ich zu ihr nach Bassano. Sie weinte und fragte, wie sie das wiedergutmachen könnte. Ich antwortete: Mir fällt ein, was man tun kann, wenn ich schreibe. Sie solle doch an die beiden großen Lieben ihres Lebens Briefe schreiben. Im Schreiben fände sich die Lösung wie von selbst. Maddalena hat meinen Rat befolgt. Je länger sie an ihren Endlosbriefen schrieb, desto gesünder wurde sie an der Seele. Ihr Körper verfiel weiter. Weißt du, was sie wenige Tage vor ihrem Tod zu mir sagte? ›Du hattest recht, ich liebte sie beide. Jeden zu seiner Zeit, in seiner Art. Ich möchte, dass meine Briefe Christoph und Lazar erreichen, und ich wünschte, sie würden Frieden stiften.‹ Ich war es, der vorschlug, Christoph damit zu beauftragen, Lazar seinen Endlosbrief zu übergeben. Ich hoffte, die beiden würden lesen und verstehen, was Maddalenas letzter Wunsch an sie ist. Ich glaube an die Kraft des Wortes. Noch am selben Tag rief Maddalena Christoph an und bat ihn, nach Bassano zu kommen.«

Lucianos Zweifel brachten ihn kurz zum Verstummen. »Vielleicht habe ich mich getäuscht und die Briefe lösten nichts. Vielleicht siegten Angst und Zorn und nicht die Liebe, nach der die beiden hungern, wie übrigens die ganze Welt. Denk an deinen Doktor Milan Mihalović. Oder an den kleinen Milan. Oder wen immer du willst. Menschen, die sich geliebt fühlen, werden keine Kriege führen, nicht im Großen, nicht im Kleinen. Wenn du mich fragst, wie man den Krieg zwischen Christoph und Lazar beenden könnte: Man muss ihren Hunger stillen.«

»Und wer fragt, ob ich hungrig bin?«, sagt Julijana trotzig.

»Doktor Milan Mihalović!« Luciano lächelt schelmisch.

Sie gehen über die drei Plätze hinunter, an den Eisgeschäften vorbei. Luciano zeigt seiner Begleitung das letzte Papiergeschäft, in dem die alten Papiersorten Remondinis verkauft werden. Bei Nadini an der Alten Brücke besteht Luciano darauf, zu so früher Stunde den besten Grappa Italiens zu verkosten. Julijana kann nicht wahrnehmen, warum das der beste Grappa Italiens sein soll. Und Luciano schlägt vor, man könne auch die paar Schritte hinauf zu Poli gehen. Die dunkelgelbe Sorte dort schmecke mild und abgerundet.

Vom Brenta herauf zieht kühle Luft, das Wasser ist klar und dunkelgrün.

»Obwohl ich Venedig liebe und den Rest meines Lebens dort verbringen werde, wundert es mich nicht, dass meine Tochter hierherziehen wollte. Auch ich habe hier meine Kindheit verbracht. Vielleicht hätte ich mich damals, nach dem ersten wirklich großen Bucherfolg, nicht dazu überreden lassen sollen, in eine der Metropolen Italiens zu ziehen. Heutzutage wählen viele von uns den umgekehrten Weg und ziehen in die Beschaulichkeit und Zurückgezogenheit auf dem Land. Mein Palazzo befindet sich zum Glück nicht an einer der Touristenautobahnen Venedigs. Und der kleine Innenhof gewährt mir Abgeschiedenheit. Für mich ist es zu spät, nochmals woanders neu zu beginnen. Wenn es sein müsste, würde ich nach Bassano ziehen.«

Es liegt ein Zauber über dieser Stadt, denkt Julijana. Man kann ihn nicht benennen, aber spüren kann man ihn.

Nach der Alten Brücke wendet sich Luciano nach rechts in das Gässchen hinein. Eine hölzerne Türe mit schrägen Einkerbungen, rotbraun gestrichen. Nummer einundfünfzig in der oberen Ecke der steinernen Türumrahmung. Luciano besitzt einen Schlüssel. Im ersten Stock sind die Fensterläden geschlossen.

»Das bedeutet nichts, wenn er da ist, wird er dafür sorgen, dass niemand seine Anwesenheit entdeckt.«

Knarrend öffnet sich das Tor, Luciano verschwindet im Dämmerlicht. Julijanas Herz klopft wild. Sie wagt es nicht, den Fuß über die Schwelle zu setzen.

»Hallo! Jemand da? Ich bin es, Luciano!«

Die Fensterläden im ersten Stock werden geöffnet. Lucianos Kopf erscheint: »Komm herein, meine Liebe!«

Luciano ist dabei, das Fenster zum Fluss hin zu öffnen, als Julijana neben ihm steht.

»Hier ist niemand und es war auch keiner da.«

Erst als die beiden wieder im Zug sitzen, bricht Julijana ihr Schweigen: »Ich möchte Maddalenas Grab besuchen.«

Vom Bahnhof Santa Lucia fahren sie mit dem Vaporetto 4.1 hinaus zur Friedhofsinsel San Michele. Es ist nichts Spektakuläres an Maddalenas Grab.

»Normalerweise akzeptiert die Stadtverwaltung keine Grablegung ortsfremder Personen auf San Michele. Das sind die wenigen Vorteile, wenn man ein bekannter Mann ist. Nach ihr werde auch ich hier begraben werden. Und später kommen die Überreste in eine der Kammern in den hohen Türmen. Venedigs Erde ist für den Tod zu kostbar. Maddalena hat sich weißen Marmor gewünscht.«

Eine kleine, leicht schräg gestellte Steinplatte, ein Bild einer von Krankheit gezeichneten Frau mit wunderschönen Augen. Goldene Schrift: Maddalena Todesco, 1955–2014.

Luciano übersetzt den italienisch geschriebenen Vers: »Im Anfang war das Wort, und alles ist durch das Wort geworden.« Die Verstorbene wollte keinen Spruch des Vergehens auf ihrem Stein.

»Auf dem Stein meines Vaters würde stehen: Am Anfang war Klang, und alles ist aus dem Klang geworden«, sagt Julijana fast tonlos.

»Lazar ist nicht tot!« Luciano legt seinen Arm um Julijanas Schultern und redet weiter. »Da gibt es einen zweiten Ort, wo er sein könnte. Als sein Großvater Arsen starb, sagte er zu mir: ›Wenn mir die Welt einmal zu viel wird, weiß ich, wohin ich flüchte. Auf den Hof meines Großvaters. Da ist meine eigentliche Heimat. Und da wohnt meine Mutter.‹ Vielleicht solltest du dich auf den Weg dorthin machen. Wenn ich könnte, würde ich dich begleiten.«

Am Morgen des folgenden Tages sitzen Luciano und Julijana in einem der Cafés in der Abflughalle des Airports.

»Warum hast du das für mich getan?«

Luciano denkt nach und sagt: »Es gibt eine ganze Reihe von Gründen, die alle auf dasselbe Motiv hinauslaufen. Ich mag deinen Vater, und meinen Schwiegersohn glaube ich auch zu mögen. Von dir hat Lazar mir erzählt, und ich habe dich schon ins Herz geschlossen, bevor wir uns begegnet sind. Maddalena hat gesagt: ›Es darf nicht Hass als Konsequenz meines Lebens bleiben.‹ Und dann ist da ein weiterer Grund, warum ich dich, deinen Sohn Milan und meinen Freund Lazar unterstützen muss. Für die meisten Europäer war die Operation ›Allied Force‹ der NATO nicht mehr als ein spektakuläres Ereignis, das man aufgeregt in den Medien verfolgte, ohne persönlichen Bezug, ohne Gespür dafür, was tatsächlich im Gange war. Ich bin damals oft am geöffneten Fenster gestanden und habe die Jagdflieger auf ihrer Route Richtung Serbien beobachtet. Was ich in den Medien sah, erschütterte mich. Zerbombte Häuser, Brücken, brennende Krankenhäuser, Schulen, Fabriken. Tausende wurden getötet. Es traf Pendler in Zügen und Bussen, Journalisten bei der Arbeit. Wohnviertel wurden getroffen. Hat man die Möglichkeit, die Propaganda zu durchschauen, was bleibt dann? Kein humanitärer Kriegseinsatz. Ein bösartiger Angriffskrieg um Macht und Einfluss. In all den schrecklichen Bildern suchte ich nach Hinweisen meines serbischen Freundes, den ich plötzlich nicht mehr erreichen konnte. Ich bin keiner, der betet, aber ich habe mir geschworen: Es kommt der Tag, an dem ich ein wenig von dem, was verbrochen wurde, gutmache.«

Als Julijanas Flugzeug abhebt, weiß sie, es war nicht das letzte Mal, dass sie Luciano besucht hat. Noch dazu, wo ihr Vater jetzt eine Wohnung in Bassano besitzt.

Und kaum in Serbien angekommen, wählt Julijana die Nummer von Doktor Milan Mihalović: »Wie geht es Milan?«

18

»Inzwischen sorge ich mich nicht um einen Milan, sondern um zwei. Wie geht es dem großen Milan?« Julijana hat ihre Hände auf Doktor Mihalovićs Schultern gelegt. Der fällt in eine Art Genussstarre, aber sprechen kann er doch: »Solange du mir nahe bist, geht es mir ausgezeichnet.« Julijana küsst ihn auf den Mund, lässt ihn los und sinkt seufzend auf den Stuhl.

»Mein Körper könnte zwei Tage und zwei Nächte schlafen, aber mein Geist ist aufgedreht wie eine Flutlichtanlage. Wie geht es dem kleinen Milan?«

»Das Geld aus Italien ist eingetroffen. Mehr als wir benötigen. Wir haben Milan gestern in eine Privatklinik verlegt. Mit der allogenen Transplantation von Blutstammzellen soll begonnen werden, sobald ein Spender im internationalen Spenderregister gefunden ist, das ist eine Frage von Stunden. Müde ist er, sehr müde. Und tapfer ist er. Es hat sich übrigens ein Doktor aus Österreich gemeldet. Vorgestellt hat er sich als Chefkoordinator der NGO ›Direct Assistance‹. Die Behandlung deines Milan sei, trotz des bedauerlichen Vorfalls, der ihm große Sorgen bereite, im St. Anna Kinderspital mit sofortiger Wirkung möglich. Alles Notwendige werde er in die Wege leiten, sobald die Zusage der Mutter vorliege. Das ist seine Telefonnummer.«

Doktor Mihalović schiebt Julijana einen Zettel über den Tisch. »Deine Entscheidung! Wenn du mich fragst: Inzwischen können wir für Milan hier vor Ort das Gleiche unternehmen wie in Österreich. Milan und dir würde es guttun, in gewohnter Umgebung bleiben zu können.«

Julijana nimmt den Zettel und zerknüllt ihn. Sie holt sich die Hand Doktor Mihalovićs über den Tisch. »Und es gibt noch einen Grund, warum ich gerne hierbleiben möchte: Dich!«

Julijana erzählt von Venedig und von Bassano. Eine Welt der Wunder. Sie sei gemeinsam mit ihrem Sohn und dem anscheinend so wunderbaren Doktor Milan, »Das bist du!«, eingeladen, den Besuch zu wiederholen.

»Und was ist mit deinem Vater?«

»Seltsam, alle lieben ihn. Luciano, Doktor Milan, Jovan, Ivo … Nur ich weiß nicht mehr, was ich von ihm halten soll. Er ist mir fremd geworden. Ein Mann, der mit einem Messer zusticht? Egal, aus welchem Grund. Das hätte ich meinem Vater nie zugetraut. Er ist gegen jegliche Form von Gewalt. Kein dummer Mensch. Das Gegenteil von primitiv.«

»Ich habe meinen Kollegen kontaktiert. Forstner ist außer Lebensgefahr. Er ist ansprechbar.«

»Ansprechbar? Ich muss mit ihm sprechen!«

»Weißt du inzwischen, wo dein Vater Lazar sein könnte?«

»Es gibt eine gewisse Wahrscheinlichkeit, dass ich ihn an einem bestimmten Ort finden werde. Zuallererst möchte ich meinen kleinen Milan in die Arme schließen. Kommt der große Milan mit?«

Mit dem Taxi fahren die beiden hinüber zur Privatklinik.

Trotz seiner Schwäche kann man deutlich sehen, wie sehr sich der kleine Milan freut, seine Mutter zu sehen. Und Julijana staunt: – So klein ist der kleine Milan nicht. Es fehlt nicht viel Zeit, und er wird ein hübscher, junger Mann sein. – Und dann erkennt sie im blassen Gesichtchen die Züge eines jungen Mannes, der sie lächelnd ansieht, der ihr Vater einmal war. Kann es sein? Drei Jahre alt muss sie gewesen sein, sie sieht den großen, kräftig gebauten Mann, der sich über ihr Bettchen lehnt und sie einige Momente glückselig ansieht, bevor er sie auf die Stirn küsst. Ein Gefühl von Sicherheit schwingt sich herauf in die Gegenwart. So, als wäre alles in Ordnung und nichts könnte das Glück stören. Ihr Vater Lazar gebrauchte nicht viele Worte, seine Präsenz genügte, um sich geliebt zu fühlen. Manchmal saß sie damals auf dem Schemel neben ihm und hörte ihm staunend, lachend zu, wenn er Akkordeon spielte.

Julijana erinnert sich: Der alte Nachbar, der meist betrunken war, trommelte je nach Laune auf der anderen Seite der dünnen Wand den Takt des Liedes mit oder protestierte mit wilden Schlägen, wenn es ihm nach Ruhe verlangte. Wie ihr Vater hatte sie ihre Kindheit in der Wohnung in Karaburma verbracht. Und wenn sie zurückdenkt, scheinen es damals glückliche Zeiten gewesen zu sein. Die Menschen hatten noch etwas, zumindest Vertrauen in die Zukunft. Und Lebenslust und Ehre. Alles andere teilte man miteinander. Aber vielleicht ist das die Glorifizierung der Vergangenheit. Zwei Jahre nach Titos Tod wurde Julijana geboren. Die Zeit des Kommunismus, auf dessen Humus sie geboren wurde, scheint ihr das verlorene Glück der Heimat. Bitter musste das kleine Mädchen von Zerfall und Krieg lernen, die ihre Kinderjahre überschatteten.

»Milan! Mein kleiner Milan!«

– Wohin wird die Zukunft die nächste Generation führen? Wenn Milan gesund wird, gibt es dann eine gesunde Welt für ihn? Eine, in der nicht der Mensch dem Kapital dient, sondern das Kapital dem Menschen? –

Doktor Mihalović berührt die zarte Schulter jener Frau, die er, wie er sich inzwischen eingesteht, liebt. Der kleine Milan braucht Ruhe, und Julijana braucht den großen Milan, um das zu verstehen.

Draußen vor der Türe drückt der große Milan die hübsche Frau an seine Brust, und es ist ihm egal, was die Schwestern, Patienten und Besucher, die den Gang bevölkern, darüber denken. Allein, was Julijana über ihn denkt, ist wichtig.

Zurück am Arbeitsplatz des Doktors: »Kann ich in deinem Zimmer telefonieren?« Und auf seine Frage hin: »Nein, bleib bei mir.«

Julijana überlegt, ob sie Tante Dana anrufen sollte, aber die lebt eine Stunde Autofahrt auf unbefestigten, ausgewaschenen Wegen weg von Đake, unten im Tal in der Kleinstadt Kuršumlija. Andererseits besucht sie die alte Dame regelmäßig in deren selbst gewählter Abgeschiedenheit.

Julijana ist nur wenige Male mit ihrem Vater Lazar in Đake gewesen. Zumindest was die Jahre betrifft, an die sie sich erinnern kann. Als kleines Mädchen sollte sie ihre Oma, Lazars Mutter Milica, kennenlernen.

Sie erinnert sich an die für das Kleinkind unendlich lange Busfahrt von Belgrad nach Kuršumlija. Und von da brachte sie der einzige Bauer, der damals schon einen Traktor besaß, den steilen Weg hinauf nach Đake. Die Angst, die sie bei dieser Fahrt empfand, hat sich tief eingegraben. Vor allem, da man ihr erzählt hatte, dass man knapp am Đavolja Varoš, der Teufelsstadt, vorbeifahren werde. Die Geschichten, die man dem kleinen Mädchen über diesen Ort erzählt hatte, tat Vater mit einer Handbewegung ab: »Geschichten! Den Teufel gibt es nicht, genauso wenig wie Gott!« Aber seine Tochter konnte Lazar mit dieser Erklärung keineswegs beruhigen.

Wer ihr die Legenden der Teufelsstadt genussvoll erzählt hat, weiß sie nicht mehr: Ein Bruder wollte seine Schwester heiraten, zur Strafe versteinerte Gott die gesamte Hochzeitsgesellschaft. Und nun stehen sie da bis zum heutigen Tag, versteinerte Säulen mit versteinerten Köpfen.

Das kleine Mädchen hat für sich die Legende so verändert, dass seine Angst erträglich wurde. In Julijanas Geschichte wusste der Bruder nichts davon, dass er sich in seine Schwester verliebte. Beide lebten bei verschiedenen Stiefeltern und hatten sich durch des Teufels List kennengelernt. Als der Höllenfürst die beiden vor Gott verklagte, zehn Augenblicke vor dem Ja-wort der Heiratswilligen, schickte Gott seine Engel aus, um die Besiegelung der Sünde zu verhindern. Die Engel versteinerten die Hochzeitsgesellschaft, um sie vor dem Verderben zu retten. Der Teufel bekam kein Recht auf sie. Und am Ende der Zeit werden sie zum Leben erweckt und in den Himmel aufgenommen für die Ewigkeit.

Eine andere Legende sagt, es habe in der Gegend eine Hexe gegeben, die den Menschen ihre Wünsche erfüllte, wenn sie versprachen, ihr zu geben, was sie verlangte. Die zweihundertzwei Steinstatuen sind jene, die ihr Versprechen nicht hielten und versuchten, die Hexe zu betrügen.

Nein, nein! So konnte das nicht gewesen sein. Und doch fürchtete sich das kleine Mädchen vor den Steinsäulen, deren Heulen im Wind schauriges Lebenszeichen der verlorenen Seelen sein sollte. Die Quellen zu ihren Füßen, blutrotes Wasser, ein Zeugnis der Hölle, die tief unter den Versteinerten ihre Pforten öffne, um die Verdammten am Ende aller Zeit verschlucken zu können?

Zwei-, dreimal musste Julijana, festgehalten vom Arm ihres Vaters, den Weg hinauf in das Dorf Đake auf dem Traktor Radivojes fahren. Durchgeschüttelt von den Rissen und Felsrinnen des Weges, den der Traktor mühsam emporkletterte.

Später hat Lazar selten, aber doch Radivoje angerufen, welcher der Erste und Einzige war, der ein Telefon besaß. Radivoje ging dann die zwanzig Minuten hinunter zum Haus von Urgroßvater Arsen, in dem nun Großmutter Milica allein lebte. Sie besitzt bis heute kein Handy. Es gäbe auch keinen Empfang dafür. Und eine Stunde später konnte man, wenn alles nach Plan verlief, mit Großmutter Milica über Radivojes Telefon sprechen.

Julijana sucht Radivojes Nummer in ihrem Handy. Tatsächlich, sie hat sie immer noch gespeichert. Sie wählt. Das Freizeichen ertönt: »Molim? Ja bitte?«

Radivojes Freude ist zu hören, als Julijana ihren Namen nennt.

»Kommst du?« Oma Milica würde sich freuen. Immer wieder rede sie von ihrer hübschen Nichte, die sie schon so lange nicht gesehen habe. Ja, er sehe sie zumindest jeden Sonntag unten in der kleinen Dorfkirche. Meist gebe es auch während der Woche Grund für gegenseitige Besuche. Milica sei auch jetzt – in hohem Alter – immer noch gut zu Fuß. Immerhin zähle sie inzwischen sechsundachtzig Lebensjahre. Dagegen sei er mit seinen sechsundsiebzig Jahren ein junger Mann. Ein Arzt fehle in Đake. Im Ernstfall bist du schneller begraben, als vom Arzt untersucht. Aber er wolle sich nicht beklagen.

»Kommst du zu uns? Hier hast du frische Luft und gesunde Lebensmittel. Kannst du dich erinnern, wie gern du Kajmak, von meiner Frau frisch gemacht, gegessen hast? Du konntest gar nicht genug davon bekommen. Besseres bekommst du in Belgrad nicht: Jelenas frisch gebackenes Brot und Kajmak. Jetzt darfst du auch schon meinen Rakija zum Frühstück trinken. Damals hat es dein Vater Lazar verboten, obwohl du unbedingt kosten wolltest. Weißt du, was ich geträumt habe? Letzte Nacht? Unter den drei schwarzen Raben in meinem Hof war ein weißer Rabe. Die schwarzen flogen weg, nur der weiße blieb. Ich stand auf der Terrasse und war traurig, weil ich befürchtete, der weiße Rabe würde seinen schwarzen Brüdern folgen. Aber er blieb sitzen, fraß Wurststücke, die ich ihm zuwarf, und wurde so zutraulich, dass er sich zuletzt auf meiner Schulter niederließ. Die schwarzen Raben sind meine Söhne, das wusste ich sofort. Wer der weiße Rabe ist, weiß ich jetzt. Das bist du, Julijana. Kommst du?«

Julijana sagt, wie sehr sie sich freut, Großvater Radivojes Stimme zu hören und dass es sie beruhige, ihn gesund und kraftvoll zu wissen.

»Hast du jemanden bei Großmutter Milica gesehen in den letzten Tagen?«

»Meinst du jemanden von hier? Der Elektriker hat letzte Woche alle befragt, wo das kaputte Kabel liegen könnte. Zwei Nachbarn haben keinen Strom.«

»Nein, keinen von Đake oder Kuršumlija. Ist Großmutter Milica allein?«

Das hätte sich herumgesprochen, hätte Milica Gäste, meint Radivoje. Niemand kommt hier herauf, ohne gesehen zu werden. Gäste wären das Gesprächsthema Nummer eins, vielleicht weil es so selten welche gibt.

Aber er könne hinuntergehen zu Milicas Haus und sich selbst überzeugen, wenn er sich auch sicher sei, die alte Dame habe keinen Besuch. Er werde das so bald wie möglich tun und Milica ans Telefon holen, damit Julijana direkt mit ihrer Oma sprechen könne. Er müsse das Heu fertig machen und Jelena die Wasserleitung zum Gemüsegarten reparieren. Wenn er das nicht gleich erledige, seien die Bohnen für dieses Jahr verloren. Aber keine Sorge, er werde sich um Julijanas Anliegen kümmern.

»Möchtest du nicht das Grab deiner Urgroßeltern besuchen? Kommst du?«

Vielleicht, antwortet Julijana, erst müsse sie wissen, wie es Großmutter Milica gehe und ob sie Platz im Haus habe.

»Und sollte sie doch Gäste haben, du kannst jederzeit im leer stehenden Nebenhaus, das ich vor Jahren für meinen Knecht gebaut habe, wohnen. Einen Knecht gibt es hier schon lange nicht mehr, und meine drei Söhne, die schwarzen Raben, leben in Belgrad.« Nein, nein, das verstehe er sogar sehr gut, aber Đake stirbt aus, wenn wir nicht ein Rezept finden, junge Leute hierherzuholen. Einige Häuser sind inzwischen unbewohnt. Niemand will sie haben. Und von den zwanzig noch hier Lebenden sei nur einer unter sechzig Jahre alt. Es wäre sein letzter Lebenstraum, die herrliche Gegend seiner Heimat neu zu beleben. Vielleicht wäre der Tourismus ein gangbarer Weg. In aller Welt wird gesucht, was es in Đake reichlich gibt: Ruhe, Stille, gesunde Natur, gesundes Essen, wunderschöne Berge. Alles Unnötige falle hier weg, weil es nicht vorhanden sei. Er sei mit den Gemeindeverantwortlichen im Gespräch, aber niemand fände sich, der investieren wolle. Dabei sei für eine kleine Reiseagentur nicht mehr nötig als ein Mensch, ein Raum, ein Computer und ein Telefon.

Julijana und Radivoje vereinbaren, dass er sich melden werde, sobald er Großmutter Milica am Telefon habe. Egal, wann das sei, er könne sie jederzeit anrufen, sagt Julijana.

»Hvala! Dovidjenja!«

Doktor Milan Mihalović sieht die Sorge in Julijanas Gesicht: »Und wenn dein Vater nicht in Đake ist?«

»Dann weiß ich auch nicht. Ich mache mir Sorgen um ihn.«

Julijana erhebt sich: »Ich werde Forstner besuchen. Vielleicht erfahre ich von ihm mehr darüber, was geschehen ist.«

Von einem Krankenhaus ins nächste. Julijana hasst Krankenhäuser. Und dieses hier ist ebenfalls ein Privatkrankenhaus. Unglaublich der Unterschied. Chic, blitzblank und von höchster Qualität.

Doktor Forstner liegt nach wie vor auf der Intensivstation. Nur aufgrund der Empfehlung durch Doktor Mihalović lässt man Julijana zu ihm. Er schlafe, sei aber ansprechbar.

Julijana erkennt den stolzen Mann nicht wieder: mit zerzaustem, weißem Haar, aufgedunsenem Gesicht, hilflos. Forstner wirkt zerbrechlich und unscheinbar. Die Sauerstoffmaske hängt neben dem Bett. Am Monitor werden EKG, Blutdruck und Körpertemperatur angezeigt. Eine Medikamentenpumpe ist intravenös angeschlossen.

Julijana fühlt sich unwohl im sterilen Kittel. Sie zieht einen Sessel näher heran und setzt sich.

Die Augen des alten Mannes sind geschlossen.

Je länger sie sitzt und den Mann beobachtet, desto zorniger fühlt sie sich.

»Ich habe mir gedacht, dass Sie kommen werden.«

Trotz geschlossener Augen redet er plötzlich mit heiserer, gequälter Stimme. »Ich weiß, am liebsten würden Sie den Stecker ziehen und mich abschalten. Zu spät. Mein Körper schafft es schon wieder allein!«

»Das würde Ihnen wohl so passen, sich jetzt davonschleichen zu können! Nichts da! Sie werden leben und geradestehen für das, was Sie angerichtet haben. Am schlimmsten ist für mich das Theaterspiel rund um die Krankheit meines kleinen Milan. Was bildet ihr beiden alten Schafböcke euch eigentlich ein? All das wegen einer infantilen, narzisstischen Rache? Gekränkt fühlt ihr euch, weil der jeweilig andere einem die Frau gestohlen hat? Wie kann man auf die Idee kommen, noch dazu in eurem Alter, wegen der Liebe Krieg zu führen? Und als Höhepunkt der Dummheit das Duell in der Passage! Seid ihr nicht mehr ganz klar im Kopf? Habt ihr Maddalenas Brief nicht gelesen? Den Brief, den sie in ihrer letzten Stunde ihrem Vater Luciano diktierte? Warum bat Maddalena euch? Gruß von Luciano!«

Julijana zieht die Kopie des Briefes aus ihrer Tasche, die ihr Luciano mit auf den Weg gegeben hat.

»Maddalena bat eindringlich darum, ihren Letzten Willen zu erfüllen.«

Julijana entfaltet die Blätter:

Meine Lieben! So will ich euch ansprechen. Ihr zwei seid die Lieben meines Lebens. Ich diktiere meinem Vater Luciano diese Worte, weil ich selbst nicht mehr zu schreiben vermag. Ich fürchte, dass ihr nicht zur Versöhnung finden könnt. Das ist meine letzte verbliebene Sorge.

Was man nicht mit Liebe betrachtet, hat man nicht erkannt!

Könnt ihr euch erinnern?

Zuerst möchte ich für meinen Beitrag der »Entliebung«, der Lieblosigkeit, des Hasses eure Vergebung erbitten.

Der einzige Sinn des Lebens ist es, zu vermehren, was die Liebe nährt, zu vermeiden, was die Liebe aushungert.

Ich will nicht gehen, ohne von euch beiden zu wissen, dass ihr alles, was zwischen uns geschehen ist, mit den Augen der Liebe betrachtet, damit ihr es erkennen könnt …

Hier endet Maddalenas Kraft. Luciano fügt hinzu:

In Liebe!

Maddalena

Es bleibt eine Zeit lang still im Raum. Julijana sieht die tiefe Falte auf der Stirn von Christoph Forstner. Aus den geschlossenen Augen rinnen Tränen über die Schläfen. Forstner atmet tief, hustet keuchend und pfeifend. Mühsam ringt er nach Luft:

»Ich kenne den Brief. Ich habe ihn auf der Herfahrt im Zug gelesen. Ich wollte mich bemühen, Maddalenas Wunsch zu erfüllen. Darum habe ich mich auf den Weg gemacht. Und dann las ich ihren Endlosbrief an deinen Vater mit immer größer werdendem Schmerz. Als der Zug in Belgrad hielt, habe ich den Brief, den Sie vorgelesen haben, zerrissen. Ich erzählte das auch der Polizei: Eine Verkettung dummer Missverständnisse führte zur Eskalation. Ich wusste, Dušan hat die Pistole schussunfähig übergeben. Ich bin nicht dumm. Dann sah ich in dem dunklen Raum nur einen Ausweg: Entschlossenheit zeigen, damit der Rom mir den Fluchtweg freigab. Ich zog die Pistole. Lazar muss geglaubt haben, ich würde seinen Freund erschießen. Er hatte allen Grund dafür, mit dem Schlimmsten zu rechnen. Das musste er verhindern. Wahrscheinlich handelte er genauso unüberlegt und spontan, wie ich es getan habe. Wie leid mir das tut. Wir tragen beide Schuld daran, ich und Lazar Petrović. Darf ich zum Du wechseln? Für die Heilung deines Sohnes Milan wird das nichts ändern. Du musst auch keinen Österreicher heiraten …«

»Rette ein anderes Kind! Wir brauchen deine Hilfe nicht mehr.«

»Seit ich wieder Gedanken fassen kann, weiß ich, was ich tun werde. Ich muss versuchen, Maddalenas Wunsch zu erfüllen, koste es, was es wolle. Ich werde deinem Vater Maddalenas Endlosbrief und den Brief an uns beide übergeben. Ich werde Frieden schließen, egal, ob er Frieden schließen will. Wenn du mir dieses eine Mal noch vertraust, dann sag mir, wo ich Lazar finden kann.«

Julijana steht auf, geht ans Fenster, öffnet es. Eine Amsel singt. Die Sonne steht hoch. Der Verkehr rollt brummend unten auf der Straße.

»Ich weiß es nicht. Ich weiß es noch nicht, wo er zu finden sein könnte. Ich hoffe, er lebt. Aber wenn ich es weiß, lasse ich es dich wissen!«

Milica schiebt das Holzstück in den Ofen. Ihr Rücken schmerzt, aber das tut er schon seit langer Zeit, und sie hat sich daran gewöhnt. Sie füllt das gute Quellwasser in den Wasserkessel und stellt ihn auf die Herdplatte. Nach dem Tod ihres Vaters Arsen, das war im Jahr 1982, hat Radivoje ihr zusätzlich zum solar-gewärmten Speicher einen gasbetriebenen Durchlauferhitzer eingebaut, um sie zu bewegen, in Ðake zu bleiben. Milica lächelt, alles hätte Radivoje getan, um das Haus Arsens nicht verwaisen zu lassen. Der damals mit fünfzig Jahren im besten Alter stehende Radivoje war so etwas wie Arsens Nachfolger in der inoffiziellen Vertretung und Führung der Bewohner Ðakes. Davor kamen alle zu Arsen, wenn es Probleme gab, und derer gab es genug.

Wollte einer unten in Kuršumlija eine Sache vor den Bürgermeister bringen, dann wusste man, Arsen würde es tun. Waren die Wege durch schlimmes Wetter unbefahrbar, Arsen organisierte mit den Bewohnern Ðakes die notdürftige Befestigung oder er verließ so lange das Büro des Bürgermeisters nicht, bis der das Nötige in die Wege leitete. War jemand krank, schickte man zuerst nach Arsen, bevor man dem Kranken den mühsamen Weg ins Tal zum Doktor zumutete. Arsen kannte viele Methoden der Heilung, besonders sein Wissen über die Heilkräuter, die vor der Haustüre prächtig wuchsen, war legendär. Es kam vor, wie Milica zufällig entdeckte, dass Arsen auf der überdachten Terrasse mit einem seiner männlichen Nachbarn saß, der verschämt über Potenzprobleme klagte. Für alles gibt es ein Kraut, man muss es nur kennen. Man sagt, manche Kinder hier oben sind nur deswegen geboren, weil Arsen die richtigen Kräuter fand.

Seit Arsens Tod hat Radivoje die Rolle des Dorfältesten übernommen, obwohl er nicht der Älteste ist. Milica ist froh darüber, denn Radivoje ist ein würdiger Nachfolger ihres Vaters.

Sie ist glücklich darüber, dass Radivoje nicht mehr als zwanzig Minuten Fußweg, den Hügel hinauf, mit seiner Frau Jelena lebt. Das gibt ihr das Gefühl von Sicherheit, das man als alleinstehende Frau in dieser Gegend braucht. Nicht, weil man Angst vor den anderen Menschen haben müsste, nein, Angst muss man hier oben überhaupt nicht haben. Aber sie erinnert sich, als sie irgendwann in den Neunzigerjahren beim Mähen am Knöchel umkippte und sich unter großen Schmerzen ins Haus schleppte, da lag sie auf dem Terrassensofa, ein mit kaltem Quellwasser getränktes Tuch um den angeschwollenen Knöchel gebunden, und sagte immer wieder laut: »Radivoje, komm! Bitte komm, Radivoje!«

Eine halbe Stunde später stand er da. Zauber? Empathie? Egal!

Radivoje hat frischen Breitwegerich gepflückt und um den verletzten Knöchel gelegt. Eine Salbe aus verschiedenen Kräutern brachte er ihr. Und er hat entschieden, vorerst nicht ins Tal zu fahren. Der Schmerz werde innerhalb dreier Tage erträglich sein, sodass sie ihren Alltag wieder aufnehmen könne.

So ist es gekommen.

Ohne Radivoje wäre sie nicht lange nach Arsens Tod mit ihren zwei Töchtern Vera und Dana zurück nach Belgrad gegangen. Obwohl sie wusste, dass damit das Martyrium einen neuen Anlauf genommen hätte.

Dana ist später ihren Weg gegangen, sie folgte ihrem Mann in die Vojvodina nach Subotica. Vera wäre gerne hier oben geblieben, aber die fehlenden Perspektiven trieben sie hinunter ins Tal nach Kuršumlija, wo sie mit ihrem Mann lebt. Die Enkelkinder sind längst weg, studieren in Belgrad, arbeiten, wo es Arbeit gibt. So ist die neue Welt. Man muss sich arrangieren.

Darum lebt Milica seit vielen Jahren hier in Arsens Haus allein, und sie ist zufrieden damit. Nicht unbedingt mit dem Alleinsein, aber mit dem Leben, wie es hier oben möglich ist.

Sie wird nie vergessen, wie sehr Radivoje sich um sie gekümmert hat. Ohne ihn hätte sie wahrscheinlich irgendwann aufgegeben.

Milica streut die selbst getrockneten Pfefferminzblätter in die Teekanne und übergießt sie mit kochendem Wasser.

Die Finger sind krumm, das Herz schmerzt manchmal, die blauen Verästelungen der Venen an den Beinen machen ihr das Gehen schwer. Aber Vera hilft ihr, so oft sie kann, und vieles kann Milica immer noch selbst bewältigen. Die Hühner versorgen, den kleinen Gemüsegarten pflegen, den Haushalt führen. Nein, sie will nicht in das schöne Zimmer in Kuršumlija, das Vera für sie eingerichtet hat. »Nur falls du einmal nicht mehr kannst.«

Sie wird hier oben sterben, und das ist gut so.

Milica gibt das Kaffeepulver in die Tassen und schüttet sie mit heißem Wasser voll. Aus dem Kühlschrank holt sie gebratene Paprika, selbst gemachten Käse, geräucherten Schinken von

Radivoje, Honig von Radivoje, Hagebuttenmarmelade, herge-
stellt in der eigenen Küche, Tomaten und Kajmak.

Zuerst stellt sie die Flasche Rakija auf den Tisch, auch der
stammt aus Radivojes Produktion.

Sie hört die Toilettenspülung, setzt sich auf ihren Stuhl und
wartet voller Freude. Ja, das ist sie, voller Freude. Wie lange ist
es her? Sie weiß es nicht mehr, obwohl ihr Gehirn das einzige
Organ ist, das nach wie vor uneingeschränkt arbeitet.

Die Türe zum Bad öffnet sich, im Dunklen steht er. Milica
lächelt ihm entgegen. »Mein Sohn! Dass du endlich wieder bei
mir bist! Setz dich auf Arsens Platz.«

Lazar muss sich an das helle Licht gewöhnen. Wie ein Toter
hat er geschlafen.

Auf der Stirnseite des Tisches, mit Blick hinaus in den Hof,
saß Großvater, solange er lebte. Und jetzt sitzt er da auf dem
Polster, den Mutter genäht hat, als Arsen auf dem harten Holz
nicht mehr sitzen konnte. Üblicherweise wurden die Gäste gebeten, auf den Längsseiten des Tisches, die Hauswand entlang
auf der Holzbank oder gegenüber, auf den alten Sesseln, Platz
zu nehmen. Dort saß auch Lazar, solange Großvater Arsen lebte. Seit Großvater tot ist, besteht Mutter Milica darauf, dass Lazar den Ehrenplatz einnimmt. Und irgendwie weckt es andere
Empfindungen, wenn man auf dem Platz des Hausherrn sitzt.
Man wird hier nicht bevorzugt bedient, keineswegs. Von hier
aus sorgte Arsen dafür, dass jeder am Tisch bekam, was sein
Wohlgefühl verstärkte. Er las Gästen ihre Wünsche von den
Augen ab. Er diente genauso wie Jelena, seine Frau. Diese kümmerte sich zusätzlich um Arsens Zufriedenheit.

Großvater war ein großer, schlaksiger Mann mit dominan-
tem Schnurrbart, und Großmutter, die viel zu früh verstarb,
liebte ihn bis zu ihrem letzten Tag.

Was Lazar als Kind zu Hause, egal, ob noch in Bosnien oder
später in Belgrad nie erleben durfte, fand er hier: die Liebe eines

für ihn verantwortlichen Paares. Unspektakulär, aber niemals gefährdet. Die ruhige, gefestigte Ehe der Großeltern empfand der Enkelsohn wie einen von starken Mauern geschützten Hof, in dem es sich unbeschwert, ohne Angst leben ließ. Das ist wohl einer der wichtigsten Gründe für sein Wohlgefühl, das ihn mit diesem Ort verbindet.

An den Frühstücksspeisen hat sich in all den Jahren nichts verändert. Und das Gewohnte weckt den verschütteten inneren Frieden.

Trotzdem könnte er nicht auf Dauer hier leben. Wenn man das Stadtleben über Jahrzehnte erlebt hat, kann man noch so viel darüber schimpfen, die Stadt bleibt ein Magnet, dessen Anziehungskraft man sich nicht entziehen kann. Für ihn ist das zumindest so.

»Warum bist du immer noch hier, Mutter?«, fragt er, während er am frischen Brot kaut und das hart gekochte Ei durchschneidet. »In Belgrad hättest du Geschäfte, Ärzte, Busse, ein Bad und einen Sohn, der dir helfen könnte. Dir, die einmal als Lehrerin gearbeitet hat, gehen dir die Kunst, die Kultur, Theater, Bibliotheken, das intellektuelle Leben nicht ab?«

»Ich gebe schon zu, als meine Mutter starb und ich zu meinem Vater Arsen zog, war ich eine andere. Ich dachte, es hier nicht lange aushalten zu können ohne die Segnungen des Stadtlebens. Dann kam ein Tag um den anderen dazu. Ich merkte, wie ich mehr und mehr zur Ruhe fand. Etwas, das ich gut kannte aus meiner Kindheit, bekam die Oberhand und machte Frieden in mir. Dein Großvater Arsen war zeit seines Lebens ein Friedensstifter im Großen wie im Kleinen. Zum Beispiel wusste er nach Titos Tod, was geschehen musste, um die herannahende Katastrophe, die er lange vor allen anderen sah, verhindern zu können. Obwohl er Bauer in einer abgeschiedenen Gegend dieses Landes war, interessierte er sich immer für die Ereignisse rund um ihn und draußen in der Welt. Die Geschichte des

Kosovo hat er Schritt für Schritt miterlebt. Titos Entscheidung, die Albaner gegenüber den Serben bevorzugt zu behandeln, um ein serbisches Übergewicht zu verhindern – das konnte man zumindest glauben, wenn man hier lebte und sah, was vor sich ging. Die Konflikte, die sich schon ab Ende des Zweiten Weltkrieges entwickelten, bereiteten Arsen große Sorgen. Eine Zeit lang hat er deswegen einen Albaner hier oben beschäftigt. Er wollte den Dorfbewohnern und vielleicht auch sich selbst Vorurteile gegen diese Volksgruppe nehmen. ›Wer nicht mit einem von ihnen zu tun gehabt hat, ist nicht berechtigt, sich ein Urteil zu bilden‹, hat er gesagt. Bis zu einem gewissen Maß ist es ihm gelungen, Vorurteile zu verhindern. Andererseits fühlten sich manche in seiner Umgebung provoziert durch sein Vorgehen. Was tat Arsen: ›Komm zu mir. Lass uns einen Rakija trinken und reden‹, meinte er. Meist endete die Geschichte so, dass drei Männer, er, sein Gast und der albanische Gehilfe, angeheitert alte jugoslawische Lieder sangen und Arsen mit dem Akkordeon aufspielte.«

Milica lächelt. »Im Kleinen tat er das Gleiche mit seiner aufmüpfigen Tochter, die sich für etwas Besseres hielt, damals, als sie begann, seinen Haushalt zu führen. Voller Kränkung und Zorn bin ich gekommen. Warum das so war, weißt du ja. Du hast alle Tiefen miterlebt, was Dragutin, deinen Vater, betrifft. Manchmal habe ich ein schlechtes Gewissen, dass ich dich im Alter von neunzehn Jahren mit ihm in Belgrad allein gelassen habe. Arsen durfte man mit Feindbildern nicht kommen. Auch nicht mit dem Feindbild Dragutin. Als Jugoslawien zerfiel, sprach er sich bei jeder Gelegenheit gegen die Verhetzer auf allen Seiten aus. Das hat ihm nicht selten geschadet. Auch seine Nachbarn konnten seine Einstellungen nicht immer nachvollziehen. Ich habe meinen Vater in hitzigen Debatten erlebt: ›Für sich selbst gelassen‹, sagte er, ›ohne dämonische Verführer, hätten die Brudervölker des Balkans keinen Krieg gegeneinander geführt. Serben, Mazedonier, Montenegriner, Bosnier, Kroaten, Slowenen und alle vorhandenen Minderheiten, wo ist der Unterschied zwischen den Menschen? Der Unterschied, für den es sich lohnt, Krieg zu führen?‹ Das hat er gesagt. Wie sehr er recht hatte, kann man heute sehen. ›Wer oder was verführt Menschen dazu, gewalttätige Energie auszuleben?‹ Du kanntest seine mächtige Bassstimme. ›Ein Volk? Eine Rasse? Woran erkennt man sie? An der gleichen Sprache? An einem begrenzten Territorium? An der Religion? An den gleichen Genen?‹ Wenn er davon sprach, wurden alle anderen still, so überzeugend konnte er reden. ›Nationalistische Verhetzung ist der einzige Urgrund der Gewalt, die wir sehen! Wir Menschen sind nicht auf Konflikt angelegt. Wir sind kooperative Wesen. Was braucht der Mensch, um friedlich zu bleiben? Möglichst wenig Schmerz an Körper und Seele, Beziehungen und Liebe. Und Bildung!‹ Arsen warb für die Befriedung der Dörfer, der Völker, ja der ganzen Menschheit. Seine Tochter Milica hat er befriedet. Vor allem durch seine Liebe. Seit das so ist, und es ist schon viele Jahre so, weiß ich, dass ich in Đake bleiben will. Ich werde hier sterben. Alles, was ich wirklich brauche, habe ich hier auf diesem Erdenflecken, abseits der Welt.«

Lazar speist Köstlichkeiten. Lange hat er nicht mit so großem Genuss gegessen: »Du sagtest doch immer, deine große Liebe sei Jugoslawien gewesen? Belgrad ist das letzte Fragment Jugoslawiens. Alle Volksgruppen leben da, so wie immer, friedlich miteinander. Ich kann mir nicht vorstellen, irgendwo anders zu sein.«

»Warum bist du dann hier, Lazar?«

Lazar sieht aus, als wäre er gegen eine Mauer gelaufen.

»Ich? Ich wollte endlich wieder selbst sehen, wie es dir hier oben geht.«

»Und warum achtest du so penibel darauf, dass niemand deine Anwesenheit bemerkt? Als deine Schwester Vera gestern da war, hast du mir verboten, ihr von deinem Besuch zu erzählen. Du hast alle deine Sachen weggeräumt und bist in die Berge verschwunden. Wovor hast du Angst?«

»Das bildest du dir ein, Mutter. Ich habe keine Angst. Erzähl mir von Dragutin, meinem Vater. Wie war er, als ich ein kleiner Junge war?«

»Woran erinnerst du dich?«

»Ein kleines Dorf nahe Sarajevo. Ende der Fünfzigerjahre? Mein Vater Dragutin war Standesbeamter für dieses Dorf und die Nachbardörfer. Am Rande der Streusiedlung befand sich sein Büro in einem weißen Haus. Dort sah ich zum ersten Mal in meinem Leben eine mechanische Schreibmaschine, schwarz. Er konnte mit zehn Fingern tippen, hat es mir stolz vorgeführt. So schrieb er Geburtsurkunden, Sterbeurkunden oder Heiratseintragungen. Ich erinnere mich, er saß da mit dunkler, steifer Bughose und etwas hellerem Sakko. Schnauzbart, elegant geschnitten, nicht so mächtig wie der seines Schwiegervaters Arsen. Immer trug er eine braune Ledertasche mit sich, an der der Henkel fehlte. Die Verschlussschnallen waren offen und klapperten bei jedem Schritt. Eigentlich war er ein ordentlicher und genauer Mensch, aber seine Tasche hinterließ den gegenteiligen Eindruck. Damals roch er noch nicht nach Rakija, wenn man ihm zu nahe kam oder sich in einem Raum mit ihm befand, glaube ich zumindest. Er war das einzige Mitglied der kommunistischen Partei im Dorf und zeigte bei jeder passenden oder unpassenden Gelegenheit seinen roten Ausweis mit dem gelben Stern darauf. Die Partei war seine Religion und Tito sein Patriarch. Er hatte noch fünf Brüder und eine Schwester, die wir, solange wir nahe Sarajevo lebten, immer wieder sahen bei gegenseitigen Besuchen.«

Milica hat Lazar das Glas ein zweites Mal mit Rakija gefüllt.

»Ich bin es nicht gewohnt, zum Frühstück Schnaps zu trinken.«

»Trink! Radivojes Rakija ist Medizin, solange die von ihm vorgeschlagene Dosis eingehalten wird. Zwei Gläser zum Frühstück, und dein Magen wird alle Speisen gut vertragen.«

»Weil er sich danach nicht mehr zu wehren vermag.« Lazar lächelt, nimmt das Glas und nippt daran.

»Dragutin war ein guter Mann«, setzt Milica ein. »Heute kann ich ihm für manches dankbar sein. Er ist der Vater meiner Kinder. Er hat sich nie etwas aus materiellen Werten gemacht. Er liebte Menschen. Und er war ein stattlicher, schöner Serbe. Nachdem ich die Ausbildung zur Grundschullehrerin abgeschlossen hatte, bot man mir die Stelle in einem Dorf nahe Sarajevo an und ich nahm sie. Ich wollte hinaus in die Fremde. Mein Vater Arsen konnte mich nicht hier halten, so wie er es gerne gesehen hätte. Mir war die Welt damals in Đake zu klein. Dort war sie auch nicht größer, aber es gab die große, schillernde Stadt, die ich immer wieder, trotz beschwerlicher Wege, besuchte. Und da lernte ich den herrlichsten Mann kennen, den ich bis dahin gesehen hatte, Dragutin. Er hatte nach einer intelligenten Frau gesucht, kein Bauernmädchen. Davon gab es in Sarajevo viele. Allein ich habe ihm gefallen. Mein Widerspruchsgeist hat ihn herausgefordert. Damals waren unsere Auseinandersetzungen Liebeskämpfe. ›Ich werde dich schon noch zähmen‹, hat er gesagt und sich darin gründlich getäuscht. Dann war ich schwanger, du kündigtest dich an. Wir beide, Dragutin und ich, freuten uns sehr auf den ersten Sohn, denn es musste ein Sohn sein. Und es ist ja tatsächlich einer geworden. Dein Vater war bei deiner Geburt so betrunken, dass er dich erst Tage später ins Geburtenregister eintragen ließ. Du bist wohl der einzige Mensch auf der Welt, der schon zwei Tage vor seinem Geburtstag geboren wurde.«

Lazar lacht und spinnt seine Erinnerungen weiter.

»Unser Dorf, das war ein richtiges bosnisches Dorf dieser Zeit. Eine zweihundert Meter lange Straße, sofern man so etwas Straße nennen kann. Einige wenige Häuser. Alle lebten von dem, was sie herstellen konnten, nur wir nicht. Der Standesbeamte und seine Frau, die Lehrerin, hatten zu wenig Zeit, um Vieh halten zu können oder einen großen Gemüsegarten zu bebauen. Oder soll ich lieber sagen, es wäre unter ihrer Würde gewesen? Wir kauften oder tauschten bei den Nachbarn. Wenn ihr beide arbeitetet, wurde ich immer wieder von unseren Nachbarn, den Moslems, eingeladen. Es gab einen großen, niedrigen Tisch und alle saßen auf dem Boden rund um ihn. Gegessen wurde mit den Fingern, meist aus einer großen Schüssel. In unserem Haus gab es zuerst keinen Strom. Gebadet wurden wir im Sommer hinter dem Haus in einer verzinkten Wanne. Ich weiß, dass ich die meiste Zeit barfuß lief und abends, wenn du protestiertest, wusch ich die Füße im Steintrog bei der Quelle. Die Zähne putzte man nicht. Aber einer der alten Bauern war des Zahnreißens kundig. Er sang uns Lieder zur Beruhigung vor, solange er den Faden um sein Opfer knüpfte. Meist, bevor man sich versah, hielt der Alte schon den Zahn in der Hand und lachte. Ich hatte Gott sei Dank gute Zähne. Was man von meinen Schwestern nicht behaupten kann. Mit Salbei und anderen Mittelchen wurde versucht, die Schmerzen einzudämmen, was aber nur allzu oft nicht gelang. Wenn meinen Schwestern ein Zahn gerissen wurde, suchte ich das Weite. Ich konnte das Geschrei nicht aushalten.«

Lazar legt die Handflächen auf seine Ohren. »Die Seife, mit der alles und alle gewaschen wurden, stellte eine Nachbarsfrau her. Zwei Räume hatte das Haus: die Küche und den Schlafraum. Wenn es kalt war, hielt man sich am Tag in der Küche auf, in der Nacht alle Familienmitglieder im Schlafraum. Nachdem meine zwei Schwestern Vera und Dana geboren waren, schliefen wir drei Kinder in einem Bett – ich mit dem Kopf auf die eine Seite, die Schwestern auf die andere Seite. Im Dorf gab es kein Geschäft, nichts, nur Wälder und Wiesen rundum. Das

Haus lag an einem Hang, unten im Tal hörte man den Bach rauschen. In den Wäldern sammelten wir Pilze und pflückten Waldbeeren. Am Waldrand gab es Haselnusssträucher. Vater liebte Gesellschaft, und er war beliebt bei den Leuten. Ständig traf er sich mit den Männern und dabei wurde viel getrunken. Wenn er betrunken war, sang er gerne, aber tanzen habe ich ihn nie gesehen. In diesem Zustand unterhielt er seine Gesellschaft auf das Beste. Die hatte mit ihm immer etwas zu lachen. Er war ein Intellektueller, klug und gerissen. Gespart hat er nie, alle wurden eingeladen. Manchmal hielt er den Bauern Reden, die sie sowieso nicht verstanden. Ich kann mich an einen Satz erinnern: ›Wir haben das klug gemacht, wir Jugoslawen. Mit dem Geld des Westens produzieren wir für die Märkte des Ostens. Und wem verdanken wir das? Unserem großen Vater Tito!‹«

Schweigend sehen Mutter und Sohn hinaus in die von der Sonne geflutete Landschaft. Es mischt sich ein bitterer Geschmack in die Erinnerungen.

Milica formuliert in Worte, woran sie beide denken: »Und dann hat ihn der Alkohol mehr und mehr streitsüchtig, egozentrisch und lästig für die Freunde gemacht. Immer öfter geriet er in Konflikte. Auch mit mir …«

Milica ist eine gläubige, orthodoxe Frau. Sie bekreuzigt sich.

»Wir haben es miteinander nicht ausgehalten.«

»Du wolltest auf mich nicht hören, wenn er alles Geld in den Kneipen Sarajevos oder Belgrads verschenkt, versoffen hatte und irgendwann des Nachts nach Hause polterte. ›Lass ihn grölen und schimpfen‹, habe ich gesagt. ›Bring ihn ins Bett. Vorhaltungen kannst du ihm machen, wenn er wieder nüchtern ist.‹ Aber nein, du musstest ihn beschimpfen. Geweint und geschrien hast du. Bis er dich wieder schlug und Vera und Dana sich verängstigt in deinen Kittel klammerten. Bis ich mich dazwischen warf, weil ich es nicht ertragen konnte, wenn du geschlagen wurdest. Nur wenn ich hier oben den Sommer mit meinen Schwestern bei Großvater Arsen verbrachte, verblassten die Bilder von Streit und Kampf. Großvater ahnte wohl, was sich zu Hause abspielte. Er hat mich für alles entschädigt, was mir Vater schuldig blieb. Und er spielte Akkordeon und hat es mich gelehrt. Ich werde nie vergessen, wie ich mit ihm zum ersten Mal hier vor dem Haus für eine Gesellschaft aufspielte. Ich fühlte mich wie im Himmel. Die Leute drückten mich und sagten mir eine große Zukunft voraus. Und ich verdiente mein erstes Geld mit der Musik.«

»Du warst zehn Jahre alt und hier bei Großvater, als dein Vater ohne Ankündigung das Nötigste packte und mit mir ohne viel Hab und Gut nach Belgrad übersiedelte. Da bekam er keinen Job mehr, arbeitete nur gelegentlich, was sich so fand, meist am Bau. Von da an ist er, wenn er nach Hause kam, keinen Abend nüchtern gewesen. Ich arbeitete als Lehrerin, um Geld heranzuschaffen. Und ihr Kinder wart zu oft allein. So oft wie möglich habe ich euch zu den Großeltern geschickt. Bis Dragutin es verbat, weil Arsen ihm die Leviten gelesen hatte. Als deine Großmutter starb, nahm ich deine Schwestern und reiste nach Đake ab. Seitdem lebe ich hier.«

»Vater schien es egal zu sein, dass du weg warst. Und mich ließ er in Frieden. Ich war zu stark geworden, mit mir konnte er sich nicht mehr anlegen. Mehr und mehr entwickelte er sich zum Streuner. In die Wohnung nach Karaburma kam er nur noch selten. Titos Tod und die Vorahnung vom Ende Jugoslawiens gaben ihm den Rest. 1981 ist er auf der Straße liegen geblieben und war tot.«

Lazar steht auf, küsst seine Mutter auf die Wange und geht davon.

Hinauf in die Berge geht er. Von ganz oben kann man hinüber in den Kosovo sehen. Da sitzt er den halben Tag und raucht, singt in den Wind und lässt seine Gedanken fliegen:

– Ich bin nicht besser als Vater Dragutin. Im Gegenteil. Er ist wenigstens kein Mörder. –

Früher, wenn er mit Großvater hier oben in den Wiesen saß, fühlte er sich herausgehoben aus dem Dreck der Welt. »Der Wind weht den Staub aus deinen Zellen, besonders den, der sich in deinem Kopf angesammelt hat über die Jahre«, hat Großvater gesagt. Und er holte die Taschenuhr aus der Jackentasche, öffnete den Deckel und hielt sie dem Jungen vor die Augen: »Siehst du, wie sie fleißig tickt? Wenn ich sie nicht einmal im Jahr von meinem Freund und Nachbar durchputzen lasse, bleibt sie stehen.«

Und dann stellten Großvater und Enkelsohn sich mit weit geöffneten Armen in den Wind und Lazar spürte, wie der Dreck aus seiner Seele geblasen wurde. Er konnte ihn regelrecht davonfliegen sehen. Und als Großvater Arsen ihn in den Arm nahm, fühlte er sich glücklich wie selten zuvor.

Ein wenig schämt Lazar sich, als er aufsteht und versucht, die Arme auszubreiten. Erst sieht er sich in alle Richtungen um, ob er auch nicht beobachtet wird. Dann steht er da, schließt die Augen und spürt den Wind. Kein Dreck fliegt ihm aus dem Kopf, aber einige Augenblicke lang ist es ihm, als würde er die Umarmung von Großvater Arsen fühlen.

Später liegt er auf der Wiese und schläft.

Er träumt, und er träumt so, als wäre er in der Zeit weit zurückgesprungen. Dunkel ist es. Eine Gaslampe wirft spärlich Licht in den Raum, dessen Wände aus Dunkelheit bestehen. Milica sitzt beim Tisch, sie näht, oder sie löst Bohnen aus, oder liest sie? Als er zu ihr geht, reicht er ihr, obwohl sie sitzt und er steht, nur bis zur Brust. Eine nicht auszuhaltende Spannung liegt im Raum. Bevor man die Bewegung in der Dunkelheit sieht, riecht man den scharfen Hauch des Rakija. Mutter schreckensbleich, mit weiten Augen. Ihre großen, schönen Augen voller Angst. Dann ist er plötzlich zu sehen, mit aufgedunsenem Gesicht und den weißen Zähnen im lachenden Mund. Er wirft den Zigarettenstummel auf den Boden, kommt schwankend näher.

Tu es nicht, will der Junge schreien, aber kein Laut kommt über die Lippen. Und dann ist es schon zu spät. Die Mutter schimpft mit schriller Stimme: »Wovon soll ich Essen kaufen, wenn du alles versoffen hast?« Je näher der Mann kommt, desto lauter schreit sie. Lazar weiß, was passiert, was passieren wird. Er sucht die Mutter hinter seinem viel zu kleinen Rücken zu verstecken. Die ersten Schläge sausen an ihm vorbei, doch er wirft sich in die weiteren Hiebe hinein. Er heult, nicht leise, sondern so laut er kann. Aber es wird nichts nützen. Die Augen der Schwestern, die aufgewacht sind, am Rande der Dunkelheit, schreckensstarr. Schläge, Geschrei, Schläge. Und da läuft er hinein in die Dunkelheit, öffnet die Lade, zieht hervor, was er zu fassen bekommt, und stürzt sich zwischen die Eltern. Den Rücken zur Mutter, hält er dem Vater das im Licht blitzende Messer entgegen. Er sieht, wie Vater Dragutin erschrickt, ungläubig und dumm dreinblickt. Vater macht einen Schritt nach hinten und fällt. Und bleibt liegen, grunzend und brabbelnd. Er kommt nicht wieder hoch.

Mutter Milicas Arme schieben sich vorsichtig von hinten hervor. Ihre Linke hält Lazars Arm am Knöchel fest. Ihre Rechte nimmt das Messer aus der Hand des Jungen.

Später spürt er, wie er in den Armen der Mutter schläft. Sie streichelt sein Haar, so innig, wie sie es selten tut.

Lazar weckt die kühle Luft. Erst muss er sich zurechtfinden. Wie kam er hierher? Was tut er da?

Dann macht er sich auf den Weg zu Milica, die längst mit dem Abendessen warten wird.

19

»Wo warst du?«

Milica hat sich Sorgen gemacht. Es gibt gefüllte Paprika, Brot, Schaffleisch und den Kürbisstrudel, den Lazar so liebt.

Milica isst nur wenig.

»Damals habe ich mich nicht klug benommen. Das weiß ich schon lange. Dragutin und ich, wir haben in unserem Kampf beide verloren. Als ich es begriff, war mir klar, ich musste Abstand zwischen deinen Vater und mich bringen. Und dein Großvater Arsen brauchte mich. Es war der erste und der beste Zeitpunkt, um das Leben mit Dragutin zu beenden. Geliebt habe ich ihn auch da noch. Ich konnte nur nicht weiterkämpfen. Ich weiß, Lazar, was du damals durchgemacht hast. Arsen sagte zu mir: ›Er ist ein guter Junge. Aber das Leben hat Löcher in ihn geschlagen. Ich habe versucht, sie zu füllen, mit dem Akkordeon und mit meiner Art zu lieben. Ich hoffe, ich bin da, sollten die Löcher einmal Kanonenrohre werden.‹«

Lazar lässt die Gabel und das Messer sinken. Er sieht mit offenem Mund in Milicas Gesicht. Worte mühen sich über seine Lippen: »Mutter, ich habe einen Menschen umgebracht. Ich bin ein Mörder.«

Milicas Rechte legt sich auf ihre Brust. In ihrem Gesicht kein Vorwurf. Mitleid ist es, was zu sehen ist: »Deswegen bist du also hier?«

»Deswegen bin ich hier.«

Lazar erzählt, erst stockend, dann immer freier. Es ist schon dunkel, als er sagt: »Wegen eines Trinkers, der jemanden, den ich liebe, zu Tode gebracht hat. Wir wollten ihn nicht umbringen. Ihm einen Denkzettel verpassen, das schon. Aber dann zog er die Pistole und zielte auf meinen Freund. Hätte er auf mich gezielt, vielleicht wäre ich jetzt tot. So aber habe ich nicht lange überlegt, was ich tue. Ich hatte Angst um Jovan. Und als es geschehen war, glaubte ich zu träumen. Irreal, unbegreiflich. Je mehr Zeit verging, desto klarer begriff ich, was ich angerichtet hatte. Alles in mir krampfte sich zusammen, durch diesen Schrecken. Ich glaubte, sterben zu müssen. Hätte Jovan nicht so kaltblütig reagiert, säße ich jetzt für den Rest meines Lebens in einer Zelle. Aber nun weiß ich nicht mehr, ob es gut ist, mich zu verstecken. Ich werde Milan nie wiedersehen. Julijana wird mir nie verzeihen. Und Jovan und Ivo und alles andere? Kann man im Gefängnis mit einem Akkordeon Musik machen? Und du, Mutter?«

Milica erhebt sich mühsam von ihrem Sitz. Soweit es der Tisch zulässt, sucht sie die Nähe ihres Sohnes. Sie umarmt ihn, drückt seinen Kopf an ihre Brust. Sie streichelt das struppige, weiße Haar. Und dann sagt sie: »Menschen haben ihn ans Kreuz geschlagen. Und standen da unter ihm und verhöhnten ihn in seinem Schmerz. Und er, was sagt er? ›Vater, vergib ihnen, denn sie wissen nicht, was sie tun.‹ Und seitdem ist keiner verloren.«

»Geschichten. Aber ich glaube schon lange nicht mehr an Geschichten. Auch wenn sie so schön wie diese sind.«

Milica hat sich ihr Bett in der Küche gerichtet, darauf hat sie bestanden. Um auf der Terrasse zu schlafen, ist es heute zu kalt.

Lazar liegt in dem viel größeren Wohnzimmer. Er hat aus seiner Tasche das Moleskine-Notizbuch hervorgeholt: »Endlosbrief für Christoph«.

Wahllos blättert er herum, betrachtet Maddalenas wunderschöne Schrift. Dann beginnt er irgendwo zu lesen:

Liebster!

Seltsam, dieses Wort nach langer Zeit für dich wieder zu verwenden. Und doch habe ich es so lange und so oft gebraucht. Ein wenig Schmerz weckt dieses Wort, wenn ich es heute hier auf das Papier schreibe:

Liebster!

Wie es dir wohl damit ergeht?

Und doch will und muss ich es verwenden, weil es das, was an Schlimmem geschehen ist, erstickt zu haben schien. Nichts anderes konnte ich glauben. Jetzt aber, wo alte Müllhalden abgetragen werden, weil sich ihr Gift inzwischen so weit ausgedünnt hat, jetzt liegt dieses Wort offen da: Liebster. Und es lebt.

So will ich mich daranmachen, weiterzugraben und die schönen Dinge vom Schmutz der Vergangenheit befreien. Und wenn du mich dabei begleiten willst, dann komm mit in meinen Worten. Lies! Hab keine Angst, tu es einfach. Und wenn du es nur mir zuliebe tust, weil ich sterbe. Ich verspreche dir, du wirst am Ende eine Handvoll Edelsteine vor dir liegen haben. Du weißt, Edelsteine überleben das Sterben vieler Menschengenerationen. Sie werden bleiben. Was wird bleiben?

Du hast den Vortrag in Venedig gehalten, ich meine den ersten, den ich gehört und übersetzt habe. Und dann hast du mich in ehrbarer Art – bitte lachen – angeflirtet. Du seiest noch nie in Venedig gewesen. Jetzt wollest du nur das sehen von der Stadt, was ich schön finde, denn das müsse das Schönste sein. Ich ließ mich nicht lange bitten, denn ich fand dich zauberhaft männlich und wollte wissen, ob dein Inneres hielt, was dein Äußeres versprach. Von den großen Sehenswürdigkeiten Venedigs hast du nicht viel gesehen. Ich habe dich in den Hörsaal der germanistischen Fakultät verschleppt, in mein kleines Lokal abseits aller Touristenströme, »Birreria Zanon«, nahe dem Palazzo meiner Eltern, am Fondamenta dei Ormesini. Die Focaccia mit Pecorino schien dir geschmeckt zu haben. Wir hatten unseren Spaß daran, von beiden Seiten gleichzeitig abzubeißen. Da habe ich zum ersten Mal den sanften Geruch von Pfeifentabak und Sandelholz in deinem Gesicht gerochen. Deinetwegen habe ich das getan, was ich gar nicht mag. Wir haben aus einem Glas Bier getrunken. Mehr Geld war bei dir und auch nicht bei mir vorhanden.

Meinen Onkel, den Besitzer der letzten Gondelwerft Venedigs, habe ich dir vorgestellt. Kannst du dich erinnern, ein kleiner Dicker mit Glatze. Als er hörte, du seiest aus Österreich, ließ er sich von mir nicht davon abbringen, einige Lieder der Gondoliere zum Besten zu geben. So sind wir Italiener. Schnell fand sich ein frenetisch applaudierendes Publikum.

Bei diesem Spaziergang durch meine Stadt habe ich mich in dich verliebt, aber mein Liebster bist du erst später geworden.

Alle, die dich kennenlernten, mochten dich. Und es gab wohl keine meiner Freundinnen, die sich nicht in dich verliebt hätte. Was mir die Sicherheit verschaffte, dass ich nicht bereit war, dich wieder herzugeben.

Sunnyboy!

Umgekehrt liebte ich es, dein Schmuckstück zu sein. All die bedeutenden Freunde. Man brachte dir größte Wertschätzung entgegen. Nicht wenige, die mir heimlich versicherten, deine Klugheit, deine Brillanz, dein offener Umgang mit jedermann werde die Geschicke des Landes im nächsten Jahrzehnt prägen. Was es dann ja auch tatsächlich tat. Du hast so viel Begabung, Christoph.

Die Hochzeit, in den Medien hochstilisiert zur Traumhochzeit des Jahres. Ich hätte mir gewünscht, dass es nur für dich und mich ein traumhaft schönes Erlebnis werden sollte. Aber man gewöhnt sich daran, Privates zu erleben, wo die

Öffentlichkeit Privates nicht zulassen will. Wir haben kein Theater gespielt. Mehrmals musste ich prüfen, ob du oder ich in eine Rolle geschlüpft war, die man abends wieder ablegt. Nein, das waren damals wirklich wir. Die Zuneigung der Öffentlichkeit galt uns, keinen Schauspielern. Man mochte uns.

Unsere Zweisamkeit war das Schönste. Auch weil sie so selten möglich war, aber nicht allein deswegen.

Du bist ein grandioser Liebhaber. Ich hatte so etwas vor dir nicht erlebt. Es ging dir nie darum, zuerst deine Bedürfnisse zu befriedigen. Du wolltest mich glücklich sehen. So viele glückliche Momente habe ich durch dich erlebt.

Kannst du dich erinnern, als wir zusammen den Schwangerschaftstest begutachteten und feststellten, wir bekommen ein Baby? Wie verrückt bist du durch die Wohnung gelaufen, hüpfend, lachend. Nichts war da zu sehen von der Ehrenhaftigkeit der politischen Persönlichkeit. Wir haben uns so sehr gefreut.

Natürlich wolltest du bei der Geburt dabei sein. Du hast als einer von drei Männern die Schwangerschaftsgymnastik mitgemacht. Eine sanfte Geburt sollte es werden. Kein Krankenhaus im Umkreis von hundert Kilometern ließ den Vater mit in den Kreißsaal. Dann sollte die Leitung der Geburtenstation des nächstgelegenen Krankenhauses neu besetzt werden. Nach wie vor habe ich dich in Verdacht, als Protegé jenes syrischen Arztes, der sofort – und das war zwei Wochen vor der Geburt Angelos – alle Abläufe der Station auf den Kopf stellte. Natürlich war es plötzlich hoch erwünscht, den Vater bei der Geburt dabeizuhaben.

Du hast mir den Atemrhythmus vorgegeben. Du hast mich massiert, du hast mich gestreichelt, gehalten. Deine Worte gaben mir Sicherheit und Kraft. Du hast die Nabelschnur durchtrennt. Wie wäre die Geburt unseres Sohnes ohne dich gewesen? Ich kann es mir nicht vorstellen. Gemeinsam hielten wir Angelo in unseren Armen.

Später hast du einmal gesagt, ohne dieses Erlebnis hättest du nie die ganze Weiblichkeit an mir entdeckt. Ja, es sei auch ein erotisches Erlebnis für dich gewesen, im besten Sinne.

Du hättest nie in das harte Geschäft der Politik einsteigen dürfen. Du bist zu sensibel, zu empathisch dafür.

Alle Warnzeichen deines Körpers, deiner Seele hast du missachtet. Und ich hoffte, dass schon alles gut gehen werde. Das tat es nicht. Wie ein Messer schnitt die Politik den Kuchen in zwei Teile, setzte jeden Teil auf einen Teller und rückte die Teller weiter und weiter auseinander. Ich lag auf dem einen Teller, du auf dem anderen. Irgendwie gab es keinen Weg, sich dagegen zu wehren.

Der Weg, den der Außenminister für unser Bestes vorschlug: Botschafter in Brüssel oder Belgrad, der stürzte uns erst recht ins Chaos.

Du bist kein hartgesottener Stratege, der zum Wohle des Landes über Leichen geht. Doch das verlangte man von dir. Zumindest bin ich davon überzeugt, du hast es so empfunden.

Du vertratest die Separationsbewegungen der katholischen, miteinander befreundeten Teilrepubliken Jugoslawiens und nahmst das Leid der Menschen, das dadurch offensichtlich wurde, auf deine Kappe.

Du trankst, um die Angst, den Schmerz und die Schuldgefühle in Schach zu halten. Ich habe das damals so nicht gesehen. Lange Zeit, zu lange Zeit, stand ich hilflos daneben oder tat das, was Öl ins Feuer schüttete. Als ich endlich entschieden handelte, war es zu spät.

Auch heute, gerade heute, solltest du wissen, du warst meine große Liebe des Lebens, so wie sie nur zwischen dir und mir sein konnte.

Lazar legt das Buch zur Seite. Warum hat er es bisher nicht bemerkt? Er wollte es nicht bemerken: Maddalena und Christoph liebten einander, und das nicht wenig.

Nein, er muss das Buch noch einmal aufnehmen, blättert zur letzten beschriebenen Seite:

Und wenn ich sterbe?
    Wohin springe ich, wenn ich abspringe?
    In einen Abgrund?
    Ja, wenn ich mir den Sprung nur vorstelle. Nein, wenn ich wirklich springe.
    Weißt du noch, wer mir diesen Satz zitierte? Das warst du, vor vielen Jahren. Und doch ist es, als würdest du ihn mir heute sagen.
    Nein, nicht heute, sondern …
    Jetzt!

– Und ich, Lazar, war ich der Mann, der die Liebe störte? –
    Bis zum frühen Morgen bleibt sein Selbst wach. Hatte Christoph allen Grund dafür, ihn loswerden zu wollen? Sollte er sich den Behörden stellen und die Konsequenzen für seinen fatalen Irrtum tragen? Für immer ins Gefängnis?
    – Aber ich habe doch auch nur geliebt! –
    Beim ersten Sonnenstrahl erhebt er sich, schleicht sich in der Küche an Milica vorbei.
    Er geht den Weg über die Schafweide hinunter. Dorthin, wo er den Friedhof von Radivojes Familie weiß.
    Radivoje zählte Arsen zu seiner Familie. Arsen, der niemals für ein Grab gesorgt hatte. Als Arsens Frau starb, meinte

Radivoje: »Du willst sie bestimmt nahe bei dir haben. Leg sie auf unseren Friedhof.«

Und jetzt liegt Arsen neben seiner Frau hier oben, wo er immer gerne gewesen ist.

Zum Bach hinunter und wieder ein Stück hinauf durch den Laubwald, dann sieht man die Gräber mitten in der satten Natur. Jedes von einem eisernen Geländer eingefasst. Jedes mit einem Stein versehen. Bilder der Begrabenen sind eingraviert oder aufgedruckt. Seit Arsen tot ist, war Lazar jedes Mal bei seinen seltenen Besuchen hier. Das Grab seiner Großeltern befindet sich am Rande der Anlage, dort, wo eine Gartenbank unter einem Haselstrauch die Lebenden zur Teilnahme an der Ruhe der Toten einlädt. Dort setzt Lazar sich hin. Es scheint so, als würde er lächeln. Und doch ist ihm elend zumute.

Und als er den Blick zum Fuße des Grabsteins seines Großvaters richtet, sieht er die Flasche Wein da stehen und einen Teller, darauf ein Löffel. Einen Tropfen Honig kann man erkennen. Am Rande des Tropfens sitzt ein bordeauxroter Schmetterling, den Rüssel in den klebrigen Tropfen getaucht. Als Lazar aufsteht und auf das Grab zugeht, um genauer sehen zu können, flattert der Schmetterling auf und fliegt davon.

– Bordeauxrot, das war die Lieblingsfarbe Arsens. –

Und einen Augenblick ist es Lazar, als gäbe es diese andere Welt, als wäre keine Grenze zwischen dieser und der anderen Welt.

20

»Radivoje war hier. Es gibt keinen Empfang hier bei mir für sein Handy. So bin ich mit ihm ein Stück hinaufgegangen. Oben auf der Schafweide geht es schon. Radivoje hat mich mit Julijana verbunden.«

»Mit Julijana?« Die Neuigkeit beunruhigt Lazar.

Milica schenkt Rakija ins Glas und serviert den Kaffee.

Obwohl er hungrig ist, kann Lazar jetzt nichts von den verlockenden Speisen kosten. Er zündet sich eine Camel an und schlürft den ersten Schluck Kaffee.

»Was wollte Julijana?«

Milica setzt sich. Man kann sehen, wie sehr sie heute Morgen der Rücken schmerzt.

»Du solltest drinnen im Wohnzimmer in deinem gewohnten Bett schlafen und ich schlafe hier draußen oder in der Küche!«

»Ach was, der Schmerz kommt nicht davon. Ich bin eben alt, sehr alt. Während ich telefonierte, hat mir Radivoje von seinem Haus seine Schmerzsalbe geholt. Vor einem Jahr hat er Gavez unten beim Bach ausgesetzt. Jeden Herbst gräbt er einen Teil der Wurzeln aus. Er reinigt und schneidet sie grob und brät sie vorsichtig für eine halbe Stunde in Olivenöl. Dann muss das Öl drei Tage lang stehen bleiben. Für die Salbe erwärmt er das Gavezöl mit ein wenig Wachs aus seinen Bienenstöcken. Fertig. Letztes Jahr sind meine Schmerzen damit sehr viel besser geworden.«

»Du sagtest, du hättest mit meiner Tochter telefoniert? Geht es ihr gut?«

»Ja. Ja, es geht ihr gut. Sie erzählte von Milan und ich konnte ihre Freude hören. Er bekommt endlich die notwendige Behandlung. Julijana sagt, er wird wieder ganz gesund.«

»Ganz gesund?«

»Ich habe es nicht richtig verstanden. Ein italienischer Freund … warte Mal … Luciano, ich glaube, so heißt er, der übernimmt die Kosten für Milans Behandlung.«

»Luciano?« Lazar versteht die Welt nicht mehr. Wie kommt Julijana zu Luciano, sollte es der Luciano sein?

»Hat sie erzählt, wie sie Luciano kennengelernt hat?«

»Nein, nein! Aber das Wichtigste ist doch: Milan wird gesund! Freust du dich nicht?«

»Doch! Sehr sogar! Milans Krankheit hat mir in den letzten Wochen große Sorgen bereitet. Was hat Julijana sonst noch gesagt?«

Milica lächelt: »Sie ist verliebt!«

Lazar schüttelt den Kopf: »Wäre ja nicht das erste Mal.«

»Nein, diesmal scheint es ernst zu sein. Wäre das schön, noch einen Urenkel zu bekommen, bevor ich sterbe.«

»Sag nicht so was. Julijana und die Männer, das war nie eine gute Kombination. Du siehst doch, Milan muss ohne Vater aufwachsen.«

»Dafür hat er einen Großvater, der ihn liebt.«

– Das hilft Milan jetzt nicht mehr weiter –, will Lazar sagen.

»Julijana fragte, ob du da bist? Aber sie wollte nicht mit dir sprechen.«

»Sie wollte wissen, ob ich hier bin?«

»Ja. Ich soll dir ausrichten, dass Doktor Christoph Forstner lebt.«

»Er lebt?«

»… und dass sie ihm sagen wird, wo du zu finden bist …«

»… ist sie verrückt geworden?!«

Lazar springt auf. Er wirft die Camel auf den Boden, dämpft sie mit dem Fußballen aus. Hin und her stapft er, will etwas sagen, bringt kein Wort heraus. Und bevor Milica ihn, wie einen durchgegangenen Hengst, an der Mähne fassen kann, läuft er davon.

Er läuft den Berg hinauf. Das Herz jagt Blut durch die engen Adern. Die Lungen keuchen, trotzdem bleibt er nicht stehen. Irgendwo fällt er halb ohnmächtig ins hohe Gras.

– Er hetzt nicht die Polizei auf mich. Er kommt selbst und will Rache. –

Weiter treibt es ihn den Berg hinauf, bis er ganz oben angekommen ist.

Wie lange er gelegen hat, weiß er nicht. Die Beine und die Arme zittern. Mühsam zündet er sich eine Zigarette an. Das Hemd ist schweißnass, sodass ihn der Wind frösteln lässt. Alles in ihm ist durcheinander. Was soll er jetzt tun?

Er war nie ein Krieger.

– Am besten, weiter davonlaufen. Sich irgendwo verstecken, wo mich keiner kennt. Neu anfangen. –

Ein Freund hat ihm erzählt, im Oman sucht man Gastarbeiter in der Ölproduktion. Ein harter Job, aber gut bezahlt.

– Glaubst du wirklich, die warten auf einen sechzigjährigen Serben, der sich selbst im Stadtleben Belgrads schwer auf den Beinen halten kann? –

Er wird sich wehren!

– Soll er doch kommen! –

Fünf Stunden Busfahrt. Das ist mit dem festen Verband am Brustkorb möglich, aber dennoch schmerzhaft. Gott sei Dank ist der Bus nicht voll und er hat zwei Plätze. So kann er seine Position immer wieder verändern. Die Ärzte wollten ihn nicht gehen lassen. Er sei nach wie vor schwach. Daher musste er das Krankenhaus auf eigene Verantwortung verlassen. Seine Freunde von »Direct Assistance« haben versprochen, ihn im Notfall, egal wo, mit dem Hubschrauber zu holen.

»Was hast du vor?« Aber das wollte er keinem sagen. Das geht nur drei Menschen etwas an, und einer von den dreien ist tot.

Die eineinhalb Stunden, die es auf der Autobahn dahingeht, federn die Stoßdämpfer des Busses Schläge gut ab. Die Landschaft bietet nach Verlassen der Autobahn Beeindruckendes, das lässt den katastrophalen Zustand der Landstraßen ertragen. Es geht entlang der Morawa und eine Stunde später hinein in das Städtchen Kruševac.

»The City of Lazar« liest er unter der Ruine der Festung ins Gras geschrieben, und er muss lachen. Der Lazar, den er sucht, ist nur Herr des Akkordeons.

Kruševac war die Residenz des Fürsten Lazar Hrebeljanović, des legendären Serbenführers in der Schlacht auf dem Amselfeld. Das weiß der Herr Botschafter im Ruhestand. Wenn er sich nicht irrt, hat Milošević selbst ihm die Geschichte des Volkshelden erzählt. In Kruševac hat Fürst Lazar 1389 seine Krieger gesammelt, bevor er gegen die Übermacht der Osmanen in die Schlacht auf dem Amselfeld zog. Am fünfzehnten des Monats Juni dieses Jahres traf die Koalition der verbliebenen christlichen Reiche auf dem Balkan auf das gut organisierte Heer von Sultan Murad dem Ersten. Legenden ranken sich um diese Schlacht, aufgegriffen in der Volksdichtung. Christoph hat nie begriffen, wie es dazu kommen konnte, dass der Nationalmythos der Serben von der heldenhaften, aber verlorenen Schlacht berichtet, vom Tod des Lazar Hrebeljanović und daraus das Recht der Serben auf den Kosovo begründet.

»Wo Serben leben, wo Serben begraben liegen, da ist Serbien.« Miloševićs Worte.

Die Busstation von Kruševac gibt Christoph die Möglichkeit, aufzustehen und einige Schritte zu gehen. An den Zustand öffentlicher Toiletten im Süden hat er sich längst gewöhnt.

Er spürt die Wunde im Rücken. Hätte er doch noch einige Tage warten sollen?

Noch eine Stunde muss er durchhalten, bevor es hineingeht in die Kleinstadt Kuršumlija. Endstation. Kein aufregender Ort.

Christoph bestellt Kaffee in dem heruntergekommenen Lokal an der Busstation und fragt die Kellnerin, ob ihn die Taxis, die er am oberen Rand der Station stehen sah, nach Đake bringen können.

»Nein! Nein! Nur nicht mit einem von denen. Viel zu teuer.« Er solle einen Augenblick warten, sie werde einen verlässlichen Taxifahrer organisieren. Und wenig später kommt sie, das Handy am Ohr. Bojan sei bereit, die Fahrt zu übernehmen.

»Und wie viele Euros will Bojan dafür haben?«

Es seien mehr als dreißig Kilometer und der Zustand der Wege schlecht. Eine Stunde Fahrzeit müsse man rechnen.

Bojan möchte fünfzehn Euro dafür.

– Geschenkt! –, denkt Christoph. Er wird nach zufriedenstellender Leistung ein saftiges Trinkgeld dazugeben.

Wenige Minuten später hält das gelbe Taxi neben dem Lokal. Bojan spricht Englisch. Christoph befragt ihn über sein Leben. Leicht ist es hier nicht. Bojan hat studiert und will nach Belgrad. Er hat sich schon bei einer Firma beworben. Und bis sich sein Traum verwirkliche, fahre er Taxi. Und das tut er ausgezeichnet. Ruhig und überlegt, man fühlt sich sicher in seinem Wagen.

Ob man bei der Fahrt an der Teufelsstadt, den Đavolja Varoš, vorbeikomme? Er habe gehört, das sei als Weltnaturerbe vorgeschlagen gewesen? Und wenn man schon einmal hier ist.

Kein Problem, es sei nur ein kleiner Umweg, meint Bojan.

Der asphaltierte Weg wird schmäler und mündet in einen Parkplatz. Kaum zu glauben, es gibt Marktstände mit touristischen Angeboten. Und es stehen Wagen mit Kennzeichen aus Schweden, Deutschland, Österreich und natürlich Serbien hier. Nicht viele, aber immerhin.

Er solle den Fußweg die fünfzehn Minuten allein nach hinten zu den Steintürmen gehen, Bojan wolle hier auf ihn warten.

Die kleine Wanderung tut Christoph gut. Die verspannte Muskulatur lockert sich. Er prüft den Verband, alles sitzt einwandfrei. Seinen Schatz, die Ledertasche, hat er in Bojans Wagen gelassen. Sollte der die Gelegenheit nützen und davonfahren, stünde Christoph mit Kleingeld und ohne Ausweis da. Aber warum sollte Bojan das tun?

– Man kann ihm vertrauen. –

Man muss Eintritt bezahlen, dreihundertfünfzig Dinar, das sind fast drei Euro. – Langsam lernen die Serben, dass Tourismus Geld bringen kann. –

Dafür bekommt man eine Broschüre: Von zweihundert Erdpyramiden wird geschrieben, zwei bis fünfzehn Meter hoch. An der Spitze jeder Säule liegt ein Stein, der die Säule schützt, während der übrige Boden ausgewaschen wird. Ständig verfallen alte Erdsäulen und es entstehen neue.

Nicht weit vom Eingang des Naturparks stößt Christoph auf die »Crveno Vrelo«, die rote Quelle. »Teufelswasser« sei es, sagt man. Ein von Steinen umlegtes kleines Quellbecken, rostrot, oval. Rostrot auch der Boden im Umfeld.

In Christoph weckt es ganz andere Vergleiche:

– Als hätte man mit einem Messer der Erde einen Stich versetzt. –

Es schmerzt in seinem Rücken. Und es erinnert ihn daran, warum er eigentlich hier ist. Nicht, um Sehenswürdigkeiten der Gegend zu besuchen, sondern um alte Wunden zu schließen.

Darum geht er, so schnell er es schafft, den halben Kilometer nach hinten zu den ersten Säulen, wirft einen Blick darauf und macht sich auf den Weg zu Bojan.

Bojan wartet im Wagen. Er hat sich inzwischen nach dem besten Weg erkundigt. Es gibt nur einen, der nach den schweren Regenfällen des Frühjahres befahrbar ist. Und die Bezeichnung »befahrbar« ist eine relative, wie Christoph schnell bemerkt. So einen Weg würde er in Österreich nicht einmal mit einem Allrad befahren wollen. Aber Bojan macht es scheinbar nichts.

Gleichmütig und souverän umrundet er jede scharfkantige Felsspitze, gleitet die tiefen Schründe entlang, ohne die Bodenplatte zu gefährden. Das lockere Geröll auf den steilen Stücken kann ihn nicht aus der Ruhe bringen.

Der Wagen gehöre dem Taxiunternehmen. Er sei nur der Fahrer, sagt er lächelnd.

Die wilde Anfahrt will kein Ende nehmen, und der Zustand des Weges verschlechtert sich. Eines der steilsten Stücke muss Bojan dreimal nehmen. Auf Christophs Frage antwortet der wagemutige Fahrer: O ja, immer wieder käme es zu Zwischenfällen. Besonders im Winter. Er wüsste von einem Bewohner Đakes, der bereits dreimal mit dem Wagen von der Fahrbahn abgekommen sei. Das Fahrzeug habe sich über die Abhänge hinunter überschlagen. Aber jedes Mal sei er unverletzt dem Wrack entstiegen.

Der dichte Waldwuchs neben den Wegen beruhigt Christoph. Schnell sollte sich ein von der Fahrbahn abgekommener Wagen im Gestrüpp verfangen. Bojan hat bemerkt, dass Christoph seinen Rücken stabil zu halten versucht.

»Wir sind gleich oben!«

Ganz plötzlich ist der Weg auf einem flachen Stück zu Ende.

»Du musst einen halben Kilometer zu Fuß gehen, immer geradeaus, dann kommst du zu Milica Andrićs Haus. Sollte sie nicht da sein, die Rakijaflasche steht immer gefüllt auf dem Tisch. Die alte Frau möchte, dass die Gäste bleiben. So oft bekommt sie nicht Besuch.«

»Ist jetzt jemand bei ihr?«

»Ja, ihr Sohn. Alle sprechen davon. Lazar Petrović. Jahrelang hat er sich nicht sehen lassen. Man fragt sich, warum er gekommen ist.«

Christoph gibt dem tapferen Bojan sehr viel Trinkgeld. Der will es erst nicht nehmen. Christoph besteht darauf.

Bojan hat eine Karte mit seiner Telefonnummer:

»Wenn du wieder nach unten willst, ruf mich zwei Stunden, bevor du abfahren willst, an. Du kannst dich auf mich verlassen, ich hole dich.«

Christoph beobachtet, wie Bojan auf dem engen Stück flachen Bodens gekonnt reversiert und langsam den Abhang wieder hinuntergleitet. Eine Zeit lang hört man noch den Motor, dann Stille, totale Stille. Man hört die Natur, aber kein Geräusch, das ein Mensch verursacht.

Vorsichtig hängt Christoph sich die Tasche auf die bessere Schulter und geht los, mitten hinein ins Grün.

Irgendwo hier im alten Schafstall muss sie sein.

Radivoje hat Milica zum Sonntagsgottesdienst in der kleinen Dorfkirche abgeholt. Mit dem Wagen fährt man eine halbe Stunde dorthin. Der Gottesdienst dauert zumindest eine Stunde. Also hat er zwei Stunden Zeit, um zu finden, was er sucht.

Eines Tages wollte Arsen das alte Jagdgewehr nicht mehr im Haus haben. Das war nach dem Krieg.

»Es gibt zu viele schreckliche Geschichten, die mit einer Waffe im Haus beginnen«, hat er gesagt.

Er wollte das Gewehr auch niemand anderem geben, darum ist es wohl im aufgelassenen Schafstall gelandet, wo alles Unbrauchbare gelagert wird. Mit den Teilen jedes gelagerten Dings konnte man andere Dinge reparieren, notdürftig wieder in Gang bringen. Man wirft nichts weg.

Zwei Drittel des Lagers hat Lazar umgeräumt und gesäubert, als er endlich auf die lederne Waffentasche stößt. Vorsichtig entfernt er Spinnweben, moderndes Laub und Schimmel. Er trägt die Tasche hinaus vor die Hütte, öffnet den Verschluss. Das Gewehr ist in ein Wachstuch eingewickelt. Ein wenig Flugrost, aber der Lauf glänzt. Die Waffe scheint über all die Jahre einsatzfähig geblieben zu sein. Munition findet sich gut verpackt in der Tasche.

Lazar schüttet Öl auf ein sauberes Tuch und beginnt das Gewehr zu putzen. So, wie er es oft bei Großvater Arsen gesehen hat.

Plötzlich steht da einer fünf Schritte vor ihm. Der Schreck fährt Lazar in die Glieder. Mit zitternden Fingern schiebt er eine Patrone in den Lauf, legt an.

Der andere hebt die Arme, sagt nichts, gleitet vorsichtig auf die Bank nieder, die da steht. Er öffnet die Ledertasche und lässt dabei Lazars Blick nicht los. Aus der Tasche zieht er ein Moleskine-Notizbuch, öffnet es, entnimmt einen Zettel, faltet ihn auf.

Lazars Finger liegt am Abzug.

Meine Lieben! So will ich euch ansprechen. Ihr zwei seid die Lieben meines Lebens. Ich diktiere meinem Vater Luciano diese Worte, weil ich selbst nicht mehr zu schreiben vermag. Ich fürchte, dass ihr nicht zur Versöhnung finden könnt. Das ist meine letzte verbliebene Sorge.

Was man nicht mit Liebe betrachtet, hat man nicht erkannt!

Könnt ihr euch erinnern?

Nachwort

Der Balkan hat mich nie losgelassen. Ich mag die Menschen, die hier leben. Trotz der unglaublichen Katastrophen, die passiert sind, haben sie sich ihre Lebensfreude und ihre Gastfreundschaft erhalten, wenn auch die Wehmut in einem Teil ihrer Lieder kräftig mitschwingt.

Wer noch nicht da war, muss nach Đake in Südserbien, zu Radivoje und Jelena. Ich bedanke mich bei ihnen für die liebevolle Aufnahme in ihrem Haus, das so weit weg von der Welt liegt, wie wir sie kennen.

Ich bedanke mich für die klare und fundierte Unterstützung durch einen der wichtigsten Schriftsteller Serbiens, Ivan Ivanji. In manchem sind wir verschiedener Meinung, das macht unsere Gespräche so erfrischend und spannend für mich.

Peter Handke hat mir mit wenigen Sätzen Mut gemacht, diesen Roman fertigzustellen, vielen Dank.

Am wichtigsten für das Entstehen von Geschichten in meinem Kopf und meinem Herzen waren aber wohl die Menschen, die mir in den Jahren des Schreibens zu Freunden geworden sind, so wie Radivoje und Jelena. Einige Namen seien genannt: Jasna, Urosch, Nada, Vesna …

Und dann gibt es da noch Divna: Danke! (Alles andere sage ich ihr persönlich.)

Ich bin davon überzeugt, niemand kann in einem Konflikt als Alleinschuldiger bezeichnet werden, das ist auf der Ebene der Völker genauso wie auf der Ebene von Einzelmenschen. Es gibt aber auch niemanden, der nicht Teilschuld trägt. So gilt bis heute das Wort jenes Mannes, der die Steinigung der Frau verhinderte, indem er sagte: »Wer ohne Schuld ist, werfe den ersten Stein.«

Es gibt kein Volk, in dessen Geschichte nicht schreckliche Taten zu finden wären. Gerade wir Österreicher und Deutsche haben unsere Schreckensgeschichten noch sehr nahe vor Augen. Vielleicht zu nahe, um sie zu sehen?

Mögen die Politiker aller Völker vor der eignen Türe kehren und nicht Steine auf andere Türen werfen.

**KULTUR
NIEDERÖSTERREICH** N

IMPRESSUM

Bibliografische Information der Deutschen Nationalbibliothek
Die Deutsche Nationalbibliothek verzeichnet diese Publikation
in der Deutschen Nationalbibliografie; detaillierte bibliografische
Daten sind im Internet über http://dnb.d-nb.de abrufbar.

© 2018 Verlag Anton Pustet
5020 Salzburg, Bergstraße 12
Sämtliche Rechte vorbehalten.

Covergestaltung: Tanja Kühnel, unter Verwendung
von Bildern von Nerijus Juras
© 2018 mit Genehmigung von Shutterstock.com

Grafik, Satz und Produktion: Tanja Kühnel
Gesetzt in der Minion Pro/Myriad Pro
Gedruckt auf Munken Premium Cream 90 g

Lektorat: Arnold Klaffenböck
Gedruckt in der EU

ISBN 978-3-7025-0888-3

Auch als eBook erhältlich: e-ISBN 978-3-7025-8047-6

www.pustet.at

Dietmar Gnedt

**Der Nachlass
Domenico Minettis**
Roman

160 Seiten, 13,5 x 21,5 cm
Hardcover, EUR 19,95
ISBN 978-3-7025-0745-9
e-ISBN 978-3-7025-8003-2

Heidi Emfried

Die Akte Kalkutta
Kriminalroman

360 Seiten, 13,5 x 21,5 cm
Hardcover, Lesebändchen
EUR 24,–
ISBN 978-3-7025-0893-7
e-ISBN 978-3-7025-8046-9